LE ROI DANGEREUX

ROIS DE LA RUE

TOME 1

SIENNA SNOW

LE ROI DANGEREUX

SIENNA SNOW

ISBN – Ebook en français– 979-8-88535-024-2

ISBN – Imprimée en français – 979-8-88535-025-9

1

D anika

— POURQUOI PRENDRE la peine de venir si c'est pour froncer les sourcils toute la soirée ? murmurai-je à ma cousine Jayna qui lançait un regard à son père, mon oncle Ashok, pour la cinquième fois en moins de dix minutes.

Nous nous tenions d'un côté de l'immense salle de bal de l'Andhi à New York, l'une des nombreuses boutiques-hôtels du conglomérat appartenant à mon oncle.

Le gala de ce soir rassemblait tout le gratin de Manhattan ainsi que des célébrités de premier plan. Ils étaient davantage là pour se côtoyer, pour être vus ou pour conclure la prochaine affaire que pour soutenir l'organisation caritative que l'événement défendait.

Pour ma part, je me devais d'être là. Si j'avais eu le choix, j'aurais préféré me plonger dans une montagne de paperasse pour la galerie que je dirigeais avec Jayna, plutôt que de faire semblant d'apprécier le style de vie mondain. Parfois, j'aurais aimé ressembler davantage à Jayna. Elle avait toujours suivi sa propre route. Si l'oncle Ashok lui avait ordonné d'assister à un événement, elle l'aurait ignoré et elle aurait fait ce qu'elle voulait. Rien ne semblait l'effrayer, surtout pas la colère de son père. Mais nous n'étions pas tous nés dans les mêmes conditions qu'elle.

— Certains d'entre nous ne sont pas des petits chiens qui accourent dès qu'il les appelle.

C'était un coup direct.

Je résistai à l'envie de serrer la mâchoire et je tentai de cacher la douleur que je ressentais chaque fois que quelqu'un me qualifiait de petit chien de poche d'Ashok Shah.

C'était de ma faute. J'étais devenu indispensable à l'oncle Ashok, de sorte qu'il ne remettrait jamais en question ma loyauté à son égard.

Jamais.

S'il avait besoin que je fasse des recherches ou que j'établisse des contacts, je le faisais. S'il avait besoin d'une date pour un événement ou si je devais le représenter lors d'une collecte de fonds, je le faisais.

Je jouais la nièce dévouée qu'il avait arrachée à la pauvreté et placée dans une vie d'opulence et de luxe. Celle qui laissait croire au monde que j'étais la princesse sociale parfaitement modelée et bien éduquée.

Si seulement les gens connaissaient la vérité.

Je vivais dans une cage dorée.

En partie de mon fait. Mais pour une bonne cause. Et ce pour une multitude de raisons. Des raisons qui remontaient au plus profond de mon âme, comme des lames de rasoir.

À vrai dire, je détestais cordialement l'oncle Ashok. Et un jour, je prévoyais de démanteler son empire brique par brique.

La patience était essentielle pour atteindre mon objectif, et je mettais lentement en place chaque pièce du puzzle. Jusqu'à ce jour, j'avais laissé les autres croire ce qu'ils voulaient à mon sujet, même si c'était douloureux à entendre.

Les commentaires de Jayna me contrariaient. Elle me connaissait mieux que la plupart des gens ; elle aurait dû savoir la vérité.

— N'as-tu jamais entendu le dicton *Sois proche de tes amis, mais encore plus proche de tes ennemis* ?

— Ça ne signifie pas que tu dois accourir chaque fois qu'il le dit.

— C'est exactement ce que ça signifie. Ça fait partie du jeu, Jay. S'il me croit loyale jusqu'à la moelle, il ne regardera pas dans ma direction quand les choses ne se passeront pas comme il le souhaite.

— Je veux qu'il souffre, Dani, me dit Jayna, pinçant à nouveau les lèvres. Il nous a trop pris.

— Il souffrira. Je te le promets.

Je jetai un coup d'œil sur le côté et étudiai l'oncle Ashok qui se mêlait aux participants à l'événement. Une belle blonde se tenait à côté de lui : Amber Tuttle, ancienne promotrice immobilière et veuve de l'un des investisseurs de mon oncle.

Proches de la soixantaine, ils formaient un couple remarquable. Il était évident qu'ils prenaient soin d'eux.

Chacune de mes interactions avec Amber me confirmait qu'il s'agissait d'une personne gentille, au cœur innocent. Mon oncle avait créé une illusion, et elle pensait sincèrement qu'il était cet homme, et non pas le monstre avec lequel j'avais grandi. Elle voulait devenir la prochaine Mme Shah. Cette pauvre femme n'avait aucune idée de la surprise qui l'attendait si jamais cela se produisait.

Il fallait espérer qu'Amber ferait les vérifications d'usage avant de se lancer. Sa fortune et sa santé mentale étaient en jeu.

Il aurait fallu qu'elle consulte une femme avant de prendre des décisions concernant sa vie : ma tante Monica, l'ex-femme de mon oncle Ashok. Elle avait souffert pendant vingt-cinq ans sous sa main. Jusqu'à ce qu'elle trouve le courage de partir.

Les femmes de cette maison manquent de discipline. Si seulement Dieu jugeait bon de me donner quelqu'un dans cette maison qui soit digne du nom de Shah.

Jayna et moi avions suffisamment subi sa discipline pour

savoir qu'il pensait que les femmes de sa vie devaient faire ce qu'il disait ou en subir les conséquences.

— Qu'est-ce que tu ne me dis pas ? m'interrogea Jayna, me ramenant au présent.

— Beaucoup de choses. Mieux vaut que tu restes dans l'ignorance.

Je ne pouvais rien révéler pour l'instant. Il me fallait des preuves irréfutables de la corruption de l'oncle Ashok. De plus, dès que j'aurais dévoilé mon plan, ce ne serait plus un secret. Moins il y avait de gens au courant, mieux c'était.

— Comme je te l'ai dit lorsque j'ai décidé de venir ce soir, je n'ai pas besoin que tu joues les intermédiaires entre moi et mon père. Il est temps pour moi de reprendre ma vie en main.

— Ce qui veut dire ? demandai-je tout en souriant à une conseillère municipale de New York et son mari qui passaient devant nous.

— Exactement ce que j'ai dit. J'ai perdu Kiran, mais cela ne veut pas dire que ma vie s'est arrêtée en même temps que la sienne. Et quel meilleur moyen de retrouver un semblant de normalité que de détruire le salaud qui m'a pris mon amour ? S'il te plaît, laisse-moi t'aider.

Je regardai fixement Jayna pendant une seconde. Je ne pouvais pas cacher ma surprise devant la façon dont elle parlait avec désinvolture de la mort de Kiran.

Ces dernières années, je pouvais à peine mentionner le nom de mon ami d'enfance sans craindre de blesser Jayna. Kiran avait été tué dans un accident de voiture explosif presque deux ans auparavant, et il n'était resté de son corps que des bouts d'os et des cendres. Le traumatisme de cette perte, suivi d'une agression qui s'était soldée par une fausse couche, l'avait poussée à se cloîtrer.

Les seules fois où elle s'aventurait hors de sa maison étaient pour travailler dans les clubs et la galerie d'art qu'elle possédait ou pour m'aider à réaliser certains projets pour mes clients exclusifs. Au cours des quatre derniers mois, elle n'a fait ni l'un ni l'autre, passant le plus clair de son temps sur une île privée au large de la Grèce, propriété de Sylvia Thanos. Une femme que nous appelions affectueusement *Yia Yia* Sylvia.

C'était la grand-mère d'une de mes amies et une très bonne cliente, qui se trouvait être une milliardaire excentrique qui touchait à tout, que ce soit légal ou illégal. Sylvia avait tendance à recueillir les âmes perdues, à les guérir et à les renvoyer dans le monde. Et il semblait qu'elle avait opéré sa magie sur Jayna.

— Jay, je ne suis pas sûre.

— Allez ! J'ai besoin de me sentir à nouveau moi-même.

Je scrutai son visage. Elle semblait en bien meilleure santé que lorsqu'elle était partie. Les cernes sous ses yeux, dont je pensais qu'ils deviendraient permanents, s'étaient estompés et elle avait enfin pris suffisamment de poids pour retrouver sa silhouette de bombe aux courbes généreuses. Je m'étais sentie coupable d'avoir poussé une Jayna réticente à accepter l'offre de vacances prolongées de Sylvia, et maintenant j'étais contente de l'avoir fait. Son énergie était différente.

Peut-être pourrais-je convaincre Sylvia d'exercer sa magie sur moi lorsque je prendrais enfin ces vacances tant attendues que je me promettais.

Pour l'instant, je devais rester concentrée et garder les yeux rivés sur l'objectif : la chute d'Ashok Shah.

— Si tu veux vraiment m'aider, je te ferai participer, mais ce sera quand moi je le déciderai, pas toi.

Elle pinça les lèvres d'un air contrarié.

— Tu ne vas vraiment pas me dire ce que tu fais ?

— Laisse-moi mettre un peu d'ordre dans mes affaires et je te raconterai tout. L'oncle Ashok prépare quelque chose et je veux en connaître les détails avant de mettre mon plan à exécution.

— Qui êtes-vous et qu'avez-vous fait de ma cousine ?

Jayna attrapa deux flûtes à vin auprès d'un serveur qui passait, m'en tendit une et avala l'autre avant même que j'en saisisse le pied.

— C'est moi la rebelle, pas toi, dit-elle.

Qualifier Jayna de rebelle était un euphémisme. Elle maîtrisait l'art de mettre l'oncle Ashok dans une rage meurtrière d'un simple regard.

— Tu étais en Europe ces quatre derniers mois. Beaucoup de choses se sont passées. Tu as ta manière de te venger d'oncle Ashok, et j'ai la mienne.

Que ferait-elle si elle savait que j'avais passé les dix

dernières années de ma vie à préparer le terrain ? Non. Jamais je ne pourrais le lui dire. C'étaient mes secrets.

— Donne-moi un exemple.

Je réfléchis une seconde et je décidai de lui raconter la dernière débâcle dans le monde de l'oncle Ashok. J'en étais assez fière, et personne ne saurait jamais que j'étais à l'origine de la fuite.

— J'ai peut-être laissé entendre à certaines personnes que l'oncle achetait une propriété pour son projet d'expansion.

— Tu parles du projet du front de mer ? Celui dont les médias rapportent que si le rezonage n'est pas approuvé, papa ne pourra pas construire le nouvel hôtel et le complexe commercial ?

Je lui fis un sourire penaud et je dis :

— Peut-être.

Ce projet était censé être la cerise sur le gâteau de l'empire de l'oncle. Un empire bâti sur le dos de plus d'innocents que personne ne le saurait jamais. Jamais je ne regretterais d'avoir contrarié ses plans.

— Ce qui signifie que tu as contacté Nik. Depuis quand lui et toi êtes-vous en bons termes ?

À l'évocation du nom de Nikhil King, mon rythme cardiaque s'accéléra, et tous mes nerfs s'enflammèrent.

Il était le fruit défendu. L'homme que je ne pouvais pas avoir. Le lien avec mon passé. Un passé que je ne pouvais oublier, et dont je devais prétendre qu'il n'avait jamais existé.

Et la personne qui avait toujours joué le rôle principal dans chacun de mes fantasmes.

— Ce n'est pas le cas. Il se trouve simplement que j'ai placé un dossier intraçable sur le bureau de son ordinateur, lui donnant des détails sur les propriétés disponibles pour un centre de jeunesse et un musée.

— Tu as piraté Nik ? demanda Jayna en secouant la tête. As-tu perdu la tête ?

Je haussai les épaules.

— La notion de santé mentale est subjective, surtout quand on connaît la moitié de notre patrimoine génétique et le métier caché que j'exerce.

— Merde, ma belle, tu as un sacré culot. Je te jure, s'ils pensent que c'était moi, je n'ai pas fini d'en entendre parler.

— Ouais, c'est ça. Tu es intelligente, mais nous savons toutes les deux que c'est moi le hacker extraordinaire de notre duo.

— Ce n'est pas une blague, Dani. Il ne faut surtout pas que Nik apprenne qui l'a piraté. Et puis il y a Sam et Rey. Je crois que je vais avoir un ulcère. S'ils l'apprennent un jour, ils vont croire que c'est moi qui t'ai poussée à faire ça.

Elle posa une main sur son ventre.

— Tu en fais tout un drame. Lorsqu'ils essaieront de remonter à la personne qui les a piratés, ils se retrouveront dans une boucle continue vers des serveurs situés dans le monde entier.

— Je suis très heureuse que tu ne m'aies pas parlé de ça avant ce soir. J'aurais essayé de te dissuader.

— Et c'est bien la raison pour laquelle tu viens seulement de l'apprendre.

— Tu n'es pas un peu inquiète ?

— Non.

— Dani ! s'exclama-t-elle, exaspérée. Tôt ou tard, ils le découvriront. C'est toujours le cas.

— Nous gérerons ce problème en temps voulu.

Il ne faudrait sans doute jamais qu'elle apprenne que ce n'était pas la première fois que je mettais des informations sur l'ordinateur d'un des frères King.

— Tu m'écoutes, au moins ? Ce ne sont pas des ours en peluche doux, adorables et compréhensifs. C'est même tout le contraire.

Elle agissait comme si ce n'était pas moi qui avais grandi avec eux. Je les connaissais mieux qu'elle.

Les King vivaient en marge de la société courtoise. Ils touchaient à tout et, selon la rumeur, ils avaient des liens avec les éléments les moins recommandables de ce monde, ce que je savais être un fait. Ils se présentaient comme des promoteurs immobiliers plus riches que Midas. Mais je les avais connus avant qu'ils ne soient les King, lorsqu'ils avaient chacun leur nom et arpentaient les rues du quartier dans lequel j'avais vécu enfant. Quand ils étaient mes amis, les garçons qui protégeaient la fille maladroite et ringarde qui ne s'intégrait jamais tout à fait.

— Calme-toi. Ce n'est pas comme si je n'avais jamais fait ce genre de choses auparavant. On me paie cher pour pirater les systèmes les plus impénétrables.

— Oui, mais tu n'as pas été engagée pour pirater les frères King.

— C'est vrai. Cependant, mes clients habituels sont des entreprises valant des milliards de dollars, des familles royales et diverses organisations gouvernementales.

Ma réponse me valut un regard noir de la part de Jayna. Soupirant, je posai une main sur son avant-bras.

— Jay, personne ne croira que Danika Dayal a les connaissances nécessaires pour pirater quoi que ce soit. Je suis une experte en évaluation d'œuvres d'art qui vous aide à gérer votre galerie, et le laquais de ton père. Je suis la parente pauvre, recueillie pour lui éviter la misère.

— Parente pauvre, mon œil ! Tu as plus d'argent que nous tous.

— Ça, personne ne le sait.

Au cours des neuf dernières années, j'avais accumulé un patrimoine important grâce aux différents emplois que j'avais occupés. Le tout caché sur des comptes en Suisse. Techniquement, je pouvais me permettre de mener une existence de jet-setteuse si je le voulais, mais il faudrait alors que je justifie ma nouvelle fortune. Mais je n'allais pas laisser quiconque en dehors de mon cercle intime apprendre son existence.

— Laisse-moi répéter : les frères King ne sont pas n'importe qui. Ils découvrent des choses que les gens ne veulent pas voir apparaître au grand jour et les utilisent à leur avantage.

— Jay, ce n'est pas grand-chose. Je te le promets. Arrête

de t'inquiéter. Tu voulais un exemple prouvant que je n'étais pas le petit chien de l'ongle Ashok, et je t'en ai donné un. Envisage ça de cette manière : chaque fois que quelque chose va mal dans sa vie, tu peux sourire, et penser que Dani y est peut-être pour quelque chose.

— C'est un jeu dangereux auquel tu joues.

— Je sais, lui dis-je d'une voix redevenue sérieuse. Est-ce que tu me fais confiance ?

— Oui, répondit-elle sans hésiter.

— Alors, crois-moi, je sais ce que je fais. Je ne suis pas aussi faible que je le laisse croire à tout le monde, même à toi. J'ai de bonnes raisons pour faire les choses de cette manière. Lorsque j'aurai rassemblé toutes les pièces du puzzle, la vérité se répandra largement. Et l'oncle Ashok va se noyer.

— Et Nik fait partie du plan ?

— Il est...

Je m'interrompis lorsque mon regard s'arrêta sur l'homme en question.

Il se tenait dans le hall à l'extérieur de la salle de bal, un téléphone à l'oreille. Son regard sombre et pénétrant me scrutait d'une manière à laquelle j'aurais dû être habituée, mais que je ressentais toujours comme si c'était la première fois. En réaction, tout en moi se contracta.

Merde.

Il était superbe, d'une manière à donner des palpitations aux femmes, et aucune n'était immunisée contre lui.

Ces épaules larges et ces bras musclés donnaient raison

aux rumeurs selon lesquelles il passait le plus clair de son temps sur le ring de boxe et prouvaient sans doute qu'il n'y avait pas une once de graisse superflue sur son corps. Et puis il y avait ces yeux perçants, presque noirs, qui semblaient voir trop de choses d'un simple regard. Enfin, son visage semblait avoir été créé par l'œil avisé d'un sculpteur, mais il était le résultat de la belle union entre sa mère afro-trinidadienne et son père indien.

La seule chose qui l'empêchait d'avoir l'air trop parfait était un soupçon de barbe, qui ne faisait qu'ajouter à l'aspect brut qu'il arborait naturellement. Son aura tout entière poussait les femmes à penser à toutes les choses délicieuses qu'il pouvait faire à leur corps.

Je ne pouvais m'empêcher de me demander ce que cela ferait de passer mes doigts sur sa mâchoire, ne serait-ce qu'une fois. Ou d'embrasser ces lèvres dont j'avais rêvé pendant de trop nombreuses nuits agitées.

Non, Danika. Ne va pas par là. Range-le dans la boîte des trucs impossibles. Enfin, encore un peu plus longtemps.

Peut-être qu'un jour je pourrais m'autoriser à y goûter, ou si j'avais de la chance, à passer une nuit à m'y abandonner.

— Qu'est-ce que tu regardes ? Oh ! dit Jayna en me donnant un coup de coude, ramenant mon attention sur elle. Es-tu sûre de ne pas vouloir que Nik occupe une place plus importante dans ton plan que ces jeux à distance ?

Je déglutis, refoulant mes pensées précédentes, et dis :

— Il est une complication que je ne peux pas me permettre en ce moment.

Nik

J'INSPIRAI PROFONDÉMENT, essayant de contrôler la réaction de mon corps à partir du moment où le regard de Danika Dayal se posa sur moi.

Pendant la majeure partie de la soirée, j'avais observé cette magnifique brune se mêler à l'élite new-yorkaise comme si elle y était née.

Mais je connaissais la vérité.

C'était pourtant une très bonne actrice, un caméléon, une femme qui avait appris à la dure à naviguer sur cette nouvelle voie et à l'utiliser à son avantage. Elle jouait le jeu mieux que ceux qui étaient nés dans ce milieu. Et pendant ce temps, elle dissimulait l'intelligence rusée qui se cachait derrière. Un génie qui lui était venu naturellement, quelque chose qui n'avait pas été cultivé dans sa nouvelle vie, mais ancré dans le quartier misérable où nous nous étions rencontrés.

Elle s'était débarrassée de la souillure des rues sombres et s'était créé une nouvelle vie, tandis que je l'utilisais à mon avantage et la portais comme un costume usé.

La seule chose qui n'avait jamais changé au cours de toutes ces années, c'était la façon dont elle me regardait.

Peu importait que je porte un smoking ou un sweat à capuche déglingué, la chaleur emplissait ses yeux noisette pendant quelques secondes avant qu'elle ne la fasse disparaître. C'était un schéma que nous répétions à l'infini depuis un nombre incalculable d'années.

Il ne faisait aucun doute que Shah l'avait mise en garde contre tout ce qui avait trait à notre ancien quartier, surtout moi.

Il devait savoir ce qu'elle représentait pour moi quand il l'avait enlevée.

Et pour son bien, j'étais resté à l'écart. Cela avait failli me tuer. Mais qu'est-ce qu'un gamin des rues de dix-sept ans, à deux doigts de la prison ou de la tombe, pouvait bien avoir à offrir à une fille brillante qui méritait bien mieux que le quartier où elle n'aurait jamais dû mettre les pieds ?

Bientôt. Très bientôt. L'attente serait terminée. Cela ne faisait aucun doute, et à en juger par le désir dans ses yeux, elle le savait aussi.

Danika détourna son attention quand Jayna dit quelque chose et qu'un groupe de personnes s'approcha d'elles.

— Elle est hors limites, Nik. Ne l'oublie pas, m'avertit mon frère Kiran au téléphone, ramenant mon attention sur lui tandis que je maintenais mon regard sur la déesse.

— Recevoir des menaces d'un homme mort ne va rien changer à ce qui a été mis en marche il y a quinze ans. D'ailleurs, n'est-ce pas toi qui as dit que je devais faire une apparition ce soir ? Sans toi, je serais resté à la maison à jouer au poker avec notre équipe.

Je pris une coupe de champagne auprès d'un serveur qui passait par là. La dernière chose dont j'avais envie, c'était d'assister à un événement dans l'une des propriétés Andhi. Ashok Shah nous avait pris, à mes frères et à moi, plus que quiconque ne le saurait jamais. Faire une apparition lors d'un événement en son honneur me donnait l'impression de patauger dans un tas de boue.

Selon Kiran, une apparition à ce gala déstabiliserait Shah, d'autant plus que je détenais des informations susceptibles de mettre en lumière certaines de ses transactions occultes. Et maintenir Shah sur ses gardes était un plaisir sadique auquel je ne pouvais résister.

— Si tu fous tout en l'air, c'est toi qui seras un homme mort, m'avertit Kiran.

— Non, je laisse simplement se mettre en place un plan plus ancien que le tien.

Je bus ma boisson d'une traite et déposai la flûte sur une table voisine.

— Six mois de plus ne devraient pas faire une grande différence.

— Danika est la clé de tout. Tu le sais autant que moi.

— Et qu'en est-il de ma femme ? As-tu pensé à sa sécurité ?

Les coins de mes lèvres se soulevèrent et je secouai la tête. Jayna donnait l'impression qu'elle aurait préféré être n'importe où ailleurs qu'ici. Elle ne cherchait jamais à cacher son aversion pour son père. C'était sa première apparition officielle à l'un de ses événements depuis des années.

La voir entrer avec Danika avait été une surprise à laquelle je ne m'étais pas attendu. Pour autant que je le savais, son retour aux États-Unis n'était pas prévu avant plusieurs semaines.

Je prévoyais de passer chez elle demain et de discuter avec elle de la possibilité de nous tenir informés de ses déplacements. Elle me dirait sans doute d'aller me faire voir, étant donné qu'elle était aussi têtue que sa cousine, mais c'était mon devoir d'assurer sa sécurité.

— Elle est plus forte que tu ne le crois, Kir. D'ailleurs, je suis en train de la regarder en ce moment même.

Dans l'ensemble, elle était plus belle qu'elle ne l'avait été depuis longtemps, et son maquillage lui donnait l'air parfait ; mais on sentait toujours une certaine tristesse cachée sous les apparats élégants. Pour elle et le monde entier, Kiran était mort dans un accident de voiture.

Un accident orchestré par son père, Ashok Shah.

Il pensait que sa parole faisait loi et que quiconque ne

rentrait pas dans le rang en subirait les conséquences. La richesse permettait d'étouffer les plus grands crimes.

Ce que cette ordure n'avait pas encore compris, c'était que certains d'entre nous avaient plus d'argent qu'il ne pourrait rêver d'en avoir.

— Qu'est-ce qu'elle fait là ? Elle est censée être en Grèce.

— Comment le saurais-je ? C'est ta femme.

— Merde, elle devrait le savoir ! Sa sécurité est-elle assurée ?

Je balayai la zone du regard et vis trois de mes hommes qui assuraient la protection personnelle de Jayna dispersés dans la salle de bal.

— Oui, elle n'est pas stupide, répondis-je. Es-tu sûr de ne pas vouloir lui dire la vérité ?

— Non. Je ne suis pas prêt à ce qu'elle me voie comme ça.

L'accident de Kiran lui avait laissé des cicatrices sur le visage et le côté gauche du dos. De mes trois frères, il avait été connu pour sa beauté frappante. Son patrimoine génétique unique, indien et portoricain, lui avait donné un visage poupin au sujet duquel nous adorions le taquiner lorsque nous étions enfants. Aujourd'hui, j'aurais voulu pouvoir revenir à cette époque, au lieu de devoir éloigner de lui toutes les surfaces réfléchissantes de peur qu'il ne les brise.

— Elle a renoncé à un énorme héritage pour être avec toi. Aie confiance en elle. Elle t'aime. Si ce n'était pas le cas, elle serait déjà passée à autre chose.

En dehors de sa galerie d'art et des boîtes de nuit qu'elle

avait créées pour faire la nique à son père, elle n'avait pas de vie. L'accident de Kiran avait eu lieu deux ans plus tôt, et jamais elle n'était sortie avec quelqu'un.

— De quoi a-t-elle l'air ?

La nostalgie qui se dégageait de sa voix lorsqu'il parlait d'elle me touchait toujours au plus profond de moi-même.

Le gamin des rues, dur à cuire, qui m'avait aidé à organiser nos escroqueries pour survivre, était tombé raide dingue amoureux de la princesse choyée, plus fort que tout ce que l'on aurait pu imaginer.

Je n'arrivais pas à comprendre pourquoi il croyait que sa femme ne serait pas capable de le regarder sans tressaillir.

— Bien.

C'était une demi-vérité, mais c'était nécessaire. Je ne pouvais pas lui dire que Jayna avait perdu cette étincelle de joie qui la suivait autrefois chaque fois qu'elle entrait dans une pièce.

Ensuite, je décidai d'ajouter :

— Elle serait encore plus belle si tu cessais de te cacher et que tu lui faisais confiance.

— Laisse tomber, abruti. Concentre-toi sur la raison de ta présence ici.

— Oui, dis-je, posant à nouveau les yeux sur Danika. Crois-moi, c'est ce que je fais.

— Nik, je suis sérieux. Ne te sers pas de Dani pour atteindre son oncle. Elle le déteste autant que nous.

Quelque chose me disait que sa haine pour Ashok était dix fois plus profonde qu'aucun d'entre nous ne le pensait.

— Le plan, ce n'est pas que nous l'utilisions. Le plan, c'est que nous la protégions. Elle est la seule personne capable de faire tomber son empire.

— Je pressens que ce que tu as mijoté va m'énerver.

Ignorant Kiran, je dis :

— Shah veut ce que nous avons sur lui et il va se servir d'elle pour l'obtenir.

Shah exerçait un contrôle sur sa famille et en particulier sur la nièce qu'il avait arrachée à la rue.

— Qu'est-ce qui te permet d'en être si sûr ?

— Je n'ai jamais caché que je voulais Danika. J'ai le sentiment qu'il va la proposer en échange du testament de sa mère. C'est la seule chose qui fait obstacle à ses projets d'avenir.

— Je te botterai les fesses si tu vas jusqu'au bout.

— Pour que tu puisses botter les fesses de quelqu'un, il faudrait que tu sortes de cette grotte dans laquelle tu t'es enfermé. Est-ce que Jayna sait quel lâche elle a épousé ?

— Va te faire voir.

Kiran raccrocha.

Je glissai mon téléphone dans ma poche et traversai la salle de bal.

Je n'aurais sans doute pas dû dire la dernière partie, mais j'avais laissé Kiran se morfondre trop longtemps.

Au début, il s'accrochait à peine à la vie. Ensuite, il avait dû survivre à la rééducation physique atrocement douloureuse. Aujourd'hui, non seulement il se cachait d'Ashok par obligation, mais aussi de sa femme. Une personne dont il aurait dû savoir qu'elle l'accepterait, quelle que soit son apparence.

Je repoussai les pensées de mon frère et observai la déesse de l'autre côté de la salle de bal.

Danika jeta un coup d'œil dans ma direction pendant une brève seconde.

Elle était à l'opposé de la fille à peine adolescente que j'avais connue. L'innocente qui s'asseyait sur les marches de l'épicerie de son voisin pour ne pas passer la journée seule pendant que son père travaillait. Oubliés le simple jean, le t-shirt et les baskets. Aujourd'hui, elle portait des vêtements de créateur de la tête aux pieds.

La seule chose qui n'avait pas changé, c'était l'intelligence indéniable qui se cachait dans ses yeux. Même à l'époque, elle était l'enfant la plus intelligente de la rue.

Je n'avais jamais compris pourquoi elle me suivait partout, alors que quelqu'un comme elle aurait dû rester loin du chef de gang que j'étais.

Je n'aurais su dire combien de fois elle nous avait couverts, mes frères et moi, lorsque les flics ratissaient notre quartier à la recherche d'un groupe de gamins qui avaient dépouillé de leur portefeuille des touristes égarés. Et comme elle avait la réputation d'être une bonne fille, les flics la croyaient à chaque fois.

Puis, un jour, elle avait disparu comme si elle n'avait jamais existé. Le jour même où une erreur avait changé le cours de ma vie et de celle de mes frères.

Et voilà que, quinze ans plus tard, Danika et moi jouions

à un jeu où nous étions toujours conscients de la présence de l'autre sans le montrer ouvertement.

C'était plus sûr.

Pour elle.

Et au début, pour moi.

Après le meurtre du père de Danika, Shah s'était donné pour mission de faire disparaître son passé, son père, sa mère et surtout moi.

J'avais gardé un œil sur elle à distance, la laissant se construire une vie au-delà de tout ce dont elle aurait pu rêver lorsqu'elle était enfant.

Tout avait bien fonctionné jusqu'à ce qu'une rencontre fortuite entre Kiran et Jayna vienne tout changer. Leur relation avait contraint Danika à faire office de bouclier entre Shah et sa fille.

Lorsque Kiran et Jayna s'étaient enfuis, Ashok s'était accroché à sa nièce, allant jusqu'à la faire suivre en permanence pour l'empêcher de commettre les mêmes erreurs que sa fille et sa sœur.

Je saluai d'un signe de tête un banquier qui me devait une faveur, puis reportai à nouveau mon attention sur Danika. Elle parlait à Ashok Shah. Son visage était dénué d'émotion, mais ses yeux brûlaient de colère. Après un bref signe de tête, Ashok s'éloigna alors que Danika se dirigeait vers un conseiller municipal qui se présentait à la réélection. Son sourire habituel était de retour sur son visage.

Que n'aurais-je pas donné pour la voir utiliser les techniques d'autodéfense que je lui avais enseignées quand elle était enfant pour frapper Ashok au visage.

Où était Jayna ? Danika jouait-elle à nouveau les trouble-fêtes ? Je fouillai la salle du regard et la trouvai devant moi.

— Mes yeux me trompent-ils ou Nikhil King assiste-t-il à un événement en l'honneur d'Ashok Shah ?

— Est-ce vraiment en son honneur si c'est lui qui organise la fête ?

Elle secoua la tête puis m'étreignit.

— Que fais-tu ici, Nik ?

— Je pourrais te demander la même chose. N'étais-tu pas censée rester en Grèce quelques semaines de plus ?

— Il était temps de revenir.

Il y avait quelque chose de différent chez elle ce soir. Comme si son énergie était plus légère.

J'espérais qu'elle n'avait pas décidé de passer à autre chose. Cela tuerait Kiran et achèverait ce que le crash n'avait pas fait.

— Tu as l'air en forme. Tu nous as manqué. Mais ce n'est pas ici que je m'attendais à te voir. Ne disais-tu pas qu'il faudrait un geste divin pour que tu te retrouves dans la même pièce que ton père ?

— Il n'est pas mon père. L'ADN fait de lui un donneur de sperme, rien de plus.

— Alors pourquoi es-tu ici ?

— Parce que je me suis rendu compte que Dani assumait les conséquences de mes choix et que je la laissais faire. Ce n'était pas juste pour elle, même si c'était le choix le plus facile pour moi. Il était temps d'alléger son fardeau.

Aussitôt, l'instinct de protection que j'avais toujours eu à l'égard de Danika se manifesta.

— De quoi parles-tu ? Qu'est-ce que cet enfoiré lui fait ?

Jayna posa une main sur mon bras.

— Calme-toi, ce n'est rien de plus que ce que nous savons déjà. Je viens juste de comprendre qu'elle a passé les trois dernières années à laisser mon père penser qu'il la contrôlait, pour mon bien. Il était temps de permettre à Dani de mener une vie sans restrictions.

Danika et Jayna étaient aussi proches que des sœurs ; elles étaient la plus proche confidente l'une de l'autre. Et elles gardaient les secrets les plus sombres de l'autre. Après l'accident de Kiran, Danika s'était montrée encore plus protectrice à l'égard de Jayna.

Mon soulagement fut de courte durée quand je compris la partie centrale des paroles de Jayna.

— Comment ça, il *pense* qu'il la contrôle ?

Jayna sourit. C'était le premier vrai sourire que je lui voyais depuis longtemps.

— Dani n'est pas aussi faible que mon père le croit. Même moi, je l'avais sous-estimée. Elle se joue de lui.

— Comment ça ?

— Ce sont des choses que je dois savoir et que tu ne peux qu'espérer découvrir.

— Tu es une sale gosse.

— Oui. Ça ne changera jamais, dit-elle en glissant son bras dans le mien.

Tu veux m'aider à continuer à jouer les effrontées et me donner un coup de main pour échapper à cette mascarade de fête ?

— Tu n'étais pas censée ne plus te cacher derrière ta cousine ?

Je regardai Danika de l'autre côté de la salle de bal. Elle m'observait avec autant d'intensité que je l'avais étudiée plus tôt. Ses yeux se posèrent sur Jayna, puis sur la porte, avant de revenir sur moi. Puis elle fit un geste du menton.

— Ce n'est pas le cas. J'ai dit en face à cet enfoiré que je partais avec toi. Dani est en train de parler à un client, sinon je l'aurais entraînée avec nous.

— Je doute qu'elle ruine sa réputation irréprochable en allant où que ce soit en public avec moi.

Jayna sourit.

— Ne juge pas un livre à sa couverture, Nik. Elle pourrait te surprendre. Cette fille a plus de secrets que toi.

— J'en doute sérieusement, répondis-je, et j'entraînai Jayna vers les portes menant hors de la salle de bal.

3

D anika

Samedi soir, après une longue, mais fructueuse après-midi d'expositions privées à la galerie, j'entrai dans mon appartement, prête à regarder la nouvelle saison de ma série préférée, confortablement installée dans mon canapé avec une bouteille de vin.

Au moment où je retirais mes chaussures et que je déposais mon sac sur la table de l'entrée, mon téléphone sonna.

— Allô, répondis-je.

— J'ai une question à te poser, dit une voix féminine polie.

J'inspirai profondément, sachant que mes plans pour la soirée étaient sur le point d'être réduits à néant.

— Vas-y.

— Tu es partante pour une partie de poker ?

— Toujours, répondis-je avec un soupir. Combien dois-je dépenser et quelles informations veux-tu que j'obtienne ?

J'entrai dans mon salon et me laissai tomber sur mon canapé, remontant mes pieds à côté de moi.

— La dépense, c'est à toi de voir. La fuite d'informations est de niveau platine.

Platine signifiait que le niveau de transfert des informations que j'allais récolter était le plus important possible. En général, seules les entités gouvernementales ou les familles royales demandaient ce type de piratage. Cela impliquait également que le traceur à micropuce que j'avais conçu devait être de la plus haute qualité et intraçable une fois installé.

— Le client ?

— L'un des suspects habituels.

Nous gardâmes le silence pendant un moment avant d'éclater de rire. Nous aimions toutes les deux qualifier mes homologues masculins dans le monde des hackers de *suspects habituels*, ceux qui avaient pris la tangente et offraient leurs services aux bas-fonds du monde.

— Compris.

— Méthode de livraison standard ?

— Oui.

— Envoie les détails via le réseau sécurisé. Je t'aurai ça ce soir.

— Le transfert est en cours, dit-elle, et j'entendis le cliquetis des touches.

— Maintenant que nous avons discuté de la mission, qu'est-ce que tu portes ce soir ?

J'éclatais de rire. C'était toujours comme ça avec ma meilleure amie Devani Patel. Nous commencions toujours par traiter l'aspect professionnel de notre relation.

Le jour, Devani était une mondaine et l'héritière d'un grand empire diamantaire, et ma rivale en société. En coulisses, elle travaillait en tant que Van, un agent de Solon, une organisation internationale clandestine qui usait de tous les moyens nécessaires, légaux ou illégaux, pour démanteler la racaille du monde.

Elle était aussi l'une des personnes les plus dangereuses que j'avais jamais rencontrées. Elle se servait de sa petite carrure pour laisser les autres sous-estimer ses capacités, chose que nous avions en commun.

Nous nous étions rencontrées alors que je suivais un programme de premier cycle à Columbia. L'un de mes professeurs avait communiqué mon nom à un membre de son organisation en tant qu'experte en devenir dans l'utilisation de la technologie pour l'authentification de l'art. Devani m'avait contactée pour dater une sculpture qu'elle avait découverte lors d'une mission. L'objet s'était révélé être un faux, et portait une puce électronique contenant des informations sur un réseau de crime organisé.

Au cours des années suivantes, nous étions devenues amies et avions travaillé ensemble sur des missions qui nécessitaient une investigation technologique discrète. Elle était également la personne qui en savait le plus sur mon plan pour faire tomber l'oncle Ashok.

— Attends. On doit encore négocier mes honoraires.

J'ajustai mon téléphone sur mon autre oreille.

— Tes honoraires. Est-ce que ça te paraît acceptable ? Je double ton tarif standard pour cette mission de dernière minute, et j'ai un nom pour toi.

J'en eus la chair de poule. La dernière chose que j'attendais de cette conversation était un rapport avec mes projets pour l'oncle Ashok.

Elle poursuivit :

— Ces conditions sont-elles acceptables ?

— Oui, répondis-je, les doigts crispés sur le téléphone. Maintenant, dis-moi qui je dois contacter et ce qu'il ou elle a sur mon oncle.

— C'est quelqu'un que tu connais très bien, dit-elle.

Le ton amusé de sa voix fit naître une boule dans mon estomac et des yeux sombres et brûlants apparurent dans mon esprit.

— Quelqu'un que tu observes de loin.

— Nikhil King, murmurai-je sans réfléchir.

— Très bien. J'ignore ce qu'il a. Mais d'après ma source, c'est quelque chose qui maintient les bijoux de famille d'Ashok Shah dans un étau. Tu vas déterminer de quoi il s'agit et le coût pour obtenir l'information. Un indice sur ce que cela pourrait être ?

— Je n'en sais strictement rien. Mais c'est sûrement la raison pour laquelle mon oncle déteste les King à ce point.

— Alors je te suggère de commencer à travailler. C'est l'allumette qui brûlera le château de cartes de Shah.

Je déglutis.

— Que dois-je faire ? Revenir dans la vie de Nik et lui demander une faveur ? Tout le monde sait que les faveurs de Nik ont un prix.

— Oui, c'est exactement ce qu'il faut faire si détruire Shah mérite que l'on y mette le prix.

Je songeai à mes parents et à tout ce qu'ils avaient sacrifié pour être ensemble, puis je répondis :

— Ça en vaut la peine.

— Et s'il veut plus qu'une faveur monétaire ou commerciale ?

— Ce qui veut dire ?

Je savais ce qu'elle voulait dire.

J'avais senti l'attirance grandir entre nous depuis que Jayna et Kiran s'étaient mis ensemble et que Nik était revenu dans mon monde. Cet homme m'attirait comme aucun autre homme ne l'avait fait auparavant. C'était viscéral et inexplicable. Et je détestais quand on ne pouvait pas expliquer les choses.

— J'ai vu les regards torrides que vous échangez quand vous pensez que personne ne vous voit.

— Tu devrais faire changer tes lentilles de contact.

— Oh, ça suffit ! Quand on ne joue pas aux espions Van et Dan, on fréquente les mêmes cercles mondains.

Ignorant son commentaire, je lui dis :

— Je le connais de mon ancien quartier. C'est un *crush* d'enfance, rien de plus.

— Qui est devenu un homme magnifique, quoique dangereux.

— Laisse-moi répéter : ce qui veut dire ?

Je posai une main sur ma hanche, comme si elle pouvait me voir, puis je la laissai retomber sur mes genoux.

— Ce qui veut dire que son prix, ce pourrait être toi. Et si c'est le cas, es-tu prête à le payer ?

— Tout d'abord, il faut que j'organise une rencontre avec lui, puis que j'aborde le sujet de ce qu'il a sur l'oncle Ashok avant que tout ça ne soit possible.

— King est invité ce soir. S'il se présente, la première étape sera enclenchée. Ensuite, vous devrez convenir d'un rendez-vous pour une discussion privée.

— Je te déteste vraiment parfois.

— Non, c'est faux.

— À quelle heure commencent les premières parties ?

— Vingt-deux heures.

Je levai mon poignet pour jeter un œil à ma montre. Il était déjà dix-huit heures quinze.

— Ça ne me laisse pas beaucoup de temps, Van.

— N'as-tu pas dit que tu aimais les défis ?

— Abrutie, marmonnai-je. Bye. Je dois aller travailler.

— Attends ! Tu as entendu la nouvelle ?

— Si ce sont des ragots, je ne veux pas le savoir. J'ai du boulot.

— Allez ! Fais-moi plaisir.

— Très bien. Quoi ?

— Il y a une rumeur selon laquelle *Le Petit lapin* a piraté Manjeet Rai.

Je faillis sourire, mais je me retins.

— Pourquoi je me soucierais de ce qui se passe à l'autre bout du monde, et à la tête d'un cartel, en plus ?

— Je suis simplement curieuse. Vous, les hackers, vous savez tout les uns des autres.

— Non, c'est faux. La plupart des gens pensent que Dan est un homme. Tout comme personne ne penserait que la princesse de la communauté indo-américaine aisée est une espionne répondant au nom de Van.

Il était typique, lorsqu'il était question de notoriété, que les mérites soient attribués à un homme. Était-il vraiment si difficile d'imaginer que les femmes pouvaient être intelligentes, rusées ou sournoises ?

— Tu marques un point. Si jamais tu découvres de qui il s'agit, n'hésite pas à passer l'information. Je meurs d'envie de savoir. Cette personne est mon idole. Il ou elle fait toutes les choses auxquelles nous pensons, mais sans les répercussions pour nos carrières.

— Nous faisons toutes les choses auxquelles la plupart des gens pensent sans en subir les conséquences

— Oui, mais nous devons travailler très dur pour ne pas nous faire prendre.

— Je suis presque sûre que c'est la même chose pour tout le monde.

— Je peux toujours espérer que *Le Petit lapin* se révélera un jour.

— Oui, oui. Je suis sûr qu'il ou elle se dévoilera publiquement, rien que pour toi.

— Ne brise pas mes illusions.

— Désolée. Je suis du genre réaliste, dis-je avec un haussement d'épaules. Alors, au travail.

Il fallait que je lui fasse penser à autre chose, sinon elle ne changerait jamais de sujet.

— Attends, encore une chose.

— Oui ?

— En ce qui concerne la méthode de livraison du traceur, pourrais-tu utiliser une palette plus profonde cette fois-ci ? Ça ira mieux avec ma robe. Peut-être un bordeaux profond ?

— Je verrai ce que je peux faire.

Je faillis lever les yeux au ciel, et je raccrochai.

Me levant du canapé, je me dirigeai vers le placard à manteau de mon entrée et repoussai une série de vestes d'hiver. Je posai le pied sur un capteur de pression, et un panneau s'ouvrit. Je me penchai en avant, laissai le scanner rétinien m'identifier et la porte cachée s'ouvrit, révélant le cœur de mon opération. Des ordinateurs de différents types étaient alignés d'un côté de la pièce et un grand nombre d'écrans étaient disposés sur un autre côté. La moitié arrière de la pièce avait été aménagée en une sorte de salon afin que je puisse me détendre au milieu d'un projet sans avoir à quitter cet espace.

Je n'avais pas de mal à avouer qu'il m'arrivait de m'enfermer pendant des jours dans ce que j'appelais affectueusement mon donjon secret.

Seule une poignée de personnes étaient au courant, des gens capables de mourir pour moi avant de révéler mon secret.

Dommage, ils ne les connaissaient pas tous.

Repoussant cette dernière pensée, je me dirigeai vers un placard dans le coin de la pièce.

Il contenait des traceurs à micropuce préprogrammés, prêts pour des missions comme celle de Devani, qui ne nécessitaient que quelques modifications pour répondre à ses spécifications. À l'exception d'elle, la plupart des gens pensaient que je travaillais sur leurs projets en temps réel, ce qui maintenait la demande pour mon travail à un niveau élevé, car ils pensaient que la mission était sur mesure. En réalité, la plupart du temps, c'était du standard.

De plus, il aurait été plutôt mal vu que l'on apprenne qu'au lieu de faire la fête comme le font la plupart des jeunes de vingt-neuf ans pendant leur temps libre, je m'enfermais chez moi et programmais en regardant des émissions de télé-réalité ou la dernière série à succès sur les plateformes de streaming les plus populaires.

Non, c'était un mensonge. En quelque sorte.

Je sortais à l'occasion. Mais c'était rare, et surtout pour servir un double objectif, être vue en public et faire passer des objets à des contacts, comme je prévoyais de le faire ce soir.

Après avoir choisi le traceur de la bonne taille, je sortis et fermai le labo à clé, puis me dirigeai vers ma chambre. Après avoir rapidement allumé mon ordinateur portable, je branchai tous les câbles et appareils nécessaires, je consultai toutes les notes de Devani sur mon réseau sécurisé et je me mis au travail. Je secouai la tête, songeant à la façon dont j'allais aider mon amie à pirater le conglomérat diamantaire de sa famille. En tout cas, c'était un échange équitable en ce qui me concernait. J'avais mes raisons de faire ce que je faisais, et elle avait les siennes.

Une heure plus tard, j'étais prête. Me penchant, j'ouvris le tiroir du bas de ma table de nuit et appuyai sur un bouton caché qui révéla une sélection de tubes de rouge à lèvres. Les couleurs allaient du rose vif au rouge profond, en passant par toutes les couleurs intermédiaires. Il y avait même des couleurs extravagantes dans le spectre du bleu, du jaune et du vert.

En dissimulant mes micropuces au fond des tubes de rouge à lèvres, on ne pouvait pas soupçonner qu'il s'agissait de plus que du maquillage, et à moins de connaître la manière exacte d'ouvrir l'étui, son secret ne serait jamais révélé au grand jour. De plus, cela me facilitait les choses que les clients que je sélectionnais soient en majorité des femmes.

Non pas que j'étais contre le fait de travailler pour des hommes, mais je préférais le faire avec d'autres femmes :

elles comprenaient ce que c'était que de travailler dans une branche dominée par les hommes.

Une fois l'unité assemblée, je la glissai dans la pochette que j'utiliserais ce soir et me dirigeai vers la salle de bains, où j'allumai la douche. Alors que la pièce se remplissait de vapeur, je me déshabillai et détachai mes cheveux du chignon désordonné, mais sophistiqué que je portais quand j'étais au travail. Quand mes cheveux retombèrent dans mon dos, je jetai un coup d'œil à mon reflet dans le miroir derrière moi et je souris. Le long de mon épaule et sur le côté gauche de mon corps se trouvait un dessin unique représentant une tigresse allongée sur un lit de fleurs exotiques. Les détails de son corps étaient une cascade de codes informatiques qui traduisaient un poème que ma mère me récitait sur l'histoire d'une déesse guerrière.

Lorsque je m'étais fait faire ce tatouage, il me fallait quelque chose pour me dire que je n'étais pas la créature que je présentais au monde, celle qu'Ashok Shah avait conçue. C'était ma rébellion cachée.

Et à vrai dire, qui aurait cru que le corps de la toujours parfaite Danika Dayal pouvait porter un tatouage ?

Mon attention se porta sur celui qui descendait le long de ma colonne vertébrale. Il renfermait la clé de trop de secrets.

Il était rédigé en sanskrit dans sa forme originale, une langue ancienne que très peu de gens parlaient, et ils étaient encore moins nombreux à la lire.

Méfiez-vous du Petit Lapin.

Je l'avais fait faire à la Nouvelle-Orléans, quand l'oncle Ashok m'avait envoyé rencontrer un investisseur potentiel.

C'était aussi la première fois que j'étais sortie du cadre du hacker sous contrat. J'avais appris qu'un trafiquant sexuel connu était en ville et j'avais donc décidé d'aider le FBI en donnant anonymement à l'un de mes contacts l'emplacement exact et les codes de l'entrepôt où se trouverait le criminel.

C'était ma façon de me venger de ceux qui avaient blessé des innocents.

Parmi eux, Ashok Enmesh Shah.

Tout dans ma vie me ramenait à lui. Il m'avait tant pris.

Ma mère.

Mon père.

Nik.

Je savais que ses relations avec des personnes liées à la pègre lui avaient permis de créer l'empire qu'il possédait actuellement. Un projet construit sur le dos d'un nombre incalculable de personnes. Un empire que je lui arracherais pour le donner à son véritable propriétaire.

Mais c'était le but ultime.

D'abord, je devais négocier avec Nikhil King.

4

D^{anika}

À VINGT-DEUX HEURES QUINZE, je descendis de ma voiture, boutonnai mon long manteau et me dirigeai vers l'entrée de *The Library*, un café ouvert vingt-quatre heures sur vingt-quatre, apprécié par les habitants de mon quartier de Soho.

Ma garde rapprochée me suivait. J'avais dit à l'oncle Ashok que mes clients du monde de l'art exigeaient leur présence, mais il s'agissait en fait de personnes que j'avais engagées pour empêcher ses hommes de s'approcher de moi.

Depuis toujours, cet homme m'espionnait. Et je savais qu'il n'en serait pas autrement ce soir, surtout après la dispute que nous avions eue juste avant que je quitte mon appartement.

Comme s'il avait senti que j'avais des projets pour la soirée, il avait appelé, exigeant que je me rende chez lui pour que nous ayons une discussion importante. Lorsque je lui ai expliqué que j'avais rendez-vous avec un marchand d'art, il s'était lancé dans une tirade sur mon manque de loyauté envers la famille et sur le fait que, sans lui, j'aurais fini sans le sou, comme mon père.

J'avais dû faire appel à toute ma force pour me mordre la langue et l'écouter.

Ses paroles n'étaient pas pires que d'autres choses qu'il m'avait dites. Au moins, elles n'avaient pas été accompagnées d'un revers à la mâchoire, comme bon nombre de ses leçons lorsque j'étais adolescente.

— Tu joues dans la cour des grands. Reste concentrée, me dit Richard Kade, mon chef de la sécurité et mon protecteur en général.

Rich, comme je l'appelais, était un retraité de la CIA et l'une des rares personnes à savoir ce que je faisais vraiment dans la vie. Peut-être pas tout, et, si c'était le cas, il feignait plutôt bien l'ignorance.

— Je joue toujours dans la cour des grands. Je sais ce que je fais.

— Vraiment ?

Je jetai un coup d'œil sur le côté.

— Oui.

— Qui est la cible ? demanda-t-il d'une voix si basse que j'étais la seule à l'entendre.

Pinçant les lèvres, je lui lançai un regard noir. Il ne pouvait pas être sérieux. Je ne répondais à personne. Certes, Rich était ce qui se rapprochait le plus d'un père pour moi, mais il était hors de question que je lui fournisse les détails de ce que je faisais.

— Crois-tu qu'il y aura de bons cocktails ce soir ?

Il plissa le front.

— Veille à ce que j'aie un visuel sur toi à tout moment.

— C'est compris.

J'entrai dans le café et m'approchai du bar.

Le barista, qui me connaissait, sourit.

— Que puis-je vous offrir ?

— Un triple expresso et un *biscotti* aux amandes avec une fraise à côté.

— Voici votre numéro. Nous vous l'apporterons bientôt à votre table.

Elle me tendit un carton bleu et m'indiqua un couloir.

Une fois ma commande payée, je pris la direction qu'elle m'indiquait. Après avoir parcouru une série de couloirs, j'arrivai dans une impasse. Je posai mon carton contre l'image d'un lapin jouant aux cartes et une porte s'ouvrit. De l'autre côté, trois hommes attendaient que nous entrions.

— Bonjour, Amir.

Je tendis la main à l'homme d'une beauté à couper le souffle qui dirigeait le club secret dans lequel je m'apprêtais à entrer.

Il effleura ma peau de ses lèvres.

— Comment allez-vous, madame Dayal ?

— Bien. M. Danberry m'attend à sa table.

— Oui, effectivement. Il m'a demandé de vous faire entrer. Comme toujours, vous connaissez la marche à suivre.

Amir montra d'un geste le personnel de sécurité qui attendait pour vérifier que Rich et moi n'avions pas d'armes ou d'appareils électroniques avant de pénétrer dans les locaux.

Je souris intérieurement. S'ils avaient su à quel point il était aisé de contourner leurs précautions si l'on disposait des compétences adéquates.

Un jour, j'offrirais mes services aux propriétaires pour qu'ils se débarrassent vraiment des objets électroniques et des armes.

J'acquiesçai et me prêtai à la procédure standard.

Une fois le contrôle de sécurité effectué, Rich rejoignit sa place habituelle dans un coin de la salle et j'allai saluer les personnes présentes que je connaissais. L'ambiance qui régnait dans cette salle était complètement différente de celle du gala organisé par mon oncle. Ici, tout le monde avait des secrets et c'était une règle tacite que de les garder.

Cela m'a rappelé le film *Fight Club* et son mantra : *ce qui se passe au Fight Club reste au Fight Club.*

Quiconque enfreignait les règles en subissait les conséquences, depuis les membres du club jusqu'aux propriétaires, qui faisaient partie des êtres les plus dangereux de la planète. Mes recherches ne m'avaient pas permis d'en obtenir la liste complète, mais je savais bien que les King avaient quelque chose à voir là-dedans.

Une petite vibration dans ma pochette me donna le signal dont j'avais besoin pour me rendre aux toilettes. Je m'excusai auprès d'un groupe d'agents de change qui semblait toujours être présent lorsque je venais.

Poussant la porte, je scrutai la pièce du regard pour m'assurer que j'étais seule, puis je me dirigeai vers une méridienne située sur un côté et m'y assis.

Évidemment, Devani me faisait attendre. C'était sa façon de faire. Et je devinai que, dans son domaine d'activité, il était logique de maintenir tout le monde autour d'elle sur le qui-vive.

Au moment où j'allais ouvrir ma pochette et sortir mon téléphone, j'entendis une porte s'ouvrir. Une porte qui, j'en étais certaine, n'aurait pas dû exister dans une salle de bains qui n'avait qu'une seule entrée.

Soupirant, je me retournai pour regarder par-dessus mon épaule. D'un toilette qui était vide quelques instants plus tôt sortit une superbe brune. Tout en elle évoquait l'argent.

Elle en avait, elle s'en servait, elle aimait ça, elle en gagnait.

— Tu te rends compte qu'il n'était pas nécessaire de faire une arrivée en grande pompe.

Elle haussa les épaules.

— Quel est l'intérêt de connaître une entrée secrète dans un club clandestin si je n'ai pas l'occasion de l'utiliser ?

— Sam n'a pas voulu venir avec toi ?

Récemment, et par hasard, j'avais appris que Devani et Samir « Sam » King sortaient ensemble. La dernière chose à laquelle je m'attendais, c'était qu'il se passe quelque chose entre eux. Ils venaient de mondes différents, mais Jayna et Kir aussi, et ces deux-là étaient tombés éperdument amoureux.

Je lus la surprise sur son visage.

— Tu essaies d'en faire quelque chose que ce n'est pas.

Ce que Devani ignorait, c'était que je protégeais Sam pour des raisons que seules quelques personnes connaissaient. Il était de ma famille. Une famille que je n'avais pas le droit de reconnaître. Sam était mon cousin germain. Le fils de la femme que l'oncle Ashok avait prétendu aimer et vouloir épouser, jusqu'à ce que la famille et l'argent de tante Monica arrivent. Il avait séduit la jeune femme de dix-neuf ans et l'avait laissée enceinte et seule dans une communauté qui rejetait les mères célibataires.

— Alors, qu'est-ce que c'est ?

— Il s'agit d'un accord mutuellement bénéfique.

— Ce qui veut dire ?

— C'est un King, je suis une Patel. Cela ne marcherait jamais. Nous savons ce que nous faisons, Danika. Pas besoin de jouer à la grande sœur, d'autant plus que nous avons le même âge.

— Qu'est-ce que tu fais, Devani ?

Elle me jeta un regard noir.

— Nous nous envoyons en l'air quand l'envie nous en prend. Cela répond-il à ta question ?

Son accès de colère me disait qu'il s'agissait de plus qu'une simple relation entre *sex-friends*, mais je ne pouvais pas insister. Ce serait pour une autre fois.

— Oui, haut et fort.

À cet instant, une femme d'un certain âge entra dans la pièce.

— As-tu ce rouge à lèvres que tu portais la dernière fois que je t'ai vue ? me demanda Devani en la regardant entrer dans une cabine. Je te jure, j'ai cherché cette nuance partout, mais impossible de la trouver.

Ouvrant ma pochette, j'en sortis le tube et le lui tendis.

— Tiens. Tu peux le garder. C'est l'une de mes couleurs préférées et j'en garde pas mal en stock à la maison. De plus, je pense qu'il ira parfaitement avec ta robe.

Devani ouvrit et appliqua le rouge à lèvres, pinça les lèvres et fit la moue dans le miroir.

— Cette couleur est parfaite.

— Je suis ravie de l'avoir apporté avec moi. J'avais le sentiment que tu porterais cette robe ce soir.

À cette remarque, Devani arqua un sourcil.

— Ça fait trop longtemps que nous n'avons pas fait un voyage entre filles.

— Oui, c'est vrai.

La dernière fois que j'étais allée quelque part, c'était un an et demi plus tôt, à Rio.

J'avais rendez-vous avec un cyberclient et j'avais pris

l'avion pour Lima, au Pérou, dans le but d'étudier une œuvre d'art pour la galerie de Jayna. À ce moment-là, Devani faisait profil bas entre deux missions en Guyane. Toutes les deux, nous avions décidé que Rio de Janeiro était l'endroit idéal pour un voyage improvisé entre filles.

Nous avions toutes les deux désespérément besoin de faire une pause dans nos vies respectives. Elle, loin de sa famille folle et avide d'argent, et moi, loin de mon oncle.

Deux courts vols plus tard, nous étions prêtes pour un week-end prolongé de shopping, de plage et de sorties en boîtes.

La bonne société new-yorkaise n'aurait jamais cru que la nièce de Shah et l'héritière des diamants Patel étaient les meilleures amies du monde ou qu'elles passaient leurs vacances ensemble. Il y avait une longue histoire d'antipathie entre nos familles, dont ni Devani ni moi n'avions jamais trouvé l'origine.

L'attention de mon amie passa de son propre visage au mien.

— Dis donc, ma belle, tu es carrément canon ce soir.

— Nous sommes toutes les deux canons. C'est notre mode opératoire.

Je n'étais pas le genre de femme qui ne connaissait pas son attrait. J'avais hérité de la beauté séduisante de ma mère et de mon père. Je savais comment me mettre en valeur quand je le voulais, même si je préférais le côté moins glamour de la vie. Il m'était bien plus facile de relever mes cheveux en un chignon désordonné et d'en rester là.

L'utilisation de nos atouts était une autre chose qui semblait nous lier, Devani et moi. Les gens, surtout les hommes, nous sous-estimaient. Et c'était ainsi que nous finissions par gagner la plupart des soirées poker.

Aucune tricherie n'était nécessaire. Nous étions très intelligentes, mais ceux qui nous entouraient ne pouvaient pas s'empêcher de regarder nos seins.

— Je suis d'accord, dit la femme qui était entrée dans les toilettes un peu plus tôt, avec un fort accent italien. Vous êtes toutes les deux de très belles femmes. J'espère que vos hommes savent comment vous traiter.

— Nous sommes célibataires, répondit Devani en s'écartant pour laisser la dame se laver les mains.

— Pas pour longtemps, à mon avis. Surtout vous, là-bas, Dit-elle avec un geste vers moi. Cette robe est presque indécente. C'est exactement ce que j'aurais porté à mon époque.

Elle m'adressa un clin d'œil avant de quitter la pièce.

Devani et moi restâmes silencieuses quelques instants avant d'éclater de rire.

— Je veux être comme elle quand je serai grande, affirmai-je, me levant pour aller jusqu'à la coiffeuse. Qui était-ce ?

— Isabella Ricci.

— Le requin des cartes ?

C'était une légende dans le monde du poker, La fille d'un aristocrate italien qui s'était enfuie avec un joueur et qui était devenue une joueuse de cartes connue à travers l'Europe.

— Entre autres choses.

— Je veux vraiment être comme elle quand je serai grande.

— Comme tout le monde, insista Devani qui s'appuya sur le plan de travail, m'observant des pieds à la tête. Cette robe dépasse tout ce que tu portes habituellement. Tu es ici pour jouer. Est-ce que tu vas payer, si un certain King demande un prix élevé ?

Cela n'aurait servi à rien de lui raconter des histoires. Elle aurait vu clair dans mon jeu.

Je réfléchis une seconde.

— Je ferai ce qui doit être fait.

Elle sourit devant ma réponse.

— Ma belle, tu le feras, quoi qu'il arrive.

Je ne pouvais pas le nier. Lorsqu'il était question de Nik King, j'étais dans le pétrin, Mais il était hors de question que je le lui fasse savoir.

L'enjeu était trop important. Cet homme était ma kryptonite.

Notre passé faisait partie d'une enfance que je ne pouvais pas oublier. Et il n'était plus l'enfant que j'avais connu. Il était entièrement un homme. Dangereux pour moi.

— Je n'aurais jamais dû te parler de notre passé. C'est un rêve d'enfant que je ne pourrai jamais réaliser. Même si c'est tentant.

— De qui te moques-tu ? L'énergie entre vous deux est intense. Je l'ai bien vu l'autre soir. Cela ne m'aurait pas surpris que toute la salle le remarque. Si l'occasion se présente, tu la saisiras.

— C'est une complication que je ne peux pas ajouter à ma vie.

— C'est inévitable.

— Pour que ce soit inévitable, il faudrait que Nikhil King se présente ce soir, et rien ne garantit qu'il le fasse.

— Ma belle, je ne me serais pas donné tout ce mal pour ne pas qu'il se montre.

Je la scrutai pendant une seconde.

— Qu'est-ce que tu ne me dis pas ?

— Dani, nous sommes amies depuis un long moment. Tu sais aussi bien que moi qu'il y a des limites à ne pas franchir. C'est l'une d'entre elles. Tout comme tu as tes secrets, j'ai les miens, affirma-t-elle avant de regarder la pendule sur le mur. Tu dois sortir d'ici et retrouver Connor. Il est temps pour moi de faire mon entrée tardive habituelle.

— Je suis, dis-je, jetant cinquante mille dollars de jetons sur la pile au centre de la table de poker.

— Vous vous sentez chanceuse, Dayal ? me demanda l'homme corpulent au fort accent irlandais sur ma droite.

— La chance n'a rien à voir avec ça, Connor.

Connor Danberry était un joueur septuagénaire doté d'un esprit très vif, capable de déceler les faiblesses d'un adversaire en une fraction de seconde. C'était aussi un agent d'Interpol à la retraite et l'homme que Devani avait contacté pour ajouter mon nom à la liste des invités de ce soir.

Cependant, si je voulais participer à une partie à *The Library*, je n'avais pas besoin de l'aide de mon amie : un simple appel ou message de ma part à Connor aurait suffi. Connor avait perdu un gros pot contre moi la dernière fois que nous avions joué et il avait hâte d'en regagner une partie. Nous entretenions une sorte de rivalité amicale.

— Alors, vous essayez d'évacuer des semaines de frustration à la table ?

— C'est possible, répondis-je en lui adressant un sourire qui n'engageait à rien, déposant mes cartes.

— Merde ! s'exclama-t-il en poussant la pile de jetons vers moi. En temps normal, je vous dirais que les émotions sont le moyen le plus rapide de perdre à une table de jeu, mais vous semblez faire le ménage ce soir.

— N'est-ce pas vous qui m'avez appris à me servir de mes émotions comme catalyseur pour éliminer mes adversaires ?

— Était-ce moi, ou l'homme qui me fusille du regard ?

Je jetai un œil à Rich par-dessus mon épaule. Il essayait de maintenir son habituelle expression stoïque, mais je remarquai la légère courbe au coin de ses lèvres.

— Je dirais que cela reste à déterminer.

Rich et Connor étaient des sortes d'amis et s'étaient engagés dans quelques missions internationales communes au fil des ans. Ils avaient également endossé des rôles de protecteurs envers moi. Et, parce que cela partait d'un bon sentiment, je les laissais faire. De plus, ils avaient un passé avec mes parents, un passé qu'ils estimaient avoir empêché la détection précoce du cancer de ma mère et qui avait conduit au meurtre de mon père.

— Si vous gagnez la prochaine main, je dirai que c'est grâce à moi. Si vous perdez, alors ce sera son influence.

— Serait-ce vraiment considéré comme un jeu équitable puisque nous ne sommes que deux à jouer ?

Je jetai un coup d'œil autour de nous et étudiai les joueurs à toutes les tables. Ils étaient tous entassés et, de temps en temps, les joueurs jetaient un coup d'œil dans notre direction.

— Il est évident que vous voulez être seul avec moi. Ils vont se faire une mauvaise impression.

— Ai-je vraiment l'air de me soucier de ce que les gens pensent ?

Il sortit un cigare d'une poche intérieure de sa veste de costume. Il le colla dans sa bouche, et aussitôt, un préposé vint l'allumer.

— De plus, notre princesse résidente et trois autres personnes se joignent à nous.

Je savais que Devani était la princesse. Lorsqu'elle parlait d'être un peu en retard, elle voulait dire *sérieusement* en retard. Et où était Nik ?

— Qui sont les autres joueurs ?

— Vous devrez patienter pour le découvrir.

Je faillis froncer les sourcils devant sa réponse.

Au lieu de cela, je demandai :

— Jouez-vous les cachottiers parce que vous avez perdu la dernière fois que nous avons joué ?

— Ma belle, j'ai perdu cette fois encore. Et, pour info, je joue les cachottiers, comme vous dites, parce que c'est mon privilège. Je suis aussi vieux qu'une momie, et c'est un droit divin.

— Très bien. Distribuez, alors. Le moins que je puisse faire, c'est de vous prendre plus d'argent pendant que nous tuons le temps.

5

— RIEN À SIGNALER, me dit Lake, mon chauffeur et garde du corps, alors que je pénétrais dans l'entrée de la ruelle de *The Library* aux alentours de minuit.

Ce soir, les tables étaient pleines de gros bonnets de toutes sortes, depuis l'élite de Manhattan à ceux qui évoluaient dans la pègre. La plupart d'entre eux avaient un point commun : ils m'étaient redevables, ou quelqu'un qu'ils connaissaient me devait une faveur. Et puis il y avait ceux que je nommais *les autres*, qui étaient admis, car ils étaient utiles dans divers aspects de mon entreprise familiale.

L'odeur du café et des pâtisseries flottait dans l'air, ce qui fit gronder mon estomac. Il faudrait que je commande quelque chose à la boutique, qui faisait à la fois librairie, café et boulangerie vingt-quatre heures sur vingt-quatre, et qui se trouvait au-dessus du club et appartenait à l'une des holdings des King.

Amir, le manager de l'étage, hocha la tête, prêt à me communiquer les détails sur toutes les personnes que je devais rencontrer et côtoyer avant de m'asseoir à la table qui m'avait été désignée.

— Bienvenue, monsieur, me salua Amir, qui me tendit un dossier avec la liste des joueurs et le niveau d'argent joué sur cet étage. Lake a appelé à l'avance pour nous informer de votre heure d'arrivée estimée, et le café vous apportera votre menu favori d'une minute à l'autre.

Nous prîmes la direction du bureau que mes frères et moi partagions lorsque nous faisions une apparition à *The Library*. Nous avions choisi de nous tenir à l'écart de l'endroit, laissant les rumeurs continuer à entretenir le mystère sur le propriétaire de l'établissement. Pour autant que le grand public le savait, *The Library* était soutenu et géré par une famille royale du Moyen-Orient; personne ne savait laquelle.

Une fois entrés dans le bureau et installés derrière la grande table de style industriel au fond de la pièce, je demandai:

— Y a-t-il quelqu'un à surveiller?

— Rien qui sorte de l'ordinaire.

Je l'étudiai. Sa réponse semblait étrange, surtout parce

que l'un de mes habitués m'avait demandé de faire une apparition ce soir et avait insisté pour que ce soit moi le frère qui se présentait.

— Donnez-moi la liste et je déciderai de ce qui sort de l'ordinaire.

Je parlais d'un ton dur, mais mon instinct me disait qu'à la fin de la soirée, pas mal des pièges que j'avais mis en place au fil des ans allaient se déclencher, et je voulais que tout le monde soit prêt.

— Y a-t-il quelque chose dont je ne suis pas au courant ?

Amir était loyal et je lui faisais confiance. Enfin... Jusqu'à une certaine limite. Les seules personnes en qui j'avais une confiance totale étaient mes frères.

— Disons que j'ai eu vent d'une information selon laquelle quelque chose d'inhabituel allait se produire ce soir.

Le dos d'Amir se redressa et il commença à envoyer des SMS.

— J'ai demandé des renforts de sécurité et quelques yeux supplémentaires pour surveiller l'étage. Rien n'arrivera sous ma surveillance.

Je faillis sourire. Mon respect pour cet homme monta d'un cran. Sa réaction était celle d'une personne qui tirait fierté de son travail. Amir venait de ce même quartier pourri où j'avais grandi, et il comprenait le prix de la trahison.

Ce qui était fou, c'était que ce ne serait pas moi qui serais obligé de faire appel à la justice pour tromperie. Ceux qui m'étaient fidèles s'en chargeraient. Chacun d'entre eux savait que je protégeais les miens.

Je marchais sur le fil ténu entre le monde de l'homme honnête et celui du criminel, mais j'avais maintenu cet équilibre toute ma vie. Si je n'avais pas appris très tôt ces manœuvres, je serais mort quelques mois après le décès de mes parents. J'avais le choix entre apprendre le langage et les règles de la rue ou en devenir la victime.

— Maintenant, donnez-moi la liste des joueurs.

Au moment où Amir ouvrait la bouche, quelqu'un frappa au panneau mural cachant la porte, et Lake entra avec un plateau sur lequel se trouvaient des plats sous cloche. Il le déposa sur la table de poker qui faisait office de table à manger, hocha la tête et s'en alla.

Alors que je me dirigeais vers la table et m'installais pour manger, Amir déposa la liste sous mes yeux.

— Les Johnson sont là, quelques habitués de Wall Street, certains de nos contacts aux États-Unis et dans les agences internationales.

C'était l'un de ces derniers qui avait motivé ma présence ici ce soir. Connor Danberry. Ce vieillard avait insisté pour que je fasse une apparition si je voulais attraper la seule proie que je visais depuis des années. J'ignorais de qui parlait cet espion d'Interpol à la retraite, mais la curiosité l'avait emporté. Et Connor avait toujours eu de bonnes raisons pour me pousser à faire certaines choses. La plupart du temps, et même si j'avais du mal à l'admettre, son intervention m'avait évité une tonne d'ennuis.

— Qui est le *duo dynamique* ? demandai-je.

Amir sourit.

— Désolé, j'aurais dû changer ça quand j'ai appris que vous veniez. C'est ce que nous indiquons quand les princesses mondaines viennent. Ennemies le jour, meilleures amies la nuit.

Je déposai mes couverts et lui jetai un regard noir.

— Des noms.

Il hésita, comme surpris par mon irritation.

— Devani Patel et...

— Danika Dayal, terminai-je à sa place.

Cela n'aurait pu être personne d'autre. Forcément.

Les mauvaises langues aimaient faire courir le bruit qu'elles s'étaient disputées lorsqu'elles étaient adolescentes, mais j'avais toujours pensé que ce n'étaient que des conneries. La Danika que j'avais connue affrontait les choses et ne les laissait jamais s'envenimer.

J'en avais eu la preuve un peu plus de cinq ans plus tard, à Napa, lors du mariage d'une jeune starlette de Bollywood et d'un bijoutier de haute couture. J'avais décidé de faire un tour à l'arrière du domaine pour prendre l'air lorsque j'avais surpris les deux femmes en train de rire et tellement plongées dans leur conversation qu'elles n'avaient pas remarqué ma présence. La majeure partie de la discussion n'avait pas de sens, un mélange de mode et d'art. Juste avant de se séparer, Danika avait tendu un rouge à lèvres à Devani en lui disant qu'elle avait raison, que la couleur s'accordait mieux avec son *lengha*, et qu'elle devait le garder.

Elles semblaient à l'aise l'une avec l'autre. Il n'était donc pas logique qu'elles fassent semblant de ne pas s'apprécier en public. J'avais prévu d'approfondir la question, mais quelques instants plus tard, j'avais appris qu'Arin, mon père adoptif, avait été victime d'une crise cardiaque fatale, et mon monde avait basculé.

J'étais passé de l'aîné des marginaux qu'Arin King avait recueillis dans les rues au dirigeant de l'empire King. En moins de vingt-quatre heures, j'avais perdu mon père et pris son trône pour empêcher tout concurrent affamé d'absorber son territoire. Je n'avais pas eu le temps de faire mon deuil, ni de réfléchir, ni de me demander comment un jeune homme de vingt-six ans était censé maintenir une zone amassée au fil des décennies.

Refoulant mes souvenirs, je lui dis :

— Je veux en savoir plus.

— Monsieur, je pensais que vous seriez le premier à les connaître. Mme Dayal n'est-elle pas parente de votre belle-sœur ?

Je contractai la mâchoire et sentis un élancement dans ma tête.

— Manifestement, je suis passé à côté de quelque chose.

Ce qui m'énervait au plus haut point.

J'avais hâte de mettre la main sur mon frère Rey. C'était notre hacker, c'était lui qui détenait les informations sur tout le monde. C'était lui qui était censé surveiller Danika et ses allées et venues à tout moment.

— Elles œuvrent pour mettre les gens en relation.

— Tout comme moi. Vous voulez être plus précis ? Je doute que nous travaillions dans le même domaine.

Je n'étais pas d'humeur à supporter de longues pauses.

— En tant que spécialistes de la tech. Hackers et consorts. Elles restent très discrètes sur l'identité des hackers et sur la question de savoir si l'une d'entre elles ou les deux sont les hackers en question. Tout ce que nous savons, c'est qu'elles maîtrisent les technologies, et qu'elles sont physiquement entraînées.

— Qu'entendez-vous exactement par *physiquement entraînées* ?

La prochaine fois que je verrais Rey, je lui balancerais mon poing dans la figure pour ne m'avoir pas dit que Danika était une habituée de *The Library*. Il connaissait mon passif avec elle.

— Vous souvenez-vous de l'incident avec Gustov Novak ?

Je songeai au désastre qui avait nécessité la fermeture complète du club. Novak avait menacé de dénoncer l'une des invitées à sa famille conservatrice si elle ne l'accompagnait pas jusqu'à son domicile. Devant sa résistance, il avait essayé de la malmener. Elle avait sorti un couteau qu'elle avait dissimulé sur son corps et l'avait poignardé dans le ventre, puis l'avait tailladé, à deux doigts de la castration complète. Novak s'était presque vidé de son sang avant l'arrivée des secours. Et, en raison du code tacite du club, aucun des clients n'avait porté assistance à Novak. Et, par la suite, il était quasiment devenu un paria en raison de son comportement.

À présent, tout s'expliquait. J'avais négligé l'événement en le considérant comme le prix à payer pour faire du business, surtout en sachant ce qui était arrivé par la suite, lorsque le célèbre hacker *Le Petit lapin* avait eu vent de l'incident de Novak et avait décidé de s'en mêler. Au matin, tous ses comptes bancaires avaient été vidés et ses activités commerciales avaient été commodément emballées et envoyées à Interpol. En l'espace d'une semaine, tous ses associés connus qui n'avaient pas pris leurs distances avec lui avaient connu le même sort.

Je croyais qu'elle ne faisait que rendre justice pour un tort causé à une autre femme, et non pour se venger de ce qu'on lui avait fait subir.

Merde, Danika.

J'aurais dû savoir qu'elle ne limiterait pas ses activités au piratage, quelque chose de sûr et derrière un ordinateur. Un endroit où je n'aurais pas à m'impliquer et où je pourrais la protéger de loin.

Lorsque *Le Petit lapin* était entré en scène, j'avais aussitôt compris quelle était son identité. Ce n'était pas seulement à cause du nom, que je lui avais donné. C'étaient les causes qu'elle choisissait, les personnes qu'elle poursuivait. Danika ressentait le besoin de détruire tous ceux qui faisaient du mal aux personnes vulnérables. Elle l'avait toujours éprouvé.

C'était vraiment génial !

La colère me déclencha des picotements dans la nuque.

— Pourquoi personne ne m'a dit que c'était Danika ?

— C'est à cause de M. Samir, monsieur. Il a une règle

stricte : si l'un des King s'occupe de la situation, alors c'est réglé.

Encore un frère que j'allais devoir frapper au visage. Il le méritait plus que Rey. Danika était vraiment de son sang, c'était sa petite cousine.

— Sont-elles à l'étage en ce moment ?

— Oui.

Je me levai et me dirigeai vers la vitre sans tain déguisée en grand miroir antique surdimensionné dans la salle de jeu. Amir me suivait de près.

J'avais une vue dégagée sur la section VIP. Devani Patel était assise à une table avec Connor Danberry et un groupe d'autres hommes et femmes. Il y avait un siège vide près de Connor, dont je supposais qu'il m'était réservé. Devani était habillée comme à l'accoutumée dans une robe de créateur qui sortait probablement tout droit d'un défilé. C'était une joueuse dangereuse. Les autres joueurs ne voyaient jamais la créature rusée et dangereuse qui se cachait sous l'emballage, tant ils étaient captivés par ce dernier. C'était une femme que j'avais toujours voulu avoir à mes côtés.

Je parcourus la zone du regard pour voir Danika, mais en vain. Elle était bloquée par un homme qui parlait à quelqu'un à une table proche. Je ne voyais qu'un poignet lourdement orné de bijoux, un bracelet que je connaissais bien, composé de diamants et de saphirs si sombres qu'ils paraissaient presque noirs. Aussitôt, j'eus le sentiment que j'allais avoir une surprise, lorsqu'elle apparut enfin quand l'homme se déplaça.

Et c'était un véritable euphémisme.

Bon sang ! Elle était carrément magnifique. Ses lèvres sont peintes d'un bordeaux profond et riche, ses yeux sont charbonneux et ses cheveux tombent en cascades en longues boucles sauvages dans son dos. La robe qu'elle portait dégageait une impression de confiance et épousait ce corps incroyable sur lequel j'avais passé plus de nuits à fantasmer que je n'aurais voulu l'admettre.

Elle n'était pas la princesse dorlotée de l'autre soir, mais une séductrice dans son élément, qui tenait sa cour avec un groupe de patrons de la pègre ayant des liens avec des syndicats internationaux.

Amir pencha la tête sur le côté en étudiant le groupe.

— Pensez-vous qu'elle ait quelque chose de caché sur elle ce soir ? Même si elle est couverte par cette robe à manches longues, elle est trop ajustée pour cacher quoi que ce soit.

Pendant une fraction de seconde, j'eus envie de lui frapper la tête contre le mur pour avoir regardé son corps de cette façon. Puis je me ressaisis.

C'était son travail.

Les armes étaient interdites dans l'enceinte de l'établissement, et tout le monde passait par des détecteurs de métaux avant d'entrer dans le club. Le fait que Danika ait été capable de faire passer quoi que ce soit à travers ma sécurité, même une seule fois, indiquait qu'elle possédait des compétences supérieures à celles d'un joueur moyen. La question d'Amir était pertinente.

— Je dirais qu'elle a transporté quelque chose chaque fois qu'elle est venue ici. Et je parierais que Devani aussi.

Il ne faisait aucun doute que l'arme de Danika était suspendue à la longue collection de chaînes en or qu'elle portait autour du cou et qui descendait le long de son décolleté très plongeant pour épouser ses seins généreux.

Mon corps s'agita, sachant que l'innocente Danika n'était pas si innocente que cela. Peut-être n'était-elle pas aussi intouchable que je l'avais cru. Ce qui signifiait qu'essayer de l'atteindre ne serait pas aussi interdit que Kir et tout le monde se plaisaient à me le dire.

— Les dames sont en train de tout rafler.

D'après ce que l'on pouvait voir, c'était Danika qui remportait tout, avec le plus gros des jetons amassés devant elle. Un homme imposant que je reconnaissais de mes jeunes années se tenait derrière elle, épiant chacun des mouvements de chacun, tout comme les autres membres de la sécurité dispersés autour des autres joueurs de la table.

Danika jeta des jetons au centre de la table et deux joueurs se couchèrent, laissant les deux amies dans le jeu. Elle dit quelque chose à Devani qui fit rire tout le monde, et cette dernière fit monter les enchères. Les deux femmes se regardaient dans les yeux, sans rien laisser paraître.

Personne ne dit mot alors qu'elles posaient leurs cartes sur la table, face visible. Des bruits retentirent autour d'elles.

Devani mima le mot *garce*. Danika haussa les épaules.

— C'est mon signal pour me joindre à vous, dis-je en

jetant un regard derrière moi. Sortez d'ici. Avant de partir, préparez une partie et verrouillez tous les accès extérieurs.

— Ce sera fait.

Je m'approchai d'une autre série de portes menant à un ensemble de couloirs qui s'ouvraient sur le bar de la salle de jeu.

— Bienvenue, monsieur King, me salua James, le barman, lorsque j'arrivai. Comme d'habitude ?

— Oui.

Je reportai mon attention vers les tables et mon regard croisa celui de Danika.

Je vis le choc, puis quelque chose d'autre remplir son regard noisette profond.

Elle s'avança vers moi d'un pas souple, calme et calculé. Cette robe aurait dû être illégale. Les manches longues ne faisaient qu'accentuer l'encolure plongeante. Sans les bijoux stratégiquement placés, les courbes intérieures de ses magnifiques seins auraient été totalement exposées.

Cette femme suscitait en moi des pensées que je n'avais pas le droit d'avoir. Elle n'était pas à moi. De plus, je n'étais pas un homme possessif.

Avec n'importe quelle autre femme, les règles étaient claires.

Pas d'attachement. Aucune attente. *Pas d'avenir.*

Mais, d'un autre côté, aucune autre femme n'était Danika Dayal.

— Bonjour, Nik. Je ne m'attendais pas à te voir ici.

Danika posa sa pochette sur le bar et s'appuya sur son coude en levant les yeux vers moi.

Si je la dépassais en taille, il n'y avait plus une once de l'incertitude que j'avais ressentie chez elle quelques soirs plus tôt. La femme qui se trouvait devant moi ne se laisserait pas intimider.

Laquelle des deux était la vraie Danika ? À moins qu'elle ne joue un rôle dans les deux cas ? J'avais l'intention de trouver la réponse.

Et peu importait ce que Kiran avait dit. Elle était entrée dans mon monde et cela signifiait qu'elle était désormais une cible potentielle.

D'après ce que j'avais appris ce soir, elle passait beaucoup de temps à osciller entre la bonne société et les profondeurs obscures de la jungle.

— Vraiment ? Il y a un siège vide que Connor m'a réservé à la table.

— Il y a toujours des rumeurs sur les personnes qui viendront. Je crois les choses quand je les vois. Puisque tu es ici, j'ai une proposition pro à te faire.

Elle remua, tendit la main par-dessus le comptoir pour prendre une olive dans le martini que James avait posé devant elle, dévoilant un léger aperçu d'un motif or et noir qui ne pouvait être qu'un tatouage sur son épaule.

Elle suivit la direction de mon regard et se redressa, comme si j'avais surpris quelque chose qu'elle voulait garder caché.

Je touchai son épaule, maintenant couverte par sa robe noire.

— Je n'aurais pas imaginé que la princesse Shah couvrirait son corps d'encre.

— Je ne suis pas une Shah.

Le feu jaillit dans son regard alors qu'elle écartait mes doigts et, tout aussi rapidement, j'attrapai son poignet.

— C'est vrai. Tu es une Dayal, qui joue dans un repaire de prédateurs. Que fais-tu ici, Danika ?

— Lâche-moi, Nik.

Son pouls s'emballa sous ma main et ses yeux se portèrent sur mes lèvres. Au lieu de vouloir des réponses, je me vis l'entraîner dans mon bureau et la pousser contre un mur pour me rassasier de cette bouche pulpeuse.

— Es-tu un prédateur ou une proie, *Petit lapin* ?

Elle tressaillit, comme si le fait de l'appeler par le surnom que je lui avais donné il y a longtemps avait déclenché quelque chose.

Un petit lapin effrayé, c'était la description parfaite de la petite fille de huit ans que j'avais rencontrée dans les rues de notre quartier pourri. Elle sursautait si quelqu'un parlait trop fort, et pleurait pour un rien.

Je n'avais jamais compris pourquoi c'était moi qu'elle avait choisi de suivre partout. J'étais le méchant gamin abruti qui passait son temps à lui dire d'aller voir ailleurs, et qui l'appelait Petit lapin pour la faire pleurer davantage.

Mais au lieu de cela, elle se promenait comme s'il s'agissait du nom d'une tigresse.

— Je ne suis la proie de personne, même si je laisse croire aux autres que je le suis.

Elle se libéra, prit son verre et en but une longue gorgée avant de le reposer.

— Je pense que tu dis vrai. Sinon, tu n'aurais pas réussi à passer la première soirée ici, et d'après ce que j'ai appris, tu viens souvent ici.

— Quand serais-tu disponible pour parler affaires ? demanda-t-elle, comme si je n'avais pas répondu à sa précédente déclaration.

Si c'était ainsi qu'elle voulait jouer… Je n'aurais aucun problème à me prêter à son jeu.

Je pris mon verre, but une longue gorgée, puis lui demandai :

— Quel genre d'affaires ?

— Le genre qui veille à ce que tes avoirs soient protégés et à ce qu'un ennemi commun soit anéanti.

Shah.

— Et je suppose que tu es consciente que mes faveurs ont un prix, que je choisis ?

— Oui. Ce que j'ai à offrir est un paiement plus que suffisant.

— Ce n'est pas ainsi que ça fonctionne. Je suis le plus dangereux des King, affirmai-je en me rapprochant d'elle. Je prendrai ce que tu m'offres, et ensuite je demanderai plus. La question est de savoir si tu es prête à assumer le coût pour atteindre ton objectif.

Elle tint bon et me regarda droit dans les yeux.

— Le sexe entre nous ne sera pas une transaction commerciale. Alors, n'essaie pas de m'effrayer avec ces tactiques. Ça ne marchera pas. Si et quand cela se produira, ce sera en connaissance de cause.

Elle était là, la chasseresse. Cette femme qui semblait me maintenir dans un état de semi-excitation chaque fois que je me trouvais près d'elle, et ce depuis mon adolescence.

— Oh, ça arrivera. Cela fait trop longtemps que nous nous tournons autour. Et maintenant que je sais que tu as franchi le seuil de mon monde et que tu n'es pas hors limites, ça arrivera bientôt.

— Revenons-en à notre sujet, les affaires. Quand pouvons-nous nous rencontrer ?

Le fait qu'elle n'ait pas nié que nous allions coucher ensemble témoignait d'une audace à laquelle je ne m'attendais pas.

Cette femme ne cessait de me surprendre.

Et mon sexe approuvait. Mais j'aurais pu me passer de sa présence dure dans mon pantalon à cet instant-là.

— Mercredi, répondis-je, fouillant dans ma poche pour en tirer une carte de visite que je lui tendis. Sois à mon bureau à vingt-deux heures. Nous discuterons affaires à ce moment-là.

6

D anika

JE REGARDAI la carte que Nik me tendait. Son nom et son adresse y figuraient en relief.

Levant les yeux, je fixai ses yeux couleur chocolat noir et demandai :

— Quel est le piège ?

— Il n'y a pas de piège.

Je n'y croyais pas. Il y en avait forcément un. Mais avec ce que je savais de Nik, il me ferait attendre pour le découvrir.

Il nous restait donc l'autre partie de la conversation que nous avions eue et que j'avais tenté d'ignorer.

Respire profondément, Danika. Fais semblant jusqu'à ce que tu y arrives.

— Et ce soir ? Allons-nous à la table de Connor pour voir qui est le meilleur joueur ?

— Nous allons faire une partie, mais je pensais changer de lieu.

Son regard était si intense que j'avais envie de serrer mes cuisses l'une contre l'autre.

J'étais méchamment dans le pétrin. Quelque chose en lui m'attirait comme un papillon de nuit vers une flamme.

— Ce qui veut dire ?

— Ce qui veut dire une partie privée, entre toi et moi.

Le changement dans sa voix faisait bouillonner mon sang.

Il essayait de me séduire. Ici. Devant tout le club.

Je n'étais pas si facile, même si mon sexe essayait de me faire mentir.

Je plissai les yeux.

— Nik, à quel jeu joues-tu ?

— En dehors des cartes ?

Il leva un sourcil d'une manière arrogante qui aurait dû m'agacer, mais qui, au contraire, fit se contracter mon intimité.

Merde.

— Oui, dis-je, essayant de ne pas trahir la manière dont mon corps réagissait.

— *Petit lapin*, la question, c'est de savoir à quel jeu *toi*, tu joues.

Cela faisait quinze ans qu'il ne m'avait pas appelée par ce nom, et en quelques minutes, il l'avait utilisé à deux reprises. Pourquoi s'en servir maintenant, alors qu'il ne l'avait jamais fait depuis que j'avais quitté le quartier ?

Il ignorait le pouvoir de ce nom. Et les secrets qu'il renfermait.

Je n'aurais pas dû le choisir comme pseudonyme, mais d'un autre côté, c'était un surnom privé, entre deux personnes dont le destin avait décidé qu'elles n'étaient pas faites l'une pour l'autre.

Nik s'en était servi pour se moquer de la fille maigre et effrayée que j'avais été. Mais je savais aussi qu'il portait sur lui un petit tigre en bois sculpté que sa mère lui avait offert, et qui s'appelait Lapin. Il était tout autant perdu que moi et c'était sans doute ce qui m'avait poussé à le suivre et à rester avec lui, même s'il essayait de se débarrasser de l'enfant de huit ans que j'étais.

Les enfants que Nik fréquentait étaient ceux contre lesquels les parents mettaient en garde leurs enfants. Mais ils étaient devenus ma famille, me protégeant des brutes de notre quartier. Et, à mon tour, en grandissant, je protégeais les garçons, surtout une fois que Nik avait pris en charge l'équipe. J'étais la fille studieuse qui avait le nez dans un livre : les flics me croyaient quand je disais que les garçons se trouvaient à un endroit différent de celui où ils étaient en réalité.

Puis tout avait changé, et j'avais perdu mon monde.

Repoussant les souvenirs du garçon que j'avais connu, je me concentrai sur l'homme qui se trouvait devant moi.

— J'ignore ce que tu veux dire, Nik.

Il posa son verre sur le rebord du bar et se pencha en avant. Son grand corps bloquait presque toute la lumière autour de moi.

— Pourquoi es-tu ici, Danika ? Pourquoi es-tu amie avec des hommes qui ont la réputation de trancher des gorges et de tricher aux cartes ? Et pourquoi avait-on l'impression que Devani Patel et toi étiez les meilleures amies du monde alors que les gens croient que vous ne pouvez pas vous supporter ?

Droit au but, à ce que je vois.

— Mes secrets sont exactement ce qu'ils sont : les miens. Je suis ici pour jouer aux cartes. Tu veux une partie privée, alors jouons.

— Oui, jouons.

Il me tendit la main.

Mon réflexe immédiat fut de la saisir, mais une petite parcelle de bon sens s'insinua en moi. Si je prenais sa main, je savais ce que je faisais. Cette nuit allait se terminer bien différemment de ce que j'avais prévu en rentrant de la galerie avec l'intention de regarder une série.

Cela se terminerait d'une manière que je n'avais même pas envisagée.

Ce soir, j'étais censé obtenir un rendez-vous ; maintenant, je décidais d'une partie de poker qui se terminerait dans le lit de Nik.

Je regardai fixement ses beaux yeux envoûtants. Il ne laissait rien transparaître.

Avant même de m'en rendre compte, je glissai ma main dans la sienne.

— Je te suis.

Il me contempla une brève seconde avant de porter ma main à ses lèvres et d'embrasser mes jointures.

Une décharge envahit mon organisme et je luttai de toutes mes forces pour ne pas frémir.

— Viens avec moi.

Me tenant la main, il se dirigea vers un couloir à l'arrière. Au moment où nous glissions dans l'obscurité, je jetai un coup d'œil par-dessus mon épaule et vis Connor, Rich et Devani qui nous observaient. Chacun d'eux arborait une expression différente sur le visage. Je savais que j'allais recevoir des messages me faisant part de leur avis sur ma décision, mais à ce stade-là, je n'allais pas changer d'avis.

La lumière faiblit à mesure que nous avancions dans le couloir. Au moment où tout devenait noir, nous nous arrêtâmes et Nik posa sa main sur une plaque murale ; une porte s'ouvrit.

Nous entrâmes dans un bureau que je n'aurais pu décrire autrement que comme un bar clandestin reconverti, avec des boiseries à l'ancienne, un bar dans le coin et des tables de jeu disposées à divers endroits de la pièce. Seul le grand bureau placé devant un panneau d'écrans indiquait qu'il s'agissait d'un espace de travail.

— Impressionnant.

— Rey le pense.

— Depuis combien de temps as-tu des liens avec *The Library* ?

— Depuis le début. Mes frères et moi en sommes les propriétaires.

Il me regarda pendant qu'il me donnait sa réponse.

Eh bien, merde. Les King n'avaient pas seulement des liens avec les propriétaires, c'étaient *eux*, les propriétaires. Il allait me falloir un certain temps pour me remettre du fait que je n'avais pas su que Nik se cachait derrière *The Library*. J'étais censée être la meilleure en matière d'information. Apparemment, je n'étais pas le super limier parfait que je croyais être.

— Si Rey veut faire évoluer ta tech, dis-lui de me passer un coup de fil. Je travaillerai avec lui pour m'assurer que tu disposes de la meilleure cybersécurité possible.

Nik s'arrêta brusquement, se tournant légèrement dans ma direction, et plissa les yeux.

— Si tu dois faire des affaires avec l'un des frères, ce sera moi.

Bon, très bien.

En temps normal, j'aurais fait une remarque insolente sur le fait que les hommes possessifs étaient rebutants, mais avec Nik, c'était une tout autre histoire.

Et le fait que la proximité de son corps faisait des ravages dans ma tête n'arrangeait rien.

— Tu marques ton territoire, King ?

Il se pencha en avant, comme pour m'embrasser.

— Je l'ai fait il y a plus de quinze ans, Dayal.

Avant que je puisse répondre, il alla vers un bar approvisionné et servit deux verres. Le premier était une bonne dose de Firewater, un whisky à plus de mille dollars les trente millilitres, et l'autre une quantité équivalente de Macallan vingt-cinq ans d'âge.

Il apporta les deux verres à une table de jeu prête à accueillir une partie.

— Voilà. Je sais que tu préfères les choses plus raffinées. Il déposa le Firewater et fit un geste vers la chaise recouverte de tissu.

Je m'approchai de la table et m'assis, laissant la fente de ma robe remonter pour que Nik ait une vue imprenable sur ma jambe.

La chaleur embrasa le fond de ses yeux bruns, faisant palpiter mon pouls.

— Tu aimes jouer avec le feu, n'est-ce pas ?

— J'ignore ce que tu veux dire, dis-je en faisant le tour du bord de mon verre avec le bout de mon index.

Lorsque j'avais fait glisser ma paume sur la sienne dans le bar, j'avais su qu'il n'y aurait pas de retour en arrière. Nous nous étions tournés autour pendant trop longtemps.

J'avais anticipé ça, je m'y étais attendue.

Mais maintenant que j'étais là, ma bravade s'était évanouie.

Je n'avais jamais rencontré un autre homme qui me faisait cet effet. Aucun autre homme ne menaçait mon contrôle. Si je ne faisais pas attention, il me rendrait vulnérable, mais j'avais besoin de lui pour mon plan et je ne pouvais pas lui être redevable de plus que ce que je pouvais supporter.

— *Le Petit lapin* n'a donc pas appris qu'il était dangereux de défier le prédateur le plus vicieux de la pièce.

— Arrête de m'appeler comme ça. Et, pour mémoire, ne sous-estime jamais le lapin, Nik.

— Dans mon monde, les lapins sont des proies.

Je relevai le menton.

— Je ne suis la proie de personne.

Il se pencha, passant un doigt du creux de ma gorge, où se trouvaient mes colliers, jusqu'à mes lèvres.

— Je crois que tu as raison. Sous les apparences de la princesse parfaite de la bonne société se cache une prédatrice prête à éliminer tous ceux qui ont osé lui faire du mal.

Je ne lui offris aucune réaction. Je me contentai de fixer ses yeux noirs envoûtants.

Comment pouvait-il me lire ainsi ? C'était comme s'il avait vu dans mon âme.

C'était ce qui le rendait si dangereux.

Pas le fait qu'il négociait ses faveurs. Ni le fait qu'il attendait quelque chose de moi, et que j'ignorais ce que c'était. C'était peut-être cette chose que nous avions depuis que nous étions enfants. Il avait été capable de voir au-delà de mes boucliers les choses que je désirais le plus. Les choses que je voulais cacher à tout le monde.

Je ne pouvais pas lui répondre sans en révéler trop. Au

lieu de cela, je me déplaçai pour éviter qu'il ne me touche. Et sa main me manqua à l'instant où elle disparut.

— Allons-nous jouer, ou dois-je rentrer à la maison ?

Il se redressa et prit place à côté de moi, son genou frôlant ma jambe.

— C'est ce que tu veux ? Rentrer chez toi ?

Il n'était pas question de rentrer chez moi. Il le savait autant que moi.

— Je veux jouer.

— Et si ton oncle découvre, que tu as joué avec moi ? dit-il avec un sourire en coin.

— Le seul moyen pour qu'il le découvre, c'est que tu le lui dises.

Il haussa un sourcil avec un léger amusement.

— Tu ne crois pas que les personnes qui t'ont vue partir avec moi diront quelque chose ?

Je secouai la tête.

— Tout comme j'ai des secrets, ils ont des secrets qu'ils veulent garder cachés. Par ailleurs, le règlement intérieur ne dit-il pas que les personnes que l'on voit et ce qui se passe lors d'une soirée de jeu doivent rester entre les murs de *The Library* ?

Il posa une main sur ma cuisse nue.

— Tu connais aussi la règle du club qui veut que toutes les dettes soient payées à la fin de la soirée. Pas d'exception.

Mon ventre se contracta et s'inonda d'excitation.

— Je n'ai pas perdu. Ce sera peut-être toi qui devras payer.

— D'après ce que j'ai appris plus tôt dans la soirée, tu as battu la maison chaque fois que tu as joué.

Je ne pouvais plus masquer ma respiration irrégulière. Ses doigts fléchirent sur ma peau, envoyant des étincelles dans tout mon corps.

— Nous verrons si la chance te sourit.

Repoussant sa main, je me calai sur ma chaise et glissai mes jambes sous la table.

— Ça marche.

— Juste pour que tu sois au courant... On joue pour les vêtements.

Je jetai un coup d'œil de côté.

— Strip poker ?

— Non. Je pensais à quelque chose d'un peu différent. Il mélangea un jeu de cartes et le divisa en deux, posant la moitié devant chacun d'entre nous.

Je levai les yeux sur lui.

— Tu es sérieux ? Une *strip-bataille* ?

— Pourquoi pas ? Ce n'est pas comme si nous n'avions jamais joué à ce jeu avant.

La dernière fois, c'était sur les marches de l'épicerie de Rich, une semaine avant que tout ne change. Mon jeune cœur de quatorze ans avait ressenti tant de choses pour ce garçon qu'avait été Nik, et j'avais compris qu'il tenait aussi à moi.

Je repoussai ces souvenirs. C'était un monde différent de celui dans lequel nous vivions aujourd'hui.

— Oui, mais nous étions des adolescents qui jouaient pour le jeu.

— C'est très vrai. Il s'agit de la version pour adultes où nous jouons pour des vêtements. Ce n'est pas une question de rapidité. On retourne la carte en même temps, la plus haute garde ses vêtements, et la plus basse se débarrasse d'un objet.

— Je vois.

Je fermai les yeux une seconde, tâchant d'apaiser mes nerfs. J'étais capable de garder mon sang-froid avec n'importe quel autre homme, mais il suffisait qu'on me mette dans une pièce avec Nikhil King, et je perdais la tête.

Ce n'était pas comme si je n'avais pas su que les choses seraient loin d'être simples avec Nik. La simplicité n'était pas dans ses habitudes. Pourquoi le sexe aurait-il fait exception ?

Nous allions coucher ensemble. Cela ne faisait aucun doute. Et lorsque cela se produirait, j'avais le sentiment que je revivrais ce moment pour le reste de ma vie.

Le fait qu'il ait l'intention de faire de cette expérience un jeu était inattendu. J'étais venue ici prête à participer à la comédie du poker, mais là, c'était autre chose.

— Tu as peur, Danika ?

Mon ventre se noua lorsque je sentis son souffle chaud dans mon cou. Quand avait-il bougé ?

Rassemblant mes esprits, je jetai un coup d'œil par-dessus mon épaule et lui dis de la manière la plus nonchalante possible :

— Absolument pas, King. C'est toi qui seras nu quand ce sera terminé.

— Mais c'est toi qui me supplieras.

Ma peau se couvrit de chair de poule.

Danika, que fais-tu ? Tu joues avec un animal carrément dangereux. Ce n'est pas le Nik que tu connaissais.

Ignorant la voix intérieure de la raison, je poursuivis le badinage.

— Continue à rêver.

— Alors, jouons.

Je me levai pour que nous soyons au même niveau. Nous tendîmes la main vers nos cartes en même temps, et les retournâmes.

Ma dame de pique battit son sept de carreau.

Sans un mot, il tendit la main sur le côté pour prendre un petit bol qu'il déposa près de nous, puis décrocha sa montre et l'y déposa.

Nous retournâmes la carte suivante.

Son dix de cœur battit mon six de trèfle.

Alors que je levais la main vers ma boucle d'oreille, il secoua la tête.

— Je n'ai pas dit que tu pouvais retirer un bijou.

— Tu as créé un précédent en enlevant ta montre.

Je décrochai une boucle en forme de double goutte de diamant et de saphir, et la déposai dans le bol.

— Quelque chose me dit que ton collier est composé de brins individuels.

Il prit son verre et but une gorgée.

Je tendis la main vers mon cocktail.

— Tu as raison. Vingt brins, pour être précise.

— Et y a-t-il une lame attachée au plus lourd, au centre ?

Il avait dû entendre parler de ce sale rat de Novak. Peu importait ce que Sam croyait, il n'aurait pas pu le cacher longtemps à ses frères, surtout à Nik.

— Je suppose qu'il faut continuer à jouer pour le savoir.

Je posai la main sur la pile.

Nous jouâmes pendant les dix minutes suivantes. D'une certaine manière, je perdais plus de choses que prévu, et mes réserves de colliers diminuaient.

— Je ne crois pas qu'on puisse jouer de la même manière avec ce bracelet. Il est en un seul morceau.

Je baissai les yeux sur ce cadeau qui représentait tant pour moi. Jayna et Kir me l'avaient offert quand j'avais obtenu mon doctorat en cybercriminalité. Ils étaient les seuls à savoir que j'avais obtenu ce diplôme.

À la mort de Kir, j'avais perdu un frère. Peut-être pas comme Nik, mais il savait des choses sur moi qu'il n'aurait jamais révélées à aucun des King. Nous avions cette loyauté en commun, non pas en raison de sa relation avec Jayna, mais parce qu'il tenait vraiment à moi. Je devais tellement à Kir. S'il ne m'avait pas harcelée, je n'aurais jamais poursuivi mes études supérieures.

— Comment le sais-tu ?

Je regardai la pièce sur mon poignet, vingt anneaux reliés par une chaîne cachée à l'intérieur. Il était conçu pour bouger comme s'il s'agissait de pièces individuelles, mais il était fait d'une seule pièce.

— J'étais là quand Kir et Jayna l'ont acheté pour toi.

Je déglutis. Kir n'aurait pas raconté à Nik pour quelle raison il achetait le bracelet.

— En fait, je lui ai dit que c'était un meilleur cadeau pour tes vingt-cinq ans que la montre qu'ils prévoyaient de t'offrir.

— Bon choix. Je le porte tout le temps. Il me rappelle aussi Kir.

Je passai un doigt sur les diamants et les saphirs.

Il posa sa main sur la mienne, me faisant sursauter.

— Pas de fantômes ici ce soir. D'accord ?

— Oui.

— Et si on modifiait un peu les règles ?

7

N^{ik}

JE REGARDAI FIXEMENT ces yeux ambrés qui s'étaient attristés en pensant à Kir. Je n'allais pas la laisser descendre dans un terrier de lapin créé par un mensonge que j'entretenais pour mon frère. Que j'entretenais par loyauté. Mais un mensonge quand même.

— Quelles règles changerais-tu ?

— Et si le gagnant décidait quel vêtement doit partir ?

Ses lèvres se recourbèrent en un sourire malicieux.

— Je dis d'accord, dans la limite du raisonnable. Je peux opposer mon veto s'il n'est pas accessible.

— Danika, tout ce que je veux est accessible dans cette robe. En fait, je prévois de te prendre avec cette robe.

Son pouls s'emballa sous mes doigts, mais elle soutint mon regard.

Si j'avais été quelqu'un d'autre, elle aurait pu me faire croire que je n'avais aucun effet sur elle. Là encore, je la connaissais. Elle ne pouvait pas se cacher de moi, même si nous avions quinze ans de plus et que nous vivions dans des mondes différents.

— Alors je pense que nous sommes d'accord.

— Oui, mais cette fois, j'ai droit au baiser avant la fin du match.

Tenant toujours son poignet, je glissai les doigts de mon autre main dans ses cheveux et rapprochait sa tête avant de poser ma bouche sur la sienne.

Un gémissement s'échappa de ses lèvres douces lorsqu'elle posa la main sur mon cou et approfondit le baiser.

Elle avait un goût incroyable, celui du mélange unique de fleurs de sureau et d'alcool du Firewater mélangé à sa propre essence enivrante. J'en rêvais depuis des années, de savoir ce que cela ferait d'avoir Danika Dayal dans mes bras. Pendant très longtemps, cela avait été le fantasme du jeune homme de dix-sept ans que j'avais été, que je portais en moi, mais dont je n'avais jamais vraiment cru qu'il se concrétiserait.

La pression de sa langue contre la mienne me donnait envie de la repousser sur la table et d'oublier mes projets de séduction que j'avais élaborés dès l'instant où elle s'était avancée vers moi dans la salle de jeu. Au lieu de cela, je rompis notre étreinte, et résistai à l'attrait de ses lèvres gonflées et de son regard ambré chargé de désir.

Elle me regarda pendant un moment avant de dire :

— Si j'avais su que tu embrassais comme ça, je t'aurais embrassé avant de demander ce livre quand j'avais quatorze ans.

— Je crois que c'est une compétence que nous avons tous deux développée au fil des ans, dis-je en passant mon pouce sur sa lèvre inférieure. Ceci dit, je ne nie pas que cela m'aurait fait très plaisir d'être ton premier baiser à l'époque.

— En parlant de livres... Je n'ai jamais eu le mien.

Tu veux dire le manuel de programmation sans intérêt qui appartenait à la bibliothèque et que j'ai volé ?

— Oui. Qu'est-ce qui lui est arrivé ?

Je haussai les épaules.

— Il doit sans doute être quelque part dans la pile de livres que Rey garde dans son bureau.

Que penserait-elle si je lui disais que je savais exactement où se trouvait ce livre ? C'était mon dernier lien avec elle, avec la vie que nous avions partagée avant de devenir des étrangers. Je l'avais caché depuis longtemps. Il y avait des choses qu'il valait mieux ne pas divulguer.

Je vivais dans un monde où la vulnérabilité était une arme et si quelqu'un comprenait que cette femme était la mienne, qu'elle l'avait toujours été, ma vie passerait de compliquée à chaotique.

De qui me moquais-je ? Tôt ou tard, ce serait de notoriété

publique. Shah l'avait toujours su, et pour une raison que j'ignorais, il ne s'en était pas servi.

Enfin, peut-être l'avait-il fait.

J'étudiai Danika. Elle s'était toujours montrée très prudente à mon égard. Ce soir semblait être l'exception, et j'allais en profiter pleinement.

— Je veux mon livre.

Les paroles de Danika me ramenèrent au présent.

— Alors je suppose que tu dois terminer ce jeu et voir si notre accord commercial durera très longtemps.

— Je ne coucherai plus avec vous, Nik. C'est l'affaire d'une nuit seulement.

Elle essaya de libérer le poignet que je continuais à tenir, en vain.

— Continue à te raconter ça, Danika, dis-je, soulevant sa main pour la poser sur sa pile de cartes. Jouons.

Elle ouvrit la bouche comme pour dire quelque chose. À la place, elle se lécha les lèvres, savourant les restes de notre baiser, puis me dit :

— Oui, jouons.

Je lâchai sa main et tirai une carte de ma pile.

Nous retournâmes en même temps.

— Je gagne, annonça-t-elle, tapotant sa bouche avec la carte, scrutant mon corps. Retire tes chaussures.

Je levai un sourcil.

— Parmi tout ce que je porte, tu choisis mes chaussures ?

Elle se pencha en avant jusqu'à ce que nous soyons nez à nez.

— Si je veux te voir nu, il faut d'abord que tu enlèves tes chaussures. Ce ne sont pas les règles ?

Merde. Qui séduisait qui ?

— Tu as tout à fait raison.

Je retirai mes mocassins italiens faits sur mesure et tendis la main vers mes cartes.

Cette fois, je gagnai.

Elle se redressa, comme si elle s'attendait à ce que je lui dise de retirer ses sous-vêtements.

— Détache la grosse chaîne et donne-moi le couteau qui y est accroché.

Elle s'avança dans ma direction.

— C'est compliqué.

Posant mes mains sur sa taille, je l'attirai vers moi.

— C'est-à-dire ?

— Le collier est relié aux deux autres chaînes et...

— Et... insistai-je.

— Je dois retirer la lame avant de pouvoir détacher les chaînes.

Je la relâchai, et je fis un pas en arrière.

D'une fente sous la broderie autour de la courbe inférieure de son sein, Danika tira une fine dague argentée au manche doré. Elle la posa sur la table et passa la main dans sa robe. Après un cliquetis, les chaînes en or se détachèrent et elle les retira de son cou avec le fourreau de la lame. Rassemblant les bijoux, elle les ajouta à la collection sur le plateau.

— C'est impressionnant.

— Attends de voir la lame.

Elle ramassa le couteau et me le tendit, le manche vers moi.

C'était une œuvre d'art. Le design était un mélange de quelque chose que j'aurais cru provenir du Japon et de l'Allemagne. Il était léger et presque aussi fin que du papier. Ce matériau n'avait pu passer à travers un détecteur de métaux que s'il avait une faible teneur en métal, et il en existait très peu qui étaient suffisamment résistants pour être moulés en une lame utilisable. Elle avait dû débourser une belle somme pour faire réaliser cet objet. De plus, la personne qui avait conçu cette pièce devait être à mi-chemin entre un scientifique et un maître de l'acier expérimenté.

— De quel type de métal la lame est-elle faite ?

— Je ne suis pas autorisée à révéler cette information. Et je ne romps jamais une promesse.

— Tu n'as rien de commun avec la femme que tu dépeins au monde. Je l'ai toujours su, ajoutai-je.

Quelque chose brilla dans ses yeux, et au lieu de faire un commentaire, je lui rendis le couteau.

— J'aimerais connaître le nom de l'artisan. Il est remarquable.

— Oui, elle l'est, répondit-elle en rangeant la lame dans son fourreau, avant de le poser sur le plateau. Je vais lui parler et voir si elle souhaite être présentée.

Sa manière de lancer cette phrase me donna envie de rire autant qu'elle m'excitait. Elle avait énormément de secrets, et j'avais l'intention de les découvrir tous.

Elle voulait fixer une limite, dire que c'était l'affaire d'une nuit, mais la réalité était qu'aucun de nous deux ne serait capable de revenir à la situation antérieure. J'avais prévu de la faire mienne un jour. L'arrivée de Danika dans mon monde n'a fait qu'accélérer le calendrier.

Elle était forte, cela ne faisait aucun doute, mais l'éclair de vulnérabilité que je venais d'entrevoir avait perturbé mon instinct protecteur.

— Prêt à tirer une carte ? demanda Dani en tapotant sa pile.

— Prête à te déshabiller ?

— À la fin, ronronna-t-elle avant de retourner sa carte en même temps que moi. Retire ta chemise.

En voyant ses yeux briller et sa respiration haletante, perdre en valait la peine. Avec un peu de chance, ma chance allait tourner et je pourrais faire pencher la balance en ma faveur.

Mais les dieux de la chance disaient *Pas question*.

Un sourire malicieux se dessina sur la bouche pulpeuse de Danika.

— Il est temps que ton pantalon disparaisse.

Je me levai, laissant suffisamment de distance pour que Danika puisse bien voir, mais je ne la quittai pas des yeux.

— Tu donnes cet ordre comme si tu étais une séductrice chevronnée, mais ton visage rougissant me dit que tu es une innocente.

J'ouvris mon pantalon, en faisant attention à la pression de mon sexe qui était prêt à jaillir de mon boxer.

Elle se lécha les lèvres et déglutit comme si sa gorge était sèche, et il ne faisait aucun doute qu'elle essayait de résister à l'envie de détourner son regard du mien.

— Rien à dire ?

— Je... je ne sais pas trop quoi dire, à part *reprends le travail.*

Ses iris s'assombrirent et prirent une teinte dorée.

Si c'est ainsi que tu veux jouer, Danika, je suis un maître à ce jeu.

Je me rapprochai d'elle et lui pris les mains, que je posai sur mes hanches.

— Pourquoi ne pas nous faire l'honneur de votre présence ?

8

D^{anika}

MA RESPIRATION S'ARRÊTA. Il ne pouvait pas être sérieux. Mon cerveau fonctionnait à peine depuis qu'il avait enlevé sa chemise. Son corps était une œuvre d'art, des muscles et des tatouages que j'avais envie de toucher, et maintenant il voulait que je le déshabille.

— Allez, Danika. N'était-ce pas toi qui étais la plus pressée de... *reprendre le travail* ?

Son odeur masculine et fraîche titillait mes sens, et pour finir la tâche, je devrais m'approcher, presque presser mon corps contre le sien.

C'était un homme costaud par rapport à moi.

L'audace et l'assurance étaient un art que j'avais perfectionné au fil des ans. Mais je n'en faisais jamais preuve avec Nik. J'avais bluffé pour passer cette nuit avec le plus dangereux des frères King, le seul qui m'ait jamais donné envie de plus qu'une amitié, et maintenant il semblait qu'il m'avait démasquée.

Je me rapprochai de lui, laissai la peau de mes bras frôler la sienne, puis je relevai la tête pendant qu'il me regardait et je baissai son pantalon.

Avant que je puisse reculer d'un pas, Nik me saisit et me plaqua contre la table, la pression de son sexe gainé par son boxer contre mon ventre.

— Tire ta prochaine carte.

Sa voix rauque, profonde et excitée, me fit de l'effet jusqu'au creux du ventre.

Je tirai ma carte sans prêter attention à autre chose qu'à l'homme qui rendait mon corps douloureux.

— Je gagne.

— D'accord, dis-je sans réfléchir.

— Je retire ta culotte.

— D'accord.

— Avec ma bouche.

— D'accord.

Depuis quand mon vocabulaire s'était-il réduit à un seul mot ?

J'agrippai ses épaules tandis qu'il me soulevait sur la table, remontait ma robe autour de mes cuisses et pressait son épaisse érection entre mes jambes écartées.

Il empoigna mes cheveux pour m'embrasser comme si j'étais son dernier repas. Ce baiser était dévorant. Je sentais la puissance de Nik jusque dans mes orteils. Je me rendis à peine compte que mes chaussures tombaient sur le sol lorsque j'enroulai mes chevilles autour de ses fesses fermes.

Une parcelle de bon sens me revint et je murmurai :

— Ça n'a rien à voir avec les affaires. Je veux être sûre que ce qui se passera mercredi n'aura rien à voir avec ça.

Il recula, et ses yeux devinrent noirs.

— Il s'agit de nous. De ce qui devait arriver. Tu étais à moi dès notre rencontre. Et maintenant, tu le sais aussi.

— Quoi ?

J'essayais de comprendre ce qu'il disait, mais il mordit la jonction entre mon épaule et mon cou, et je me cambrai contre lui.

— Hill, haletai-je.

— Redis ça.

Frottant ma joue contre lui, je murmurai :

— Que je redise quoi ?

— Mon nom.

— Nik.

Il gronda et prit mes seins à travers ma robe tandis que je le rapprochais de mon clitoris avec mes talons.

— Non, dit Hill.

Avais-je vraiment dit ça ? La dernière fois que je l'avais appelé ainsi, j'étais une fille de quatorze ans, promettant mon premier baiser en paiement d'un livre volé, un baiser que je lui aurais donné gratuitement, si seulement il me l'avait demandé.

Qu'étais-je en train de faire ?

Nik saisit ma mâchoire, attirant mon attention sur lui.

— Tu ne vas pas reculer maintenant, Danika.

— Ce n'est pas ce que je fais.

— J'ai gagné cette manche, à la loyale, affirma-t-il.

Il mordilla ma lèvre inférieure, provoquant une légère piqûre avant de l'aspirer dans sa bouche.

— En outre, je rêve de te goûter depuis bien trop d'années pour pouvoir les compter.

— Notre jeu n'est pas terminé.

En représailles à sa morsure, je passai mes ongles sur ses épaules.

— Nous terminerons le jeu à un autre moment. Une fois que je t'aurai retiré ta culotte, il sera temps de nous envoyer en l'air.

Il me poussa en arrière jusqu'à ce que je sois allongée sur la table de jeu.

— Des objections ?

Il posa la main sur ma mâchoire et se pencha sur moi, et même si j'étais en grande partie habillée tandis qu'il ne portait que son boxer, il ne faisait aucun doute : cet homme était tout en pouvoir et en contrôle.

Mon cœur martelait ma poitrine, et mon désir inondait mon string.

— Est-ce que cela s'arrêterait si j'avais des objections ?

— Absolument. Tu as toujours le choix. Tu sauras toujours exactement à quoi tu t'engages avec moi.

Je fixai ses yeux sombres, ressentant la pression de sa main sur ma gorge, mais je n'avais pas peur.

— Et à quoi est-ce que je m'engage avec toi, Nik ?

— Tu vas coucher avec le plus dangereux des frères King, Danika, me dit-il frottant sa mâchoire contre la mienne pour me faire frissonner. Une fois ne suffira jamais. Tu en auras envie, tu en auras besoin, tu en rêveras. Aucun autre homme ne pourra plus jamais satisfaire ton corps.

— Est-ce une menace ?

J'essayai d'avoir l'air désinvolte, mais en vain, car je frémis et me cambrai à son contact.

— C'est une promesse.

Il relâcha ma gorge et descendit. Il glissa son nez dans mon décolleté, toucha mes seins et pinça mes mamelons à travers l'étoffe de ma robe.

— Et en plus de ça, tu ne voudras plus jamais qu'un autre homme te touche. Et si jamais ça arrive...

Il descendit plus bas.

Mes doigts se glissèrent dans ses cheveux doux.

— Que feras-tu, Nik ?

Il scruta mon corps et ses lèvres se soulevèrent aux commissures.

— Je nettoierai les dégâts quand tu les auras éviscérés.

— Tu me protégerais ?

— Oui, Danika. C'est ce que signifie m'appartenir.

Ses mots me firent l'effet d'un coup de poing dans le ventre.

Je ne pouvais faire confiance à personne à ce point, surtout pas à un homme.

— Je n'appartiens à personne.

Il attrapa mes cuisses et me tira vers lui.

— Continue à te raconter ça.

J'ouvris la bouche pour répondre, mais mes mots se bloquèrent dans ma gorge lorsque je sentis sa langue effleurer l'extérieur de mon genou et remonter.

Ma peau se couvrit de chair de poule et je fermai les poings. Pourquoi ne voulait-il pas que ce soit une partie de jambes en l'air rapide plutôt qu'une séduction interminable ?

Je connaissais la réponse, même si je la détestais. Ce n'était pas son style. Il était imprévisible, ce n'était pas son genre.

— Qu'avons-nous ici ? Je connais cette signature, dit-il.

Il passa un doigt sur la fine ligne d'écriture cachée dans l'encre du tatouage sur ma cuisse.

— Je veux que tu t'allonges, que tu fermes les yeux, et que, quoi que je fasse, tu ne bouges pas.

— Pourquoi ?

— Parce que je veux explorer.

— Dans la limite du raisonnable, rétorquai-je. Je ne savais pas combien de temps je pouvais attendre.

— Je suis d'accord. Dans la limite du raisonnable.

Ses paumes glissèrent de mes mollets à mes genoux,

jusqu'à se poser sur mes hanches. La fente de ma robe facilitait l'exploration de Nik, révélant la queue allongée de l'animal, mélangée à un motif de mandalas et de fleurs grimpant le long de ma cuisse.

— Est-ce une queue de tigre, Danika ? Puis-je supposer que c'est lié au tatouage que tu as essayé de cacher sur ton épaule ?

Lorsque je répondis par un *peut-être*, il commença à suivre le dessin, d'abord avec ses doigts, puis avec sa langue. Je sentis tout se contracter en moi.

Je voulus bouger, mais il posa une main sur mon ventre.

— Oh, non, pas question. Je ne t'ai pas retiré ta culotte.

— N... Nik, gémis-je en agrippant ses cheveux tandis que ses dents saisissaient le mince élastique de mon string.

Il fit lentement descendre le tissu, prenant soin de frotter sa mâchoire couverte d'une fine barbe sur ma peau sensible. Le temps qu'il fasse descendre le tissu jusqu'à mes genoux, j'étais pantelante.

— Qu'est-ce que tu me fais ?

Mon corps avait envie de plus, plus qu'avec n'importe quel autre homme.

Je devais me rappeler qu'il s'agissait de Nikhil King et non de Nik, le garçon que j'avais connu avec un nom de famille complètement différent. Cette personne était tout à fait un homme, qui avait vécu une vie que je ne connaissais que de loin. Un homme qui avait comment toucher le corps d'une femme. Qui avait la réputation de procurer du plaisir. Un homme qui m'avait clairement fait comprendre qu'il me désirait et qu'il avait l'intention de me faire me languir de lui avec toutes les fibres de mon être.

Peu importait ce qu'il disait, je savais que c'était ma seule chance de découvrir par moi-même ce que cela ferait de toucher son corps, de le sentir à l'intérieur de moi, de me perdre en lui.

Demain, je reviendrais à la réalité de mon projet.

Une nuit de plaisir.

Je pourrais m'en tenir aux affaires après cela. Il le fallait. Il n'y avait pas d'autre choix, peu importait ce qu'il croyait. J'avais travaillé trop dur et pendant trop longtemps pour renoncer à mon projet.

— Hill ! m'écriai-je lorsque son souffle chaud effleura mon sexe nu, me tirant de mes pensées pour me ramener à l'homme entre mes jambes.

Un grondement sourd se fit entendre dans sa gorge, juste avant qu'il ne donne un long coup de langue.

— Tu le crieras encore et encore d'ici la fin de la soirée.

J'avais envie d'empoigner ses cheveux et de me cambrer contre sa bouche, mais il m'attrapa les poignets pour les maintenir en place.

Je secouai la tête.

— Je veux jouir avec toi en moi.

En outre, jouir avec les doigts ou la bouche d'un homme prenait trop de temps, et je n'en pouvais plus. J'avais besoin de me libérer.

— Tu peux le considérer comme acquis, dit-il, puis sa

langue fit le tour de mon clitoris. Merde, tu as un goût incroyable, meilleur que tout ce que j'ai pu imaginer.

Il déplaça mes mains vers l'extrémité de la table, les posa sur le bord et me commanda tacitement de les y laisser avant de saisir mes fesses et de me soulever plus près de sa bouche.

Que ce soit à cause de la merveilleuse façon dont sa bouche lubrique caressait mon sexe ou simplement à cause de la puissance de cet homme, je renonçai à essayer de lui résister et je laissai le plaisir m'envahir.

Mes mamelons étaient tendus contre ma robe et mon ventre frémissait à chaque fois qu'il plongeait sa langue dans mon intimité trempée.

Oubliant complètement l'ordre de Nik et complètement perdue dans le plaisir de sa bouche diabolique, j'agrippai sa tête, me cambrai, et criai :

— Oui ! Juste là, Hill. Juste là.

Mon orgasme fut rapide et violent, et complètement inattendu. Je m'agitai contre lui, me balançant pour chevaucher les pics infinis de mon extase.

— Oh, bon sang ! Merde ! Comment as-tu fait ?

Nik essuya sa bouche contre l'intérieur de mes cuisses et leva les yeux ; la luxure rendait ses yeux complètement noirs.

— Ne me dis pas que jamais un homme ne t'a fait jouir avec sa bouche.

Je ressentis une légère gêne.

— Pas aussi vite. En général, ça prendre beaucoup plus de temps.

Un sourire suffisant se dessina lorsqu'il se releva, glissa ses doigts dans mes cheveux et m'attira vers lui, couvrant mes lèvres des siennes. Le goût de mon essence sucrée sur sa langue était une expérience enivrante.

Je glissai la main entre nous et je saisis son érection.

— Maintenant, Nik. Ne me fais plus attendre.

— Plus d'attente.

Il se poussa contre ma main.

Nik fouilla dans le plateau derrière moi et en tira un préservatif.

— Je vais te prendre si fort que tu me sentiras à chaque pas demain.

Je n'avais aucun doute à ce sujet.

Il recula d'un pas et baissa son boxer. Une flamme féroce dans son regard rendit mon sexe moite tout en le contractant.

Je pris mes seins dans mes mains, il fallait que je soulage ce désir qui palpitait sur ma peau. Cet homme était au-delà de tout ce que j'aurais pu imaginer. Je voulais l'étudier, chacun de ses muscles sculptés, chaque tatouage, chaque cicatrice, mais plus que tout, je voulais que ce sexe épais et dur qui pointait dans ma direction se loge au plus profond de mon ventre.

— Tu aimes ce que tu vois ?

Il empoigna son érection et la caressa de la base à la pointe où perlait une goutte de moiteur.

Oh, que n'aurais-je pas donné pour le goûter ! Je n'avais aucun doute : il serait addictif, un plaisir interdit.

— Quand tu rentreras à la maison avec moi ce soir, je te laisserai me goûter autant que tu voudras. Pour l'instant, je veux m'enfouir profondément en toi.

Il déchira le préservatif et, juste au moment où il commençait à l'enfiler, un téléphone sonna.

— Ignore-le, haletai-je. S'il te plaît.

Il grogna en jetant un coup d'œil par-dessus son épaule, tout en serrant son érection moite.

— Ils savent qu'ils ne doivent pas me déranger, sauf en cas d'urgence

— Nik, je t'en prie. Je suis désespérée, merde !

Je le serrai entre mes cuisses, le poussant à se rapprocher.

C'est alors que mon téléphone sonna, et je me raidis.

— Comment ton téléphone peut-il fonctionner ici ?

La voix de Nik était passée de celle d'un dieu du sexe à celle d'un glaçon.

Je déglutis, inspirai profondément, et je le repoussai avant de sauter de la table.

— Je t'expliquerai plus tard.

Je me précipitai sur ma pochette. Chacune des fibres de mon corps continuait à s'enflammer pour l'homme qui m'observait avec une curiosité de prédateur.

J'avais envie de lui hurler de répondre à son propre téléphone au lieu de me regarder.

Tout en essayant d'apaiser ma respiration, je sortis mon

téléphone portable et lus l'avalanche de SMS qui me parvint après l'arrêt de la sonnerie. Je répondis avec quelques réponses codées.

Le regard de Nik pesait lourd sur mon dos, tout comme la sonnerie incessante de son téléphone.

Je posai mon propre appareil une seconde, puis j'attrapai mes longs cheveux et les attachai en un nœud lâche à l'aide d'un élastique pioché dans mon sac.

Lorsque je ne supportai plus la sonnerie du téléphone de Nik, je criai :

— Nik, réponds à ton foutu téléphone ! Les emmerdes sont sur le point de tomber. Et j'ai besoin que tu gères les choses de ton côté, et que tu arrêtes de me regarder, bon sang !

Il grogna quelque chose à mi-voix avant d'aboyer :

— Ici King.

Le bruissement de ses vêtements m'indiqua qu'il s'habillait entre deux réponses murmurées à la personne qui était en ligne. Puis je sentis la pression de ses doigts qui suivaient le dessin du tatouage qui grimpait le long de mon dos exposé.

J'aurais dû laisser mes cheveux détachés. J'ai révélé assez de secrets ce soir.

— Ton homme est en train de me faire comprendre très clairement qu'il est temps pour toi de partir et que je dois fermer mes portes pour la nuit. Comment peut-il savoir une chose pareille ? Tu veux bien me dire ce qui se passe ?

Ignorant la sensation incroyable de ses doigts sur moi, je le regardai par-dessus mon épaule.

— Peterson, le type à la table quinze qui venait pour la première fois, a perdu gros ce soir et il a décidé de devenir informateur pour la police. Mon contact m'a envoyé un message.

Sur mon téléphone, je lui montrai des captures d'écran de l'homme en question, et d'autres détails.

— Tu auras toutes ces informations sur ton ordinateur dans les prochaines minutes.

— J'en aurais entendu parler.

— Nik, nous n'avons pas le temps d'avoir une conversation approfondie sur ce que tu aurais dû savoir, lui dis-je.

Je me concentrai à nouveau sur mon téléphone, et lançai une application que j'avais développée avec quelques amis et qui, techniquement, n'était pas légale.

— J'accède à leurs serveurs afin de rectifier leurs informations et d'ajouter les emplacements de tous les lieux appelés *The Library* à travers la ville ayant le même mode opératoire. Le temps qu'ils arrivent ici, la seule chose qu'ils trouveront, c'est le café, et le stockage qui se trouve en dessous. Est-ce que c'est clair ?

J'avais l'air autoritaire, mais j'étais en train de lui sauver la peau, et il n'y avait pas moyen de faire autrement. Il devrait faire avec.

Lorsque je me retournai, ses yeux noirs plongèrent dans les miens, emplis de suspicion.

— Pour qui travailles-tu, Danika ?

— Tout le monde et personne.

— Pourquoi me protèges-tu ?

Sans hésiter, je lui dis la vérité.

— N'est-ce pas ce que j'ai toujours fait ?

— Me protéger, c'est dangereux, affirma-t-il en se rapprochant de moi, me prenant par la taille pour m'attirer vers lui. Et cela pourrait te lier à moi d'une manière que tu pourrais regretter.

Faisant comme s'il n'avait rien dit, j'appuyai mon téléphone et mes mains sur son torse.

— Tu dois nettoyer cet endroit. Tu as une heure. Tout au plus.

Une ligne se creusa entre ses sourcils. Ce n'était pas le moment de discuter de quoi que ce soit de sérieux en dehors du fait qu'il était sur le point d'être envahi par les flics.

— Mercredi, nous parlerons affaires. Ensuite, nous terminerons ceci, dit-il, soulignant ses propos en me mordant la lèvre inférieure.

Je réprimai un gémissement sous le coup de la légère piqûre.

Avant que je puisse répondre, il poursuivit :

— Et quand je parle de terminer, je ne parle pas seulement du sexe.

— Très bien. Mercredi. Maintenant, fais ce que je t'ai dit.

Il me prit dans ses bras, ne manifestant pas le moindre sentiment d'urgence face à la situation dans laquelle il se trouvait.

— Danika. Je crois qu'il faut que je me montre très clair avec toi.

Je levai les yeux vers lui.

— Quoi ?

— Tu es à moi. Je ne fais plus semblant. Ça fait quinze ans que nous jouons ce jeu. C'est terminé.

— Et laisse-moi me montrer claire à mon tour. Je n'appartiens à personne.

À ce moment-là, on frappa à la porte.

— Nik, il est temps de transformer le bâtiment, cria l'un des hommes de Nik. L'équipe arrive.

— Je me débrouillerai pour sortir.

Je me dégageai de son emprise et me dirigeai vers le panneau mural par lequel nous étions entrés.

— Danika. Qu'en est-il de tes vêtements et de tes bijoux ?

— Nous nous verrons mercredi. Je pourrai les récupérer à ce moment-là.

Poussant le mur, je franchis la porte et vis Rich qui m'attendait avec mon manteau. Un pli se creusa entre ses sourcils lorsqu'il remarqua mon apparence.

Je glissai mes bras dans le manteau, le suivis jusqu'à la sortie et me glissai dans la voiture qui m'attendait.

Aucun de nous ne prononça un mot. J'aurais droit à une leçon plus tard, mais ce n'était pas le moment.

D'ailleurs, j'avais déjà bien d'autres choses en tête.

Et surtout, il y avait le fait qu'il n'y aurait pas de retour en arrière avec Nik, avec lui à distance. J'en avais trop révélé trop tôt.

C'était censé être du sexe. Nous n'avions même pas couché ensemble. Pas dans le sens conventionnel du terme, et mon corps se consumait toujours pour lui.

Et il y avait toutes les questions que j'avais lues dans ses yeux. Des questions auxquelles il voudrait des réponses. Et il insisterait jusqu'à être satisfait.

Lui offrirais-je la vérité, ou une version de celle-ci ?

J'étais bel et bien dépassée par les événements.

J'aurais dû rester à la maison, boire du vin et regarder une série.

9

Nik

J'ENTRAI dans mon appartement à un peu plus de trois heures du matin. J'étais épuisé et prêt à boire un verre. Ce qui aurait dû être une nuit où je me serais perdu encore et encore dans les courbes du corps de Danika Dayal avait fini par se transformer en un fatras de poudre aux yeux visant à maintenir l'illusion de *The Library*.

Et en parlant d'illusion, c'était exactement que Danika était devenue. Dès que sa voiture avait quitté la rue du club, il n'y avait plus eu aucune trace d'elle.

Mes hommes étaient formels : sa voiture avait disparu.

C'étaient des conneries.

Ils étaient censés être les meilleurs. D'un autre côté, ils ne s'étaient jamais opposés à l'ancien agent de la CIA, Richard Kade, lorsqu'il protégeait sa pupille.

Au lieu de botter les fesses de mon équipe à leur retour, je les avais laissés s'occuper de la restructuration du club, une tâche qu'ils s'étaient entraînés à faire en vingt minutes, mais qu'ils n'avaient jamais eu à accomplir jusqu'à ce soir.

Ce qui signifiait également que j'étais redevable à Danika.

Voudrait-elle l'ajouter au bocal des dettes que j'avais accumulées lorsque nous étions enfants ou à un nouveau ? À l'époque, les policiers qui patrouillaient dans notre quartier considéraient Danika comme une fille calme et maladroite. Si elle disait que quelque chose s'était produit ou ne s'était produit ou ne s'était pas produit, c'était la vérité.

Je me disais que les flics étaient vraiment stupides de croire Danika quand elle prétendait ne pas nous avoir vus ou qu'elle nous situait à un endroit où nous n'étions pas pour nous éviter des ennuis. Plus tard, j'avais compris que c'était leur façon de regarder ailleurs pour nous protéger aussi. Ces hommes avaient grandi dans les mêmes rues que nous et, au lieu d'emprunter les voies les plus sombres de notre quartier, ils avaient choisi le droit chemin.

Enfin, pour la plupart.

Je me dirigeai vers mon bar, me versai un bon verre de scotch et l'avalai avant de le remplir à nouveau et d'avancer vers la fenêtre du sol au plafond qui donnait sur le ciel nocturne.

À compter de maintenant, cet enfoiré de Cameron Peterson était blacklisté de tous les établissements du monde du jeu. Le nom de sa famille bien-aimée ou le fait d'aller voir les flics ne l'empêcheraient pas de payer ses dettes.

Cet idiot ignorait que faire de moi un ennemi avait des effets durables.

Le père de Cameron m'avait envoyé de nombreux messages disant qu'il rembourserait trois fois les dettes de son fils si je continuais à l'aider dans son projet de construction.

Et c'était là que se trouvait l'essentiel de ce que mes frères et moi faisions pour le monde. Nous étions l'intermédiaire entre la société licite et ce que l'on pourrait appeler les éléments peu recommandables. Les gens adoraient parler de syndicats, d'entrepreneurs et de codes, mais ils avaient tendance à oublier que derrière tout cela, il y avait des gens. Des gens qui vivaient au jour le jour, cherchant à gagner de quoi se payer leur prochain repas. Et, parce que je prenais soin de ces hommes et de ces femmes, je bénéficiais de leur loyauté, ce qui me conférait le pouvoir de faire ou de défaire tout investissement réalisé sur le territoire que mes frères et moi dirigions.

Je n'étais pas un Robin des Bois. La moitié de mes activités n'étaient pas techniquement légales, mais il n'en allait pas de même pour les transactions quotidiennes de ces gars de Wall Street. La seule différence entre nous était que j'assumais mes actes, contrairement à eux qui prétendaient être irréprochables.

Tout comme notre fameux Cameron. Ce sale con.

Je m'occuperais de lui et de son père après une nuit de sommeil.

Posant mon verre sur une table voisine, je fouillai dans ma poche pour en sortir le fourreau et le couteau au design raffiné. Il était tellement plus léger que je ne l'imaginais. Faisant glisser la lame hors de son étui, j'en étudiai la fabrication en secouant la tête. Penser que Danika l'avait niché contre ses seins pendant la plus grande partie de la soirée faisait monter mon érection.

De qui étais-je en train de me moquer ? Mon sexe ne s'était pas apaisé depuis que ses doigts s'étaient enroulés autour de moi et m'avaient attiré vers l'avant. J'allais sans doute rester dans cet état jusqu'à ce que je la prenne à en perdre la raison, ou que je tabasse quelqu'un sur un ring.

Les deux étaient inévitables. Mais le ring de boxe arriverait en premier.

Mercredi.

J'attendrais jusqu'à mercredi, et Danika Dayal serait à moi.

J'avais gardé mes distances pour la protéger, et qu'est-ce que cela m'avait rapporté ? Une femme qui s'enfermait dans des secrets qui pourraient la faire tuer si quelqu'un découvrait la vérité.

Quelqu'un, ou plutôt quelqu'un comme moi.

Un autre salaud comme moi la manipulerait, la garderait

et s'assurerait qu'elle soit endettée si lourdement que ses secrets ne verraient jamais la lumière du jour.

Pour son bien, je faisais semblant d'être comme tout le monde, et j'acceptais la façade qu'elle présentait au monde.

Maintenant que je savais à quel point la voie qu'elle avait choisie était sombre et profonde, mes nobles intentions disparaissaient.

L'image du tatouage qui courait le long de sa colonne vertébrale m'apparut, et je secouai la tête.

Merde, Danika. Je ne laisserai rien t'arriver. C'est une promesse.

Des secrets. Tellement de secrets.

— Est-ce que tu te l'es tapée ? demanda une voix irritée dans l'ombre à mes côtés.

— Ce truc façon *Fantôme de l'Opéra* commence à être daté. Tu peux allumer la lumière si tu comptes envahir mon espace, dis-je, les yeux toujours rivés sur la lame. Et, non, je n'ai pas couché avec elle. Non pas que ça te regarde.

— Ne me mens pas.

— Si tu as l'intention de surveiller les moniteurs comme un voyeur, alors tu devrais cesser de te cacher dans l'ombre.

— Tu n'es qu'un abruti.

— Oui, et alors ? Je doute que tu puisses y faire quoi que ce soit. Tu as trop peur de ton ombre pour t'entraîner avec nous en public.

Kir s'élança vers moi, plaquant mon dos contre la paroi de verre.

— Si tu veux te battre, on va se battre.

— Vas-y, dis-je, restant immobile, fixant cette rage qu'il ne laissait que rarement éclater. Je t'en prie. J'ai passé la majeure partie de la soirée à faire ton boulot au lieu de la passer avec Danika à découvrir ce qu'elle mijote.

Il me relâcha et repartit vers son fauteuil dans le coin de la pièce.

— Qu'est-ce que tu veux dire par là ?

C'était typique de Kir. Un instant, il était prêt à me mettre une raclée, et la seconde suivante, il était très calme, prêt à analyser la situation.

— Quelle partie ? Danika, ou ton boulot ?

— Les deux.

— Commençons par ton boulot. On a besoin que tu reviennes, pas que tu regardes tout depuis les coulisses. Ta présence empêche les gens de s'envoyer en l'air.

— Ce n'est pas le bon moment.

— Ce ne sera jamais le bon moment, dis-je, m'appuyant contre la fenêtre. Et puis il y a Danika.

— Quoi, Danika ?

— J'ai décidé qu'elle était à moi. J'en ai fini d'attendre.

— Je te jure, Nik, si tu la fais souffrir, je te botterai les fesses.

— N'hésite pas.

Kir soupira.

— Si Arin était là, il nous ferait entendre raison à tous les deux.

L'une des dernières images d'Arin avant sa mort me revint à l'esprit. Il avait une expression sévère sur le visage, qui correspondait à ses cheveux grisonnants coiffés sérieusement. Le seul signe qui trahissait ce qu'il pensait de chacun d'entre nous, c'étaient ses yeux. Noisette avec de légères taches d'or. Ils s'adoucissaient chaque fois que mes frères et moi entrions dans une pièce.

— Sans aucun doute.

— Ça fait cinq ans et j'ai l'impression que c'était hier.

— Oui.

Je ne savais pas du tout quoi dire d'autre.

Pour Arin, nous n'étions pas ces délinquants qui avaient essayé de lui faire les poches, mais les garçons qui étaient ses fils.

— Où crois-tu que nous serions si nous n'avions pas décidé de plumer Arin ?

— Sans doute morts ou en prison.

Il n'y avait pas moyen de nier la vérité.

Le destin avait voulu que nous décidions de lui faire les poches le jour même de la disparition de Danika.

Enfin, peut-être pas le destin, mais c'était plutôt la réponse à ma colère contre elle parce qu'elle avait disparu avant que je réclame mon baiser.

Lorsque j'étais arrivé au magasin pour lui livrer ce fichu bouquin, le vieux Kade, alias Richard Kade, nous avait annoncé qu'elle était partie et qu'elle ne reviendrait jamais.

Au lieu de chercher à savoir ce qui était arrivé à Danika, j'avais décidé qu'il était temps de voler le porte-feuille du riche con qui se promenait dans le quartier comme s'il le possédait. À l'époque, je n'avais pas réalisé qu'Arin possédait effectivement la plupart des propriétés des environs.

J'avais élaboré mon plan idiot sans penser aux conséquences. Kir, Sam et Rey étaient censés distraire Arin en le heurtant alors qu'ils couraient dans la rue. Je passerais au même moment pour lui prendre son portefeuille.

Tout aurait été parfait si je n'avais pas trébuché.

L'un des gardes du corps d'Arin m'avait attrapé par le cou et l'autre avait fait tomber les garçons au sol. J'avais cru que nous mourrions avant la fin de la nuit. Cela aurait été mieux que de passer devant la boutique et de ne pas y voir Danika. Mais alors que nous roulions dans la limousine sombre en direction d'un lieu que j'avais imaginé être notre dernière demeure, Arin nous avait offert un marché auquel aucun d'entre nous ne s'attendait.

Il nous avait donné le choix entre aller en prison, mourir, ou nous joindre à lui et faire tout ce qu'il nous demandait. En échange, il nous apprendrait à travailler dans la rue sans jouer à des jeux stupides, et nous n'aurions plus jamais à nous inquiéter d'avoir un endroit où vivre.

C'était une opportunité que seul un idiot aurait pu refuser. Et il y avait une chose très vraie à propos de nous tous : nous étions pauvres, mais pas idiots.

— Arin nous a sauvés, constata Kir.

— Arin dirait que nous nous sommes sauvés nous-mêmes en nous bougeant et en l'écoutant.

Les méthodes d'enseignement de cet homme ne pouvaient être qualifiées que de peu orthodoxes. Il nous avait appris tout ce que nous savions, depuis l'arnaque d'un homme dans la rue à la négociation d'un accord avec des cols blancs de Wall Street.

Il jouait le rôle d'intermédiaire entre les bas-fonds de la société et les hommes d'affaires soi-disant honnêtes, en négociant des faveurs qu'il conservait jusqu'à ce que l'occasion parfaite se présente.

Je m'étais pris au jeu plus rapidement que mes frères. Sans doute parce que j'avais négocié la monnaie des faveurs avant même d'apprendre quoi que ce soit d'Arin. Je savais instinctivement que le fait que les autres me soient redevables signifiait que j'avais du pouvoir.

Je n'avais pas non plus de véritables liens familiaux. En dehors de tante Beverly, une parente éloignée du côté de ma mère qui m'avait recueilli après la mort de mes parents, je n'avais aucune famille. Et je n'aurais pas qualifié la vie chez tante Bev de situation idéale. Âgée de presque soixante-dix ans, elle était surchargée de travail et elle n'avait pas le temps de s'occuper d'un enfant. Elle m'avait fourni le strict minimum et m'avait laissé faire ce que je voulais.

En toute sincérité, je pensais qu'elle avait été soulagée qu'Arin lui dise qu'il m'emmenait, lui demandant de renoncer à ses droits.

Je ne lui avais pas facilité la vie. J'avais le don pour m'attirer des ennuis, et la réputation de me battre contre l'autorité.

— Il ne mâchait jamais ses mots. Kir se leva, se dirigea vers le bar et se servit une bonne dose de Firewater.

Aussitôt, j'eus la vision des lèvres maquillées de Danika enveloppant le bord de son verre et sirotant son whisky. Je n'avais aucun doute sur le fait que, jusqu'à ma mort, j'associerais l'alcool infusé à la fleur de sureau à la sirène terriblement sexy qui gardait trop de secrets.

— Tu en veux ?

Je secouai la tête.

— Tu te rends compte qu'il y a plus de mille dollars d'alcool dans ce verre.

— Ce n'est pas comme si tu n'avais pas les moyens d'en acheter d'autres. D'ailleurs, sans ma femme, tu ne l'aurais pas eu.

Je ne pouvais pas protester. C'était le contrat de Jayna avec Penny Lykaios, inventrice et distributrice de Firewater, qui m'avait donné accès à cet alcool extrêmement difficile à obtenir.

Après avoir avalé une bonne gorgée de whisky, Kir me demanda :

— Comment Arin te suggérerait-il de gérer la situation avec Dani, quelle qu'elle soit ?

Je réfléchis quelques secondes, secouai la tête et éclatai de rire.

— Il me dirait de jouer avec les cartes qu'on me donne. De relever le défi et de ne reculer devant rien.

— En d'autres termes, tu vas faire ce que tu avais prévu au début.

—Oui.

— Tu veux développer, abruti ?

— Bien sûr. Je vais la laisser venir à moi avec sa proposition commerciale, puis j'y répondrai avec la mienne.

— Nik. Te la taper ne fera pas partie du marché que tu concluras.

Ses paroles renfermaient un avertissement qui aurait effrayé un homme moins puissant et qui n'était pas l'un de ses frères.

— Tu as raison. Coucher avec elle n'entrera pas dans un marché avec elle. C'est une chose qui arrivera, quoi que les gens aient à en dire.

— Ne te venge pas de ton passé sur elle. Ce n'était pas comme si elle avait eu le choix de partir. Et puis, c'était une meilleure vie.

— Vraiment ? répliquai-je.

Il connaissait la vérité. Il savait ce qui se passait entre les murs du manoir des Shah. Il avait lu les rapports des enquêteurs qu'Arin avait engagés pour surveiller Shah, et Jayna avait dû lui faire un compte rendu de première main de la vie d'une princesse Shah.

— C'était mieux sous son toit que de vivre comme nous l'avons fait. Tout ce que je dis, c'est qu'elle a assez souffert.

— Accorde-moi un peu de crédit ! dis-je, incapable de cacher mon agacement. La dernière chose que je ferais serait de la blesser intentionnellement. C'est pour cette raison que j'ai gardé mes distances !

— Alors, qu'est-ce que tu prépares ?

— La même chose que ce que nous avions prévu à l'origine. La protéger. Une chose que nous n'avons pas faite, vu qu'elle fréquente des gens comme nous depuis je ne sais combien de temps.

— Qu'est-ce que ça veut dire ?

Je levai mon verre en direction de mon frère.

— Je vais l'épouser et m'assurer qu'elle ne pourra plus jamais s'éloigner.

10

D anika

— QUELQUES CLICS de plus et je suis dedans, marmonnai-je en bâillant.

C'était la meilleure partie de mon travail. Pirater des entreprises en toute légalité. Enfin, dans cette affaire, ce n'était peut-être pas très légal, mais c'était pour une bonne cause.

J'étais trop fatiguée pour en profiter, et ça craignait. J'avais dormi moins de trois heures et je tournais à vide.

C'était en partie de ma faute, car j'étais restée éveillée pour terminer ce projet et je n'avais fait que de courtes siestes pendant que mon programme traversait les différents pare-feux, mais le reste...

Le reste, c'était...

Je soupirai alors que des visions de la peau dorée, tatouée et musclée de Nik me venaient à l'esprit. Ainsi que de sa bouche méchamment talentueuse. Et sans oublier ces yeux envoûtants qui semblaient franchir mes défenses.

Mon corps ne cessait de se languir de l'homme que j'ai rêvé de toucher pendant la plus grande partie de ma vie.

Je n'arrivais toujours pas à croire que j'avais laissé les choses aller si loin et révélé tant de choses.

Pouvais-je lui faire confiance pour garder mon secret ou l'utiliserait-il contre moi ?

Merde !

Je le découvrirais sans doute bien assez tôt.

Je pris ma tasse de café tiède et je fronçai le nez avant de l'avaler d'un trait. Il fallait vraiment que j'investisse dans un de ces chauffe-mugs que Jayna gardait sur son bureau lorsqu'elle faisait de l'analyse d'œuvres d'art. Le fait d'avoir toujours une boisson chaude à portée de main avait quelque chose d'apaisant.

Après avoir reposé ma tasse, je pris mon téléphone et composai le numéro de Devani.

— Bonjour, Dan, dit Devani par-dessus le bruit de casseroles.

Elle était sans doute en train de préparer sa tasse rituelle de chai, un thé composé de lait, d'eau et d'un doux mélange d'épices indiennes.

— Dis-moi que tu n'as pas quitté le lit de Nik King pour travailler le reste de la nuit.

— Je ne suis pas allée dans son lit.

— Ne m'enlève pas mes illusions comme ça. Je me suis dit que tu étais partie avec lui après le chaos de la fermeture du club.

— Ce n'est pas mon genre. Il a géré ses affaires et je suis rentrée à la maison.

— Idiots. Tous les deux.

— Hé. Qu'est-ce que ça veut dire ?

— Ça veut dire que ça fait des années que vous vous tournez autour, et quand vous avez l'occasion de vous envoyer en l'air, tu t'en vas.

— Il avait des affaires plus urgentes.

— Je crois que c'était toi. Je te connais. Il aurait laissé ses hommes s'en occuper. Tu as peur qu'il te tienne par le sexe.

Je levais les yeux au ciel.

— Oui, c'est ça, docteur. J'ai peur que Nik King me tienne par le sexe, alors je l'ai laissé m'éblouir avec son incroyable langue magique, et ensuite presque me prendre avant que nous soyons dérangés.

Est-ce que je venais vraiment de dire ça ?

— Attends, quoi ? Vous avez failli vous envoyer en l'air au club ? Oh, mon Dieu ! Danika Dayal, espèce de rebelle !

— Ignore ce que tu viens d'entendre. Je vais raccrocher maintenant.

— Hors de question.

— Merde, Van, je ne vais pas discuter de ma vie sexuelle

maintenant.

— Tu n'as pas eu de vie sexuelle depuis des années, alors laisse-moi m'amuser.

— Non. Revenons à la raison de mon appel. Tout est prêt de ton côté ? Je suis prête à activer.

— Oui. Je me doutais bien que tu allais terminer ce projet avant la *deadline* de dix heures. Laisse-moi envoyer un message à l'équipe, dit-elle avant de s'interrompre quelques secondes. D'accord, vas-y, ils sont prêts quand tu le seras.

— D'accord, dans trois, deux, un.

J'envoyai le dernier code pour la mise en service de mon logiciel.

— *Streaming* du système.

Une série de lignes de code cryptées emplit mon écran, une copie de ce qui était transmis au réseau du côté de Devani.

— Comme toujours, l'agence apprécie ton aide. Le paiement de tes services est en cours d'acheminement sur ton compte.

Aujourd'hui à midi, je serais plus riche de cinq cent mille dollars. Enfin, mon compte bancaire suisse le serait.

Ce travail était complètement différent de celui que j'avais effectué pour Devani la veille. Mes services étaient requis pour une enquête rapide sur une société financière de l'Alberta, soupçonnée d'être une façade servant à acheminer de l'argent vers un cartel de la drogue. C'était une opération discrète, peu risquée et rentable. Pour moi, c'était évident.

— Tout ça en une nuit de travail, dis-je.

Je soupirai, éteignis mon ordinateur et le glissai dans le compartiment caché de mon canapé.

— Je raccroche maintenant pour pouvoir dormir un peu avant de me rendre à la galerie pour un entretien.

— Oh oui. La nouvelle analyse que j'ai recommandée, dit-elle d'une voix teintée d'humour. Lilly Lennox.

— Oui. Elle aspire à un nouveau départ et je pense que nous sommes les mieux placées pour l'accueillir.

— Jayna est-elle au courant de ses antécédents ?

— Quelle partie ? Qu'elle exerce la même profession que moi, que son père est un parrain de la mafia allemande, ou qu'elle sort tout juste d'une relation toxique ?

— Oui.

— Jayna a pratiquement abandonné la galerie. C'est moi qui prends les décisions. De plus, Jayna ne s'opposera pas à l'embauche de Lilly.

— Je vous jure, toutes les deux, vous n'êtes rien d'autre que des cœurs sensibles.

— Je pourrais dire la même chose de toi, vu que c'est toi qui l'as mise sur mon radar.

— Tu marques un point. Il est temps pour moi d'enfiler ma casquette d'héritière, je dois me rendre à une réunion d'actionnaires. Bye.

— Bye.

Je posai mon téléphone sur la table basse, me levai et m'étirai, et je sentis le craquement de mes articulations à force de rester assise trop longtemps au même endroit.

Mon téléphone sonna, et je gémis.

Quoi, maintenant ?

Je lus le nom sur l'écran et vis qu'il s'agissait de Rich.

Je répondis.

— J'étais sur le point de m'écrouler, fais-les disparaître.

— J'en déduis que tu es restée réveillée au lieu de dormir comme je te l'avais conseillé ?

Il y avait une pointe d'amusement dans sa question.

— Quelque chose comme ça, marmonnai-je.

— Tu as un invité. Veux-tu descendre, ou dois-je le faire monter ?

Je soupirai ; j'avais envie de répondre *ni l'un ni l'autre.* S'il posait la question, c'était qu'il s'agissait d'une personne que je connaissais. Mon énergie était au plus bas.

Et je savais qu'il ne pouvait s'agir d'un client potentiel en matière de sécurité. Ils ne pouvaient me contacter que par des canaux spécifiques.

C'était peut-être pour la galerie. Elle occupait le rez-de-chaussée de l'entrepôt de huit étages que j'habitais. Un bâtiment donc personne en dehors de mon cercle immédiat ne savait qu'il m'appartenait.

— Qui est-ce ?

— Ton oncle.

Je fermai les yeux un bref instant. Rien de tel qu'une visite du vieil oncle Ashok pour gâcher une journée. J'aurais dû m'y attendre, surtout que je l'avais laissé tomber la ville pour me rendre à *The Library.*

— Je suppose que tu ne peux pas lui dire que je suis morte, que j'ai la peste, ou un truc comme ça ?

Rich garda le silence.

— Très bien. Tu me gâches tout mon plaisir. Demande à un de nos hommes de le faire monter. Et fais-lui bien comprendre qu'aucun des siens n'est autorisé à franchir le hall d'entrée. Je ne fais confiance à aucun de ces abrutis.

— Je le ferai.

— Et, une dernière chose. Si je le tue parce qu'il s'est interposé entre moi et mon sommeil, j'attends de toi que tu nettoies et que tu caches le corps.

— Bien sûr, cela fait partie de ma description de poste.

Rich raccrocha.

Je me pinçai l'arête du nez en prenant quelques grandes respirations, me mettant dans la peau de mon personnage pour faire face à ce que voulait l'oncle Ashok.

Je jetai un coup d'œil à la pendule sur le mur de mon salon. J'avais dix minutes avant qu'il n'arrive à mon penthouse.

Heureusement, j'avais écouté Rich lorsqu'il avait insisté pour que toutes les personnes qui ne figuraient pas sur ma liste de gens sûrs soient contrôlées avant d'accéder à mon étage. Lorsque j'avais acheté cet entrepôt dix ans plus tôt pour une bouchée de pain, je l'avais fait pour Jayna. Elle avait besoin d'un local pour sa galerie et d'un capital de départ pour acheter son matériel d'évaluation. L'oncle Ashok avait bloqué toutes les opportunités qu'elle avait eues de financer son entreprise, menaçant même tout établissement financier de lui retirer son entreprise s'il osait lui accorder un prêt.

À cette époque, j'avais un compte en Suisse rempli de l'argent que j'avais gagné en tant qu'indépendante pour Solon et d'autres clients, et j'avais donc décidé que c'était un bon moyen de faire un gros bras d'honneur à mon oncle.

De plus, le fait de travailler pour Jayna et de vivre dans les appartements supposés médiocres au-dessus de la galerie me permettait de conserver l'image d'un parent pauvre de Shah. Au fil des ans, j'avais compris que si je me comportais comme une nièce dévouée et reconnaissante, il me laisserait tranquille. Enfin, la plupart du temps.

Je secouai la tête et allai dans la cuisine préparer un plateau de thé et de friandises pour notre estimé invité.

Qu'est-ce que je ne devais pas faire pour maintenir cette foutue image !

La sonnette retentit et je jetai un coup d'œil à mon pantalon de yoga et à mon t-shirt Star Wars.

Eh bien, il devrait s'accommoder de mon apparence peu raffinée.

Lâchant un soupir, j'ouvris la porte.

Au lieu de dire bonjour, l'oncle Ashok entra comme s'il était le propriétaire de l'endroit et dit :

— Je trouve ridicule que l'on me fouille et que l'on me soumette à un contrôle de sécurité à chaque fois que je viens.

Je jetai un œil à Thalia, l'une des gardes qui travaillaient sous les ordres de Rich. Elle hocha la tête et me fit signe qu'elle l'attendrait dehors.

Je refermai la porte et dis :

— Je n'ai pas le choix, mon oncle. Les musées et les collectionneurs d'art l'exigent dans le cadre de nos contrats, à des fins d'assurance.

La sécurité avait un double objectif : protéger les œuvres d'art de grande valeur et s'assurer que mon oncle ne puisse pas mettre le bâtiment sur écoute pour me surveiller. Je n'avais pas eu d'intimité pendant les nombreuses années où j'avais vécu sous son toit et je refusais de revivre cela.

Lorsque Rich avait suggéré ces mesures de sécurité, j'avais sauté sur l'occasion. C'était un ancien de la CIA et l'une des rares personnes en qui j'avais entièrement confiance.

Il en savait plus sur moi que n'importe qui. Il faisait partie de ma vie depuis aussi longtemps que je m'en souvenais. À l'époque, je l'appelais *le vieux Rich*. Il était propriétaire du magasin au coin de la rue où je passais mon temps dans l'ancien quartier.

Ce n'était qu'à l'âge adulte que j'avais appris que Rich avait été l'officier traitant de mon père, jusqu'à son assassinat. Assassinat dans le cadre d'une enquête sur l'oncle Ashok et ses relations d'affaires internationales.

J'avais cru qu'une fois que j'aurais quitté le quartier, Rich ne ferait plus jamais partie de ma vie. L'oncle Ashok m'avait interdit tout contact avec les personnes de mon passé. Mais il n'avait jamais cessé de veiller sur moi, même à distance.

Puis, lors de ma première année à Columbia, Rich était entré dans le box que j'avais réservé pour l'après-midi à la bibliothèque Avery. Je souriais encore au souvenir de Rich qui était entré et avait pris place en face de moi, comme s'il était mon partenaire d'étude.

La bibliothèque était le seul endroit où la surveillance de mon oncle ne me suivait pas. Les hommes qu'il envoyait pour garder un œil sur moi pensaient que je ne pouvais pas avoir d'ennuis si j'avais la tête dans un bouquin.

Ce jour-là, Rich m'avait révélé sa véritable relation avec mon père.

Inutile de dire que j'avais été choquée. Mon père ne m'avait jamais donné l'impression qu'il était autre chose qu'un corroyeur aux manières douces qui espérait devenir ingénieur, et il était difficile d'imaginer qu'il travaillait avec la CIA. Rich m'avait également raconté qu'il lui avait promis de veiller sur moi et qu'il avait l'intention de continuer à le faire.

J'avais été contrariée d'apprendre qu'une autre personne m'espionnait, mais Rich m'avait apaisée en me disant que tant que je n'étais pas en danger, il me laisserait vivre ma vie et prendre mes propres décisions.

— Je ne comprendrai jamais comment on peut gagner de l'argent en regardant des éclaboussures de peinture toute la journée, dit l'oncle Ashok, me tirant de mes pensées, et je me concentrai sur son visage. Ou avoir les moyens d'embaucher du personnel.

— Certains de mes clients paient cher pour s'assurer qu'ils achètent des œuvres d'art authentiques.

— Tu gâches ton esprit scientifique. Tu aurais dû

travailler pour une entreprise de la tech. Tes talents seraient utilisés à bon escient.

Au lieu de répondre, je me dirigeai vers le plan de travail, y pris le plateau et je l'apportai dans le salon. L'oncle Ashok fit un geste vers la table pour que je l'y dépose. Il s'assit et attendit que je le rejoigne.

Il adorait se prendre pour le seigneur du manoir, et j'allais jouer le jeu pour l'instant. Du moins jusqu'à ce qu'il me pousse à bout.

— Il y a une chose que tu vas faire pour moi.

Il souleva sa tasse et but une gorgée de thé.

J'attendis qu'il poursuive.

— Nikhil King possède des informations sur mon entreprise. Je veux que tu les obtiennes pour moi.

Je fronçai les sourcils. Il ne pouvait pas être en train de me demander de pirater Nik. Personne de ma famille ne savait ce que je faisais à côté. Enfin, à part Jayna, mais elle ne faisait pas partie de l'équation.

— Je ne te suis pas. Tu m'as spécifiquement dit que je ne devais jamais avoir de relations avec lui.

À la seconde où j'avais mis les pieds dans le manoir de l'oncle Ashok, alors orpheline de quatorze ans, on m'avait dit de rompre les liens avec les *voyous* avec lesquels j'avais passé mon temps.

À mon grand regret, c'était exactement ce que j'avais fait, car je ne voulais pas perdre ma seule famille vivante. J'avais vite compris que j'étais la remplaçante de ma mère, Reka, qui s'était enfuie pour épouser mon père. L'oncle Ashok contrôlait tout son entourage, en particulier sa femme et sa fille. Avec moi dans le lot, il voulait s'assurer que je ne commette jamais les mêmes erreurs que sa sœur.

— Oui, mais King s'intéresse à toi, et ç'a toujours été le cas. Ce qui signifie que nous pouvons nous en servir à notre avantage.

— C'était mon ami quand j'étais enfant, rien de plus.

— Ne joue pas les timides. Je t'ai vue le regarder.

— Je gardais un œil sur Jayna, pas sur H... Nik.

Merde, j'avais failli l'appeler par le nom que je lui avais donné une éternité plus tôt. Un nom que je n'avais pas prononcé depuis près de quinze ans, jusqu'à la veille. Je ne pouvais plus faire de faux pas, surtout pas en présence de l'oncle Ashok.

Hill était le garçon de mon passé, Nik était l'homme.

— Eh bien, il n'a pas arrêté de porter son attention immonde sur toi.

— Je ne te suis pas. Comment veux-tu que j'obtienne ces informations ?

— Je veux que tu le séduises.

Je toussai ; je ne m'attendais pas à ça.

— Tu quoi ?

— Je veux que tu le fasses tomber amoureux de toi, et que tu fasses en sorte qu'il m'envoie ce qui a sur moi, en guise de faveur à ton égard. Comme tu coucheras déjà avec lui, il n'attendra pas plus de toi.

Il avait dû perdre la tête.

— Tu veux que je me prostitue pour toi ?

Je devais être dans la *Quatrième Dimension*. Je ne m'attendais pas du tout à cela.

Lorsque Jayna était tombée amoureuse de Kiran King, l'oncle Ashok s'était mis dans une colère noire. Puis, quand il avait appris que sa petite fille s'était enfuie, il avait perdu la tête, rageant de devoir prendre les choses en main pour éliminer l'élément peu recommandable qui osait souiller sa fille.

Puis, un an plus tard, Kiran avait un accident, laissant Jayna veuve. J'étais certaine que l'oncle Ashok était derrière tout cela, même si je ne pouvais pas le prouver.

— Je te dis de protéger ta famille. C'est le moins que tu puisses faire après que je t'ai sortie du taudis dans lequel tu vivais avant que ton père, un bon à rien, ne se fasse tuer.

J'essayai de contenir la fureur qui brûlait en moi à l'évocation de mon père. Je n'avais aucun mal à dissimuler mes véritables sentiments dans toutes les situations, sauf quand il était question de mes parents.

— En quoi le fait de me prostituer protégerait-il la famille ? Tu as dit que Jayna s'était détruite en épousant Kiran et maintenant tu veux que je couche avec son frère. Ma réputation n'a-t-elle aucune valeur ?

— Tu le feras, Danika, me dit-il, le regard flamboyant de colère. J'ai quelque chose que tu veux, et si tu souhaites l'obtenir, tu feras ce que je dis.

Je fermai les yeux ; je revoyais le faible sourire de ma mère allongée sur son lit d'hôpital, le corps ravagé par le cancer et la chimiothérapie. J'avais huit ans. Elle m'avait dit m'avoir écrit des lettres que j'étais censée recevoir le jour de mon seizième anniversaire, dans le cadre de l'héritage qu'elle m'avait légué.

J'étais trop jeune pour comprendre ce qu'elle voulait dire. Ce ne fut qu'après le décès de mes deux parents que j'avais appris que la moitié de ce que l'oncle Ashok prétendait être sa fortune avait appartenu à ma mère.

Je me fichais totalement de l'argent. Tout ce que je voulais, c'étaient ses lettres.

Je serrai les dents et laissai transparaître ma colère.

— Donc, si je couche avec Nikhil King pour obtenir ces informations, tu me donneras les lettres ?

— Oui.

Menteur.

— Il est hors de question que je me vende en espérant les récupérer par la suite. Tu veux négocier. Négocions. Je veux d'abord le coffre et les lettres.

— Ma parole suffit.

Hors de question !

— Non, mon oncle. Tu m'as raconté ce mensonge bien trop souvent. Je ne te laisserai pas me le faire miroiter plus longtemps.

Je contractai la mâchoire.

Je n'en pouvais plus de cette mascarade. Quel intérêt, de toute façon ? Je n'étais pas une idiote, pourtant j'agissais comme telle. Je savais que je ne récupérerais jamais les lettres ou l'héritage qui appartenait à ma mère si je ne les prenais pas. C'était la raison d'être du plan.

Je ne pouvais pas utiliser l'excuse que je jouais sa marionnette pour protéger Jayna. Elle m'avait dit ouvertement qu'elle n'avait plus besoin de ma protection.

J'avais tant perdu à cause de cet homme pathétique.

Il voulait ce que Nik avait. Moi aussi, j'en avais envie. Et il était hors de question que je le lui donne.

— Espèce d'ingrate. Comment peux-tu dire ça après tout ce que j'ai fait pour toi ?

— Tu veux parler de garder l'argent que ma mère était censée recevoir dans le cadre de son héritage, et dont tu t'es servi pour développer ton entreprise d'hôtellerie ?

— Si ta mère avait suivi les instructions, elle n'en aurait pas eu besoin.

L'ignorant, je poursuivis.

— Et qu'en est-il de ta manière de me faire miroiter ces lettres pour me garder dans le droit chemin ?

Je me levai, marchai jusqu'à ma porte et je l'ouvris.

Talia attendait là.

— Sors, mon oncle. Je refuse que tu fasses de moi une prostituée pour ensuite me balancer autre chose à la figure.

— Tu oses me parler ainsi ? Je m'assurerai que tu le regrettes.

Entendant ces mots, Talia s'avança vers moi, prête à s'interposer entre mon oncle et moi.

Je me tournai pour lui faire face.

— Que pourrais-tu faire ? Je n'ai pas eu besoin du moindre centime de ta part depuis que j'ai terminé le lycée. Je suis allée à l'université grâce à une bourse d'études et à une allocation de subsistance, puis j'ai travaillé pour Jayna. Si je dois quelque chose à quelqu'un, c'est à elle. Ta fille, l'enfant unique que tu as rejetée, c'est elle qui m'a sauvé la mise.

Il se leva, s'avançant vers moi avec une telle force que je sus qu'il s'attendait à ce que je me recroqueville comme je l'avais fait tant de fois auparavant.

Au lieu de cela, je tins bon et me préparai à tout ce qu'il pensait pouvoir me faire. Ce que cette ordure n'avait pas compris, c'était que je n'étais plus cette fille faible et sans entraînement. Je pouvais le descendre.

Il m'attrapa le visage, mais avant qu'il puisse dire quoi que ce soit, je tirai le pistolet que Talia gardait à sa taille et le pressai contre le ventre de l'oncle Ashok.

— Lâche. Moi.

Il serra plus fort.

— Tu n'auras pas le courage.

— Ne me tente pas.

Je le regardai droit dans les yeux.

— Et tu crois que personne n'entendra un coup de feu ?

Je souris.

— L'arme est équipée d'un silencieux. Je suis dix fois plus intelligente que tu ne le penses. Et Talia est une ancienne du Mossad. Elle m'aidera à faire croire que tu as été agressé dans un autre quartier de la ville, et il n'y aura aucune trace de ta visite ici.

Il jeta un coup d'œil à Talia qui haussa les épaules.

— Ne fais pas de moi un ennemi, ma petite.

— Et, dis-moi, mon oncle… quand avons-nous été amis ?

Il me regarda fixement avant de me relâcher.

— Ce n'est pas fini. J'ai travaillé trop dur pour en arriver là. Je ne te laisserai pas, et certainement pas un King non plus, me barrer la route.

À cet instant, Rich apparut et attrapa mon oncle.

— Monsieur Shah, votre présence n'est plus la bienvenue ici.

Il ne dit rien de plus pendant que Rich l'emmenait.

Je contemplai le couloir vide tandis que la première vague de nausée m'assaillait.

Il l'avait fait. Il avait fini par me pousser à bout. Et il ne faisait aucun doute à mes yeux que j'aurais pressé la détente.

Talia posa une main sur mon épaule, comme pour me réconforter, puis, en un clin d'œil, me retira l'arme des mains et la remit dans son holster.

— Assieds-toi. Je vais te chercher de l'eau.

Hébétée, je retournai à mon canapé et je pris mon visage entre mes mains.

— Qu'est-ce que j'ai fait ?

— Tu t'es défendue. Il était plus que temps, si je peux me permettre.

— Est-ce que j'ai commis une erreur ?

— Non. Il allait te contraindre à faire quelque chose qui allait à l'encontre de tout ce que la famille est censée exiger de toi.

— Donc, je suppose que tu as entendu tout ce qui a mené à l'incident de l'arme ?

Talia me tendit un verre.

— Seulement si tu voulais que je l'entende.

— Petite maligne, dis-je en la regardant, puis je lui souris. On fait quoi, maintenant ?

— C'est à toi de décider.

Je réfléchis une minute, puis je soupirai. Je savais ce que je devais faire.

Accélérer mon calendrier.

Et cela signifiait que j'allais devoir insister pour rencontrer Nik plus tôt.

Lorsque je le verrais, les événements de la nuit passée devraient rester séparés, tout comme notre passé. Je ne pouvais pas penser à lui comme au garçon qui me protégeait quand la vie m'avait tant enlevé. Il n'était pas mon ami, la personne sur laquelle je pouvais compter, ni mon premier amour.

Il était un moyen de parvenir à mes fins, un associé qui avait autant à gagner que moi à mettre fin aux agissements d'Ashok Shah.

Je pris mon téléphone et composai le numéro de Jayna.

Après deux sonneries, une voix douce répondit.

— Quoi de neuf, Dani ? Tu as un nouveau projet pour moi ?

— Ce n'est pas un projet. J'ai besoin de ton aide pour un rendez-vous.

— D'accord. Je vais voir ce que je peux faire. Qui ?

— Nikhil King. Je dois voir Nik dès que possible.

11

D^{anika}

— JAY, quand je t'ai demandé d'organiser une rencontre, tu aurais pu me dire que c'était lors d'une soirée de combat, lançai-je à Jayna.

Autour de moi, une foule immense entourait une cage au centre d'un gigantesque entrepôt.

L'air était surchauffé dans la salle bondée, contrastant nettement avec le froid qui régnait à l'extérieur. Des cris et des gémissements résonnaient tout autour de moi.

Lorsque nous étions entrés dans mon ancien quartier, une vague d'anxiété inattendue m'avait saisi le ventre. C'était la première fois en quinze ans que j'osais remettre les pieds dans mon ancien monde.

Et même à l'époque, la zone de l'entrepôt était interdite.

— *La stupidité peut te faire tuer ou violer*, m'avait avertie Nik plus de fois que je ne m'en souvenais.

Et j'étais là, à suivre Jayna.

Heureusement, Jayna et mon service de sécurité avaient eu le bon sens de semer la filature que l'oncle Ashok nous avait imposée ; il ignorait que nous étions au courant. Si je lui en parlais, cela compliquerait ma vie encore plus qu'elle ne l'était déjà.

— Tu voulais rencontrer Nik le plus rapidement possible. Eh bien, c'est là qu'il se trouve ce soir.

— Jay, j'ai peut-être quitté le quartier, mais même moi, je sais que cette partie est interdite. Ce n'est pas prudent.

Les gens applaudissaient et criaient en direction de la cage. J'étais trop petite pour voir clairement, mais à l'évidence, un match épique était en cours.

Les murs de la salle étaient couverts de posters encadrés de boxeurs célèbres, et de photos de combattants locaux. Je reconnus deux d'entre eux comme étant les pères biologiques de Nik et de Kir. Il était étonnant de constater à quel point leurs fils leur ressemblaient.

— C'est sans doute l'endroit le plus sûr pour nous deux, répondit-elle.

Jayna se faufila un chemin à travers la foule, me tirant derrière elle.

— Quiconque envisage de nous chercher des noises se fera casser la figure.

Je la regardai, incrédule.

— Quelque chose me dit que tu es déjà venue plusieurs fois ici.

Jayna jeta un coup d'œil par-dessus son épaule et leva les yeux au ciel.

— Pfff. Comment crois-tu que Kiran et moi nous sommes rencontrés ?

Jayna avait toujours été une rebelle, à cause de la nature autoritaire de l'oncle Ashok. C'était un jeu pour elle de voir tout ce qu'elle pouvait faire sans avoir d'ennuis. Le dernier endroit où je l'aurais crue capable de s'aventurer était cette partie de la ville.

— Tu m'as dit que vous vous étiez rencontrés dans un club.

— Je n'ai pas menti. Nous nous sommes rencontrés ici. Un club de combat clandestin.

Je la regardai, bouche bée.

— J'ai l'impression de ne pas te connaître. Je croyais que nous partagions tout.

— Ne fais pas semblant d'être blessée. Je sais que tu gardes tes propres secrets. D'ailleurs, je t'ai dit que je l'avais rencontré dans un club et c'est la vérité. Seulement, je ne suis pas entrée dans les détails de quel type de club. Nous avons terminé la soirée dans un club, donc je n'ai pas vraiment menti.

Un grand homme chauve couvert de tatouages et d'une

barbe épaisse s'avança devant Jayna et, après une communication silencieuse, il pointa la cage du doigt.

Jayna se hissa sur la pointe des pieds pour l'embrasser sur la joue, et le géant rougit.

— Viens, nous allons regarder de là. Nik ne sera libre qu'après le combat.

— Je suppose que tu es une habituée de l'endroit.

Elle adressa des signes de tête à différents groupes de personnes tandis que nous avancions vers le centre de la salle.

— On peut dire ça. Techniquement, j'en ai hérité de Kir. C'est à lui. Les gars le font tourner pour moi.

Par *les gars*, je savais qu'elle parlait des frères King, Nikhil, Samir et Reyhan.

Bon sang ! Depuis combien de temps ne m'étais-je pas trouvée dans une pièce avec eux tous ?

Une vague de culpabilité me brûla l'estomac. J'étais partie et je n'avais jamais regardé en arrière.

Non, ce n'était pas vrai. J'avais très souvent pensé à eux. Ensuite, lorsqu'ils étaient devenus promoteurs immobiliers, j'avais suivi tout ce qui se disait sur eux dans les journaux, les informations et les blogs à potins. Surtout ce qui concernait Nik, sujet de prédilection des journalistes. Son parcours de la misère à la richesse, associé à sa franchise sans complaisance à l'égard de son passé, donnait matière à d'excellents reportages.

— Tu es vraiment une énigme, Jay.

Elle ricana.

— C'est l'hôpital qui se moque de la charité.

Elle me tint la main alors que nous nous frayions un chemin entre les gens. Je ne pus m'empêcher de remarquer que dès que les gens voyaient Jayna, ils s'arrêtaient et lui dégageaient un chemin pour qu'elle puisse passer.

Bordel de merde. Elle était comme leur reine.

Je contemplai son dos. Elle n'avait sans doute aucune idée de la manière dont les gens réagissaient à son égard. Jayna était déterminée dans tout ce qu'elle faisait, surtout quand il était question de rendre fou l'oncle Ashok.

Dès que je vis les hommes qui se battaient dans le ring grillagé, je ne pensai plus aux frasques de Jayna.

Enfin, l'un des deux en particulier.

Hill. Non, Nik.

Je déglutis. Ce n'était pas le gentleman raffiné de la veille. C'était l'homme sauvage et dangereux qu'était devenu le garçon que j'avais connu.

La sueur luisait sur sa peau dorée, et ses muscles tatoués et déchirés se contractaient et fléchissaient au gré de ses mouvements. Son short gris pendait bas sur sa taille sculptée. Lorsqu'il pivota, je remarquai une cicatrice nette qui formait une longue entaille dans son dos. Une cicatrice qu'il avait récoltée en essayant de me protéger d'une brute locale avec un couteau à cran d'arrêt.

Pourquoi ne l'avais-je pas remarquée la veille ?

Sans doute parce que j'avais été trop occupée à reluquer son membre.

Il maintenait ses poings bandés en l'air tout en se déplaçant d'un pied à l'autre. L'adversaire de Nik haletait et imitait sa posture. Les deux hommes étaient de taille et de corpulence égales, mais il ne faisait aucun doute que Nik était le plus dangereux des deux.

Les gens autour de moi criaient.

— Achève-le !

— Dans l'estomac !

— Botte-lui les fesses, King !

Nik frappa deux fois et sauta en arrière lorsque son adversaire riposta. Il releva le nez un quart de seconde, et je sus aussitôt qu'il m'avait vue. Il avait toujours eu le don de savoir où j'étais.

Mon pouls s'emballa, et une douleur s'installa au creux de mon ventre. Mon désir pour lui ne s'était pas apaisé depuis que je l'avais quitté, et maintenant il faisait rage.

Merde. Ce n'était pas le moment de laisser mon attirance pour Nikhil King se manifester. Mieux valait la garder sous clé. J'étais ici pour affaires. Pour faire du mal à Ashok Shah.

Penser à mon crétin d'oncle me refroidit, et je me concentrai à nouveau sur le combat. Au cours des minutes qui suivirent, les hommes dans la cage se donnèrent des coups de poing, frappèrent et bloquèrent, se poursuivant sur tout le ring.

Puis, aussi vite que Talia m'avait retiré l'arme des mains, Nik étala son adversaire sur le sol d'un coup de poing straté-gique ciblé à l'abdomen.

La cloche sonna et les applaudissements retentirent tout autour de moi.

Jayna me toucha la main et cria :

— Reste ici. Nik arrive. Je reviens dans une minute.

— Quoi ? Tu me laisses ici ?

Je n'eus pas de réponse, et elle disparut dans la horde des corps.

— Génial, marmonnai-je.

La barrière invisible qui nous entourait, Jayna et moi, s'évapora lorsqu'elle s'en alla et que les gens bougèrent, m'encerclant.

C'était l'une de ces fois où je détestais vraiment être si petite. Avec mon mètre cinquante-cinq, je n'étais pas seulement petite, j'étais microscopique par rapport aux géants de l'entrepôt.

Venir ici était une mauvaise idée. Mieux valait que j'aille attendre près de la voiture.

Jetant un coup d'œil par-dessus mon épaule, je repérai la sortie. Je pouvais y arriver, elle n'était pas trop loin.

Poussant les gens et me glissant entre eux, je me frayai un chemin jusqu'à un mur proche, que je suivis ensuite jusqu'aux portes ouvertes.

Au moment où je ressentais le soulagement d'être libérée de la foule, un grand bras me bloqua le passage et un corps gigantesque me plaqua contre le mur.

— Tu n'essayais pas de sortir d'ici sans dire bonjour, n'est-ce pas, Danika ?

Nik

— Hill... Nik.

Le visage de Danika rougit comme si elle avait été surprise par le grand méchant loup, puis le calme qu'elle affichait toujours prit le dessus.

Je ne pouvais pas faire comme si mon nom prononcé par la voix haletante de Danika n'était pas ce que je rêvais d'entendre depuis bien trop longtemps. Même si elle essayait de faire comme si de rien n'était, elle ne cessait de m'appeler par le nom qu'elle m'avait donné lorsqu'elle était une enfant de huit ans effrayée.

En moins de vingt-quatre heures, elle l'avait utilisé plusieurs fois.

Je m'approchai de son oreille.

— Tu n'as pas répondu à ma question.

Bon sang ! Elle sentait merveilleusement bon, le jasmin et les épices.

— Salut, Nik. Je suis désolée de ne pas pouvoir rester.

Elle essaya de passer sous mon bras, mais je me déplaçai trop vite et la bloquai.

— Bien sûr que tu peux. Après tout, nous avons rendez-vous.

— Je ne crois pas que ce soit le bon moment pour parler. Tu m'as l'air occupé, dit-elle, les yeux toujours rivés sur la sortie du club.

— Tu peux me regarder. Je ne vais pas te mordre. Enfin, à moins que tu ne le veuilles.

Sa respiration se bloqua et son masque s'effrita à nouveau.

Quel effet cela ferait-il de voir cette femme se tenir devant moi sans aucun de ces remparts qu'elle aimait ériger ? Oh, comme j'aurais aimé l'avoir comme elle était la veille, haletante, avide de mon toucher, de mon membre, de moi.

— Regarde-moi, Danika.

— C'est impossible, tu bloques mes mouvements.

Et voilà que la femme maîtresse d'elle-même, celle qu'elle aimait montrer au monde, était de retour.

Je laissai retomber mon bras et reculai. Elle se tourna pour m'étudier. La façon dont ses beaux yeux noisette balayaient mon corps me faisait presque l'effet d'une caresse physique.

Au bout de quelques instants, elle dit :

— Je voulais discuter de la proposition commerciale et des conditions que je comptais te soumettre mercredi.

— Je m'en suis douté quand Jayna m'a laissé un message me disant qu'elle t'amenait ici ce soir pour une discussion.

La venue de Jayna au club n'était pas une nouveauté. Elle passait de temps en temps pour assister à un combat. Elle s'asseyait seule à l'un des balcons privés et partait sans dire un mot à Sam, Rey ou moi.

Mes frères et moi savions que c'était une façon pour elle de se sentir proche de Kiran. D'autant plus que c'était lui qui avait créé ce club.

J'étais surpris que Jayna ait décidé d'emmener Danika. Il

aurait mieux valu pour cette dernière que nous nous rencontrions dans mon bureau, où j'étais en costume et non torse nu, ruisselant de sueur, avec les premiers signes d'ecchymoses qui apparaissaient.

Cependant, Danika Dayal m'avait connu lorsque j'étais un gamin de la rue sans un sou et que ma tante était trop épuisée par son travail pour garder un œil sur moi.

— Peut-être que ce n'est pas une bonne idée de parler maintenant. Nous devrions nous retrouver dans ton bureau. Y a-t-il un moyen pour que tu puisses me caser demain ?

Elle me scruta à nouveau, et son regard s'attarda sur mes abdos avant de remonter vers mon visage.

— Tout de suite, c'est le moment idéal. Suis-moi.

Au lieu d'attendre une réponse, je me tournai et pris la direction de la réserve que mes frères et moi utilisions comme bureau du club.

— Tu es toujours aussi autoritaire, marmonna-t-elle à mi-voix, et je ne pus retenir un sourire devant son agacement.

Elle avait toujours détesté que je lui donne des ordres. Cela ne l'empêchait pas d'écouter, donc cela ne devait pas être aussi irritant qu'elle le laissait entendre.

— Je suis qui je suis.

J'ouvris la porte métallique, puis la refermai et la verrouillai une fois qu'elle fut entrée.

Le bruit du verrou la fit sursauter, et je ne pus que secouer la tête.

— Est-ce que je te rends nerveuse ?

Je pris une serviette propre dans un panier et essuyai la sueur de mon visage et de mon corps.

— Non, je ne peux pas dire ça.

Les yeux de Danika s'assombrirent et mon sexe tressauta.

Merde. Ce n'était pas le moment d'avoir une érection. Mon short ne pourrait pas en camoufler le moindre centimètre.

Je me dirigeai rapidement vers un réfrigérateur dans le coin et j'en sortis deux bouteilles d'eau, puis en jetai une à Danika.

Dévissant le bouchon, je bus, puis lui demandai :

— Qu'est-ce qui était si urgent qu'il fallait que nous nous rencontrions aujourd'hui ?

Elle agrippa le plastique et me scruta de la tête aux pieds avant de remonter, s'attardant à l'endroit même où j'aurais préféré qu'elle ne s'arrête pas.

— Je... voulais... dit-elle avant de déglutir. J'ai un...

— Danika.

— Oui.

— Si tu continues à me regarder comme ça, je vais perdre le contrôle, et tu vas te retrouver à genoux.

Au lieu de détourner son regard de mon sexe, elle se lécha les lèvres.

Peut-être était-ce l'adrénaline qui continuait à circuler dans mon organisme ou la présence de cette femme... Sans réfléchir, je marchai droit vers elle, jetant ma bouteille vide sur le sol. Je saisis sa mâchoire et sa gorge avec ma paume, approchant mon visage couvert de sueur à un centimètre du sien, me servant de mon autre main pour la pousser contre la porte en métal.

— Ne fais pas ça. Cela fait trop longtemps que j'ai envie de te prendre et après la nuit dernière, tu es trop tentante et je suis à bout.

Ses pupilles se dilatèrent, l'ambre fut englouti par le noir, laissant un anneau d'or.

— Tu devrais savoir maintenant que j'aime quand on est à bout.

— C'est vrai ?

— Oui, répondit-elle d'une voix haletante, comme quelques heures plus tôt.

Elle remua, laissant son ventre frotter mon érection. Une goutte perla au bout, et à ce stade, je me foutais qu'elle le remarque. C'était sa faute si j'étais dans cet état.

— Alors, tu vas jouer. Et cette fois, je serai le seul à jouir.

Je la soulevai et la portai jusqu'au bureau situé dans le coin arrière de la pièce.

Elle agrippa mes épaules humides.

— Nik... Nik, on ne peut pas. Jayna va venir nous chercher.

— Ça ne ressemble pas vraiment à une protestation. D'ailleurs, c'est toi qui m'as défié.

Après l'avoir installée sur le bureau, je lui retirai sa veste et plaçai ses mains sur la bordure métallique.

— Accroche-toi. Et quoi que je fasse, et même si quelqu'un frappe à la porte, ne bouge pas les doigts. Personne ne peut entrer. La porte est verrouillée de l'intérieur.

Sa respiration haletante était comme de la musique à mes oreilles.

— Tu comprends ?

Elle hocha la tête.

— J'ai besoin de te l'entendre dire.

Se léchant les lèvres, elle murmura :

— Oui. Je comprends.

Je posai mes mains meurtries sur sa taille et remontai lentement son débardeur fluide, prenant le temps de faire glisser mes doigts sur ses courbes et jusqu'à ses incroyables seins. Une fois le haut relevé sur ses seins, je tirai les bonnets de son soutien-gorge en dentelle vers le bas, exposant ses mamelons sombres et durs.

J'avais envie de sucer ces magnifiques pics jusqu'à ce qu'elle crie. Lorsqu'elle quitterait cet entrepôt, elle aurait tellement besoin de moi que, lorsqu'elle arriverait enfin aux affaires, il lui faudrait toute son énergie pour se concentrer sur le sujet qu'elle présenterait.

Je me comportais comme un enfoiré. Je le savais. Mais je n'avais pas honte d'admettre que je ferais ce qu'il fallait pour la garder.

Elle était entrée dans mon monde. Pas seulement une fois, mais deux fois, et c'était là que c'était le plus brut. Là où le passé n'était jamais parti, mais où il se fondait dans le présent.

— Nik, dit-elle avant qu'un gémissement lui échappe. Arrête de me regarder comme ça. J'ai mal.

Merde.

Je posai les mains sur son visage et je me rapprochai, laissant ma peau humide se plaquer contre ses courbes douces, propres et féminines.

— Je ne suis pas l'homme raffiné d'hier soir. C'est le gars de la rue que tu as laissé derrière toi quand tu es partie dans ta tour d'ivoire.

Quelque chose brilla brièvement dans son regard.

— *Cage dorée* serait plus exact.

— Une situation que tu sembles utiliser à ton avantage.

— Nous faisons tous ce qu'il faut pour survivre.

Son attention se reporta sur ma bouche tandis qu'elle se penchait.

— C'est très vrai. Tu es prête ?

— Oui, dit-elle.

Elle se rapprocha et mordilla ma lèvre inférieure. Ses dents se plantèrent à l'endroit exact où elle était enflée à cause d'un coup que j'avais encaissé pendant le combat.

— Je sais qui tu es, Nik. Raffiné ou non. Il y a des choses que l'on n'oublie jamais.

Je serrai sa mâchoire plus fort et l'embrassai brutalement. Elle grogna tandis que nos langues se disputaient la domination, mais le fait qu'elle n'ait pas bougé ses mains m'en disait plus qu'elle ne l'admettrait jamais.

Reculant, je plongeai dans ses yeux embués de désir.

— Alors, tu aurais dû savoir que cette chose entre nous n'aurait jamais été l'histoire d'une fois.

Je reculai et la déplaçai de façon à ce que ses coudes reposent sur le bureau et que son dos et ses seins soient relevés comme s'il s'agissait d'une offrande.

Cette femme était une contradiction totale. Tantôt, elle était très professionnelle et autoritaire, tantôt elle se montrait docile et conciliante.

— En fait, cela va se répéter à l'infini.

— Arrête de parler, Nik. Et sors ton membre.

Elle redevenait autoritaire, et pour une raison que j'ignorais, cela me rendait plus dur. C'était peut-être le fait que personne ne se rebiffait jamais contre moi, ou parce que c'était Danika.

Cela n'avait aucun sens de s'interroger à ce sujet.

Lorsque je baissai mon short, mon sexe se heurta à mon ventre. J'étais tellement prêt pour elle que mon excitation éclaboussa mon abdomen.

Elle se lécha les lèvres lorsqu'elle me vit agripper la base de mon érection et la serrer.

Elle poussa un faible gémissement et j'eus des visions de moi enfoncé profondément dans sa gorge, lui apprenant la façon exacte dont j'aimais qu'une femme me touche, de moi jouissant dans sa bouche, d'elle avalant jusqu'à la dernière goutte de ma semence.

Comment avait-elle pu passer d'un fantasme intouchable à une femme que j'avais le plaisir de contrôler en l'espace de quelques jours ?

Bientôt, le reste de notre vie serait ainsi.

— Pose tes talons sur le bord du bureau et écarte les jambes.

— Nik... Je...

— Fais-le, lui ordonnai-je, coupant court à tout ce qu'elle avait à dire.

Elle s'exécuta.

— Maintenant, glisse ta main dans ton pantalon et caresse-toi. Je veux que tu me montres ce que tu te fais quand tu penses à moi.

Elle écarquilla les yeux, comme si j'avais découvert un autre de ses secrets. Au bout de quelques secondes, elle obtempéra, s'appuyant sur un avant-bras pendant qu'elle faisait glisser ses doigts le long de son ventre, au-delà de la ceinture de son pantalon, et entre les replis des lèvres de son sexe.

Elle ferma les yeux, se perdant dans le plaisir qu'elle se donnait.

Jusqu'à ce que je dise :

— Tu ne veux pas regarder le spectacle qui se déroule devant toi ?

Ses paupières s'ouvrirent brusquement.

Elle me regarda caresser mon sexe de haut en bas, trouvant le rythme que j'aimais. Ce qu'elle ne réalisait sans doute pas, c'était que l'avoir ici exposée comme ma pin-up personnelle était l'ultime fantasme devenu réalité.

Elle caressait son sexe sous ses vêtements à chaque

mouvement de ma main. Elle respirait de plus en plus vite et de plus en plus fort.

Elle se mordit la lèvre, et un gémissement de désir s'échappa de sa bouche. Tout à coup, elle sortit la main de son pantalon et se prépara à sauter du bureau.

— Nik, je t'en prie. Laisse-moi te goûter.

Bon sang ! Rien n'aurait pu me faire plus plaisir, mais pas cette fois.

— Non. Reste là. Tu as dit que tu aimais être à bout. Tu as ce que tu demandais, Danika. Je continuai à caresser mon membre, et mes testicules se resserrèrent.

Ses ongles s'enfoncèrent dans le bois ; jamais je n'oublierais comment ces marques seraient arrivées là, ni l'excitation qui couvrait ses doigts lorsque ses ongles avaient pénétré le bois.

— Je dois faire quelque chose.

Il y avait du désespoir dans ses gestes lorsqu'elle empoigna ses seins nus.

— Tu veux faire quelque chose ? Offre-moi tes seins. Je vais leur jouir dessus.

— Mais je veux...

— C'est à prendre ou à laisser.

Elle s'avança, faisant ce que je lui avais dit. C'était vraiment une foutue déesse.

Je n'en pouvais plus. Tout mon corps se contractait.

— Merde ! criai-je lorsque ma semence jaillit, couvrant ses seins.

Lorsque j'eus terminé de répandre mon orgasme, la peau

dorée de Danika était une toile magnifique. Il y avait quelque chose de primitif dans le fait de la marquer de cette façon.

Aux yeux de certains, j'aurais pu passer pour un malade, mais je m'en fichais.

Je l'avais revendiquée. Au fond d'elle-même, elle le savait. Bientôt, je le ferais savoir clairement.

12

D^{anika}

Je tenais ma poitrine couverte de semence, haletante. Je n'arrivais pas à croire que je m'étais laissée envoûter par Nik King.

Une fois encore.

Mon corps avait besoin d'être libéré, et j'étais prête à le supplier pour ça.

Qu'est-ce qui n'allait pas chez moi ? Maudits soient Nik et son membre magique.

Et le plus triste, c'était que je n'avais pas encore eu droit à son membre. Que se passerait-il si je couchais vraiment avec lui ?

Je n'allais pas me mentir et prétendre que cela n'arriverait pas. Il m'attirait comme aucun autre homme. Et maintenant que j'avais ouvert la porte interdite, Nik ne me laisserait jamais la refermer.

— Sais-tu à quel point tu es belle ?

Nos yeux se croisèrent.

— Ce n'est pas pour ça que je suis venue ici.

— Je sais. Nous y reviendrons plus tard.

Il s'approcha, passa un doigt dans sa semence qui refroidissait sur ma peau, puis le porta à mes lèvres.

— Ouvre.

J'avais voulu le goûter, c'était l'occasion. J'ouvris la bouche, puis la refermai autour de son long doigt, laissant mes dents effleurer sa peau lorsqu'il le dégagea.

Son essence légèrement salée et sucrée envahit mes papilles et je ronronnai.

Ses yeux sombres s'embrasèrent.

— Maintenant, tu es bel et bien marquée, Danika Dayal. À l'intérieur comme à l'extérieur.

Ses mots me firent frissonner.

— Qu'est-ce que ça veut dire ?

— Ça veut dire que tu es à moi.

— Je te l'ai dit hier soir. Je n'appartiens à personne.

Il saisit l'arrière de ma tête, m'attirant contre lui sans se soucier d'étaler sa semence sur nous. Il m'embrassa avec une intensité sauvage que je n'avais pas encore expérimentée, et je lui répondis en entourant sa taille nue de mes jambes. Son

sexe était épais et long entre nous, augmentant le désir inassouvi qui couvait en moi.

Reculant, il posa son front contre le mien et dit :

— Je ne vais pas te prendre ici. Ce n'est ni le moment ni
l'endroit pour ça.

— Il semble qu'il n'y ait pas de moment ou d'endroit
propice pour nous. Peut-être que l'univers nous dit quelque
chose.

Il releva la tête.

— Rassure-toi, Danika, ça va arriver. Mais après notre
rendez-vous. Après nos relations d'affaires. Une fois que tu
auras parfaitement compris le prix de la faveur que je vais
t'accorder.

— J'ai parlé d'affaires, pas d'une faveur.

— C'est la même chose dans mon monde.

— Tu ne peux pas m'intimider, Nik.

Il captura mes poignets et les maintint dans le creux de
mon dos. Un frisson me parcourut l'échine.

— Tu en es certaine ? Tu trembles.

— Trembler d'envie de coucher avec toi est très différent
d'avoir peur de toi.

— Heureux que tu comprennes la différence, dit-il avec
un sourire. Alors, que dois-je demander en guise de
paiement ?

— Quelque chose de raisonnable.

— Je ne fais pas dans le raisonnable. Mes faveurs ont un
prix, et je récupère généralement ce qui a le plus de valeur
aux yeux d'une personne. Qu'est-ce qui a le plus de valeur

pour toi, Danika ?

Ma liberté.

— Tu n'as pas besoin de me dire ce que c'est pour l'instant. Tu as juste à décider si tu es prête à me le donner en échange de ce que tu veux que je fasse pour toi.

Je tournai les mains pour desserrer son emprise sur mes poignets et je posai une main sur son torse.

— Ce que je vais t'offrir est une compensation plus que suffisante pour ce que j'attends de toi.

— Comme je te l'ai dit hier, je prendrai ce que tu m'offriras, et j'en attendrai plus. Je suis le maître de cet empire. C'est moi qui fixe les règles.

— Et comment est-ce que ça, dis-je avec un geste entre nous, joue dans l'affaire ?

— Je ne te mentirai pas. Parfois, certaines choses se superposeront, mais pour l'essentiel, ce qui se passe entre nous ne concerne que nous.

Au moins, il ne me racontait pas d'histoires.

— À t'écouter, on a l'impression que ce sera plus qu'occasionnel.

— Compte tenu de notre histoire, il n'a jamais été question que ce soit quelque chose d'informel. Tu te mens à toi-même si tu penses le contraire.

— Il n'est pas possible qu'il y ait plus entre nous. J'ai des projets, et une relation les compliquerait, dis-je, me glissant sous son bras pour descendre de la table. Je passerai à ton bureau demain matin. Je suis sûre que tu pourras me caser.

Je pris une serviette dans le panier pour essuyer sa semence qui refroidissait sur ma poitrine.

Merde. Mon t-shirt était foutu. Balayant la pièce du regard, je vis une pile de t-shirts pliés dans un autre panier. Passant mon vêtement par-dessus ma tête, je le jetai à la poubelle avant d'en prendre un neuf et de l'enfiler.

Il était beaucoup trop grand. Je rassemblai le tissu pour le nouer sur le côté. Il faudrait que cela suffise.

Je jetai un coup d'œil à ma montre. Jayna était sans doute à ma recherche. Attrapant rapidement la veste tombée au sol, je l'enfilai et me dirigeai vers la porte métallique, mais Nik me barra la route.

Il avait aussi enfilé un t-shirt, ainsi qu'un short.

— Tu es revenue dans mon monde. Tu as compliqué les choses. Maintenant, tu dois en assumer les conséquences.

Le ton de sa voix avait quelque chose qui me rappelait de nombreux souvenirs et me donnait envie de prendre son visage dans mes mains et de l'embrasser.

— J'avais quatorze ans quand je suis partie. Ce n'était pas comme si j'avais le choix.

— Et je t'ai laissé vivre une vie sans mon existence.

— Nous ne sommes plus des enfants.

— C'est vrai. Nous sommes des adultes, nous faisons des choix en fonction des démons de notre passé.

Je plissai les yeux.

— Qu'en sais-tu ?

— Je sais que tu détestes Ashok Shah et que tu ferais n'importe quoi pour te venger de lui.

Je le regardai fixement, sans rien dire.

— Nie-le.

— Je ne peux pas. Mais tu fais erreur sur un point. Je ne veux pas seulement me venger de lui. J'ai l'intention de lui prendre tout ce qu'il a pris à mes parents, à Jayna, à Samir et à moi.

Nik ne réagit pas, il se contenta de soutenir mon regard.

— Et tu as l'intention de faire ça avec mon aide ?

— Non, avec quelque chose que tu as, ou que tu peux m'apporter.

— Es-tu prête à payer mon prix ?

— Si cela signifie qu'Ashok Shah disparaît dans une explosion épique et flamboyante, alors je dis oui.

— Et si je dis que le prix, c'est toi ?

Je déglutis.

— Moi ? Qu'est-ce que ça veut dire ?

— Ce que je veux dire, ce que je veux savoir, c'est si ta colère, ta vengeance, ta revanche valent la peine que tu me donnes… ton corps, ton esprit et ton âme ?

— À t'entendre, on croirait que tu es le diable, qui réalisera mes rêves si je lui vends mon âme.

— Certains croient que je suis le diable, affirma-t-il, passant son pouce sur ma lèvre inférieure. Réfléchis bien à la réponse. Le prix te liera à moi pour l'éternité.

— Nik, je ne te laisserai pas m'effrayer.

— Je devrais te faire peur. J'ai laissé notre histoire nous ramener à des rôles familiers, mais tu dois comprendre avec qui tu joues. Je ne suis plus ce gars de dix-sept ans que tu as laissé derrière toi. Je suis tout ce que les rumeurs disent. Je ne suis pas gentil, je ne suis pas doux. Je prends et j'utilise jusqu'à complète satisfaction.

Je savais que c'étaient des conneries. Pourquoi se montrait-il si désagréable à mon égard ? Quel était l'intérêt de cette volte-face ?

— Quand tu rentreras chez toi, réponds honnêtement à ces questions. Que faudrait-il pour que tu abandonnes cette quête ? Y a-t-il quelqu'un ou quelque chose de plus important que la destruction de Shah ? Si la réponse est non, alors viens à mon bureau et nous discuterons affaires demain à vingt heures. Sinon, nous resterons dans le domaine personnel et nous oublierons les affaires.

— Je ne changerai pas d'avis.

Il n'allait pas m'embrouiller ou me faire douter de mes décisions.

— Alors je suppose qu'on se verra demain à vingt heures.

— Non, je veux que ce soit réglé ce soir.

NIK

Je n'arrivais pas à croire qu'elle était déterminée à parler affaires après ce qui venait de se passer entre nous. Après que j'avais essayé de la terroriser en lui disant ce que j'attendais d'elle.

— Demain, Danika.

Je me penchai en avant, me servant cette fois de ma taille pour la plaquer contre la porte métallique du bureau.

Elle leva son visage vers le mien, un pli barrant son front.

— Ce soir.

— Ce n'est pas un lieu pour négocier. Surtout pas avec l'odeur du sexe dans l'air.

Une légère rougeur tinta ses joues, mais elle se garda bien de toute autre réaction.

— Ça ne me dérange pas. D'autant plus que tu as déjà laissé entendre que le sexe entre nous est un acquis, même s'il ne fait pas partie du marché.

— Bien.

Mes mains descendirent pour saisir ses hanches, plus fort que je ne l'aurais voulu. Mais j'étais plus frustré que je ne l'avais jamais été avec une autre femme.

— Qu'attends-tu de moi ?

— Je veux ce que tu as sur mon oncle.

— Qu'est-ce qui te fait penser que j'ai quelque chose sur lui ?

Elle serra les dents.

— Parce qu'il voulait que je me prostitue auprès de toi pour l'obtenir.

— Redis-moi ça.

Shah ne s'attendrait pas vraiment à ce que Danika couche avec moi pour obtenir le testament ! D'un autre côté, cela ne m'étonnerait pas de cet homme. Son intérêt personnel passait toujours avant tout.

— Tu m'as entendue. Apparemment, nous n'avons pas

très bien réussi à masquer notre attirance, et il pense donc que mon sexe a le pouvoir de te charmer pour que tu me donnes cette information ou cette chose. Je la veux. Pas pour lui. Mais pour moi.

— Et que crois-tu ce que ce soit, exactement ?

Elle soutint mon regard.

— Le testament de ma mère.

Je ne pus m'empêcher de sourire. L'intelligence de cette femme était plus qu'effrayante. Elle savait que la seule chose qui maintiendrait Shah dans le droit chemin était une menace contre son empire, et le testament de Sara Shah en était la clé.

— Et imaginons que je l'aie. Qu'est-ce qui te fait penser que je te donnerais mon moyen de pression sur Shah ?

— Parce que le testament est la clé pour foutre en l'air sa vie parfaite.

— Je veux savoir ce que tu comptes faire de ce testament.

— Avant de te donner des détails et de poursuivre cette discussion, j'ai besoin de savoir si tu l'as.

— J'en ai une copie. Pas l'original.

Je ne lui mentirais pas.

Je vis un éclair de déception traverser son visage.

— Est-ce qu'il comporte les signatures ?

— Oui. J'ai fait authentifier celle de ta grand-mère par rapport à d'autres documents déposés dans les archives publiques.

— Et qui possède tout ?

— Tu connais cette réponse, Danika. Nous en sommes

maintenant au point où nous débattons du prix de ce coûteux service dont tu as besoin.

Elle posa une main sur ma poitrine et me repoussa, se dégageant de mes bras pour aller vers le bureau où je l'avais installée quelques instants plus tôt.

— Quitte à m'endetter, autant y aller à fond. J'ai d'autres faveurs, comme tu dis. En échange, je ferai en sorte que personne ne puisse plus jamais pirater ton entreprise.

— Qu'est-ce qui te fait penser que j'ai des problèmes avec le piratage ? Rey est plus que capable de gérer n'importe quoi.

Elle sourit.

— J'ai deux mots pour toi : bureau en désordre.

C'était donc elle le mystérieux hacker qui laissait des fichiers sur les propriétés et les développements sur mon ordinateur. Rey avait emprunté tous les canaux qu'il connaissait pour retrouver le coupable, mais il s'était perdu dans une boucle de serveurs répartis dans le monde entier.

Pourquoi n'avais-je pas deviné ? Je connaissais son secret. Je connaissais ses compétences. Cela n'aurait pas dû m'étonner d'elle qu'elle pirate mon réseau pour me donner des informations susceptibles de faire capoter un investissement pour son oncle.

Je devais voir jusqu'où elle allait jouer cette carte.

— Pour qui travailles-tu ?

— Jayna. Je suis évaluatrice d'art.

Un sourire en coin se dessina sur son visage.

Elle se foutait de moi.

— Danika, la prévins-je.

— Je suis ce qu'on appelle une freelance.

— Et ta relation avec Devani Patel ?

Je la vis plisser le front.

— Cette information ne fait pas partie de la négociation. Revenons aux faveurs. Voici mes conditions.

— Je t'écoute.

Je croisai les bras et m'appuyai contre la porte.

— En plus de la copie du testament, je veux que tu te procures le coffre en bois que ma mère a sculpté et les lettres qu'elle m'a écrites avant sa mort.

— Redis-moi ça.

— Tu n'as pas pu oublier. Je t'ai parlé des lettres et du coffre. L'oncle Ashok était censé me les donner quand j'avais seize ans ; il ne l'a jamais fait. Je les veux.

Cet enfoiré, c'était quelque chose. Quoi qu'il avait, ce n'était pas le coffre.

— Quoi d'autre ?

— Lorsque le moment sera venu d'utiliser le testament contre mon oncle, tu me soutiendras pour l'évincer du conseil d'administration et de l'entreprise. Je sais que tu as acquis un grand pourcentage d'actions lorsque Shah International est entré en bourse.

— Comment le sais-tu ?

Elle haussa un sourcil comme si j'avais posé une question stupide.

— Est-ce la dernière des faveurs que tu me demandes ?

Elle hocha la tête.

— Oui.

J'avançai lentement dans sa direction.

— Maintenant que tu as énuméré tes faveurs, j'ai quelques conditions à remplir en plus de vos compétences technologiques.

Elle appuya ses mains sur le bureau.

— Je t'écoute.

— Premièrement, tu vas faire croire à Shah que tu suis son plan. Tu joueras la nièce dévouée, tu lui demanderas pardon pour l'emportement dont je suis certain que tu as fait preuve lorsqu'il t'a fait part de sa demande, et tu resteras proche de lui.

— Non, cracha-t-elle. Je ne le laisserai pas croire qu'il peut me prostituer à sa guise, que nous couchions ensemble ou non.

— Je ne dirais pas de le faire si je n'avais pas une bonne raison. J'ai besoin que tu découvres toutes les informations qu'il a cachées sur l'accident de Kir. Le seul moyen de fouiller son bureau, c'est d'être proche de lui.

— Je savais que tu n'avais jamais cru à ces conneries sur la mort de Kir.

— Alors, tu as cherché la vérité ?

— Oui, j'ai cherché dans tous les endroits auxquels j'ai pensé, j'ai même hacké tous les serveurs associés à lui, ses entreprises, ou à l'un de ses associés connus. Il n'y a aucune trace de son implication.

J'aurais dû savoir qu'elle se serait penchée sur la question. Sa relation avec Kir dépassait celle d'un cousin par alliance ; il était un frère de substitution. Elle aurait tout fait pour découvrir la vérité. Shah n'était pas un homme stupide. Il n'avait sûrement pas utilisé de ressources permettant de remonter jusqu'à lui, rien qui laisse une empreinte électronique, en tout cas.

— As-tu fouillé son bureau chez lui ?

Elle détourna le regard.

— C'est le seul endroit où je n'ai jamais pu enquêter. Il le fait surveiller en permanence. Il ne fait confiance à personne, pas même au personnel de nettoyage. Je n'ai le droit d'y entrer que s'il organise une réunion.

— Tu auras ta chance dans exactement deux mois. Il prépare un grand événement dans sa propriété.

Elle inclina la tête sur le côté.

— Qu'est-ce qui se passe à ce moment-là ?

— Ton oncle annonce sa candidature au Sénat.

— Foutaises.

Ce fut à mon tour de lever un sourcil.

— Crois ce que tu veux. La nuit de cet événement, tu fouilleras son bureau et tu trouveras la preuve dont j'ai besoin pour démontrer qu'il est derrière l'accident de Kir.

Elle déglutit.

— Autre chose ?

— Oui. Une dernière chose. C'est là que le travail et la vie privée se chevauchent.

— Qu'est-ce que c'est ?

Je me penchai en avant, jusqu'à ce que mes lèvres soient à un cheveu des siennes.

— Tu vas m'épouser.

— Quoi ?

Elle recula, ses doigts s'enfonçant dans le métal du bureau.

Je posai mes mains sur ma taille.

— Tu m'as entendu.

— Tu ne veux pas te marier avec moi. Tu ne peux pas, dit-elle d'une voix où transparaissaient la peur et la panique.

— Je le veux.

— Pourquoi voudrais-tu m'épouser ?

Elle repoussa mon torse, mais ne put me bouger, alors elle empoigna mon t-shirt.

— J'ai mes raisons. Ce sont mes conditions. Tu veux faire tomber Ashok Shah, alors tu acceptes de devenir une King.

— Nik.

— Danika.

— Ne fais pas ça, murmura-t-elle. Il y aurait des conséquences pour nous deux.

— Je t'ai demandé si la destruction de Shah valait la peine de te donner à moi... corps, esprit et âme. Tu as répondu oui. Que croyais-tu que cela impliquait ? Je t'ai dit que je prendrai plus que ce que tu es prête à donner.

— Disons que j'accepte tes conditions. Comment cela va-t-il se répercuter sur notre plan pour mon oncle ?

— Ces détails pourront être réglés ultérieurement. Aucun de nous ne fera quoi que ce soit qui puisse compliquer les plans de l'autre.

— Le mariage est la plus grande complication qu'un couple puisse connaître.

— De mon point de vue, c'est la plus simple.

— Comment cela se fait-il ?

— Cela démontrera clairement à tout le monde que tu m'appartiens. Surtout à toi.

Avant que je puisse répondre, quelqu'un frappa à la porte. Le métal vibra comme une alarme, brisant la tension sexuelle qui grandissait entre nous.

Je fis un pas en arrière, inspirant profondément. Je savais que nous aurions dû attendre le lendemain pour en parler. Maintenant, elle allait s'enfuir.

— Oui ! criai-je.

— C'est moi, Jay. Dani est avec toi ?

Je la regardai. Elle était toujours collée au bureau.

— Je suis là, lui répondit Danika, les yeux toujours rivés sur mon visage. Nik et moi sommes en pleine discussion.

— Eh bien, dépêchez-vous. Je suis prête à rentrer.

— Quelle est ta réponse, Danika ?

— Où allons-nous vivre ? J'ai une vie. Je...

Elle s'interrompit.

— Nous commencerons vendredi soir chez moi, et nous verrons à partir de là. J'ai d'abord besoin d'un oui.

Ses yeux noisette se remplirent de larmes, comme si elle était sur le point de pleurer, puis elle s'apaisa, se redressa et s'avança dans mon espace.

— Ma réponse est oui. Mais tu risques de le regretter, Nikhil King.

— Quand il est question de toi, je n'ai jamais eu de regrets.

Je glissai mes doigts dans ses cheveux et l'attirai pour un dernier baiser avant de la relâcher.

Elle s'avança vers la porte métallique qu'elle déverrouilla et ouvrit.

Le regard de Jayna oscilla entre Danika et moi pendant quelques secondes avant qu'elle n'affiche un sourire.

Merde. Cette femme était trop perspicace. Il n'y avait aucun moyen de cacher la tension entre Danika et moi.

— Allons-y, dit Danika en sortant du bureau, puis elle s'arrêta et jeta un coup d'œil par-dessus son épaule. On se voit à notre rendez-vous.

13

N^{ik}

JE REGARDAI les écrans de sécurité pendant que Jayna et Danika montaient dans leur voiture. Les deux gardes qui avaient attendu à l'extérieur du club n'étaient pas ceux que nous avions assignés à Jayna, mais les hommes de Danika. Ils possédaient la même force de frappe que les miens, avec l'avantage supplémentaire d'être élégants et raffinés, ce qui signifiait qu'ils avaient été entraînés par Rich Kade et par les meilleurs.

Je ne pouvais pas reprocher à cet homme de veiller sur Danika. Il ressentait le besoin de la protéger autant que moi.

La femme qui s'était tenue devant moi ce soir m'avait

rappelé des images de la fille que j'avais connue longtemps avant.

Celle qui avait de grands yeux expressifs et un cœur trop innocent pour le quartier où nous vivions. La fille qui avait littéralement bouleversé ma vie, qui m'avait parlé comme si j'étais une vraie personne, au lieu du voyou que je savais être.

Elle avait constitué une énigme à l'époque, et apparemment, c'en était toujours une.

Bientôt, je la résoudrais, mais je devais d'abord m'assurer que Shah ne découvrirait jamais cette visite.

J'envoyai un message rapide à mon équipe pour vérifier que personne ne suivait les deux femmes et je demandai au chauffeur de Jayna de faire quelques détours avant de déposer les filles.

Il était plus que probable que Danika maîtrisait la situation, mais cela ne faisait pas de mal de prendre des précautions supplémentaires.

Posant mon téléphone, j'appuyai mes bras sur la table. L'adrénaline du combat, l'orgasme époustouflant et la négociation insensée m'avaient laissé en manque de scotch.

Ressaisis-toi, King. Tu n'es plus cet adolescent idiot. Tu as obtenu ce que tu voulais, maintenant, vis avec.

Je jetai un coup d'œil sur le côté et fixai le mur où mes frères et moi conservions les photos de la plupart de nos parents biologiques.

Que penseraient ces humbles personnes de ce que nous étions devenus ?

Ils étaient morts trop jeunes pour nous guider dans la vie, n'ayant pu nous transmettre que quelques leçons pour survivre et les traditions les plus rudimentaires de leur mélange de cultures.

La photo d'Arin se trouvait au-dessus des leurs.

Jamais je ne pourrais le remercier de nous avoir sauvés comme il l'avait fait.

Je m'approchai du mur et touchai la photo d'une belle femme afro-trinidadienne, la tête posée contre le flanc d'un homme de grande taille qui l'éclipsait. Le regard qu'il portait sur sa femme était empreint d'admiration.

Il ne faisait aucun doute que Haresh et Lisa Guru tenaient l'un à l'autre. Ils avaient renoncé à leurs fortunes familiales et à un statut social dans une vie à Trinité-et-Tobago pour une vie commune aux États-Unis.

D'après ce que m'avait raconté tante Beverly, tous deux étaient issus de familles aisées qui voulaient que leurs enfants se marient au sein de leur communauté. Celle de ma mère était afro-trinidadienne et celle de mon père indienne. Ils s'étaient rencontrés lors d'un festival de la ville et avaient commencé à se fréquenter en secret, sachant qu'aucune de leurs familles n'approuverait. Lorsque leur relation avait été découverte, au lieu d'essayer de convaincre leurs parents de les accepter, car ils savaient que c'était impossible, ils avaient décidé de quitter les Caraïbes et de s'installer à New York.

Moins de dix ans plus tard, alors que j'avais à peine neuf ans, ils avaient été tués dans un accident de bus alors qu'ils rentraient de l'usine de métallurgie où ils travaillaient. Un accident qui avait également tué les parents de Kir et Rey, ainsi que la mère de Sam.

Cela avait été la première d'une longue série de tragédies qui, au-delà du sang, nous avaient liés en tant que frères. Et c'était peut-être en partie ce qui m'attirait chez Danika. Son histoire n'était pas meilleure, même si elle vivait dans le monde de la richesse, de l'art et des vêtements de marque.

Mon téléphone sonna, détournant mon attention de la photo.

Revenant vers la table, je m'en saisis, lus l'écran, puis je répondis :

— Que puis-je faire pour vous, commissaire Travis ?

— Votre situation avec les autorisations de développement est clarifiée. Vous pouvez procéder comme prévu.

— Merci. Comme convenu, l'équipe de votre frère commencera à travailler dans les prochaines semaines.

— Cela signifie-t-il que nous sommes quittes ?

— Dans le cas présent. D'après moi, il nous en reste deux sur la feuille de décompte.

— Une idée de quand vous prévoyez de me les réclamer ?

— Pas encore, mais vous serez le premier à le savoir. Bonne soirée, monsieur le commissaire. Je raccrochai et souris.

Bientôt, la construction d'un centre communautaire débuterait juste en face de la propriété où Shah prévoyait d'installer le plus récent de ses hôtels, rendant impossible tout développement à grande échelle. Avec un centre communautaire en cours de construction, Shah se retrouverait dans l'impossibilité de faire modifier le zonage pour son projet.

Et cela n'aurait jamais été possible sans l'aide de Danika.

Cette maudite femme m'avait hacké.

Je voyais encore son expression arrogante lorsqu'elle avait dit *bureau en désordre*.

Le fait que je sois dur rien qu'en pensant à ses compétences signifiait que j'allais sans doute passer le reste de ma vie à dissimuler une érection chaque fois qu'elle serait là.

— Bon sang, c'était quoi, ça ? s'exclama Sam en entrant dans le bureau du club.

— Je pensais que nous étions d'accord pour garder Dani en sécurité. Depuis quand êtes-vous devenus si copains ?

— Elle m'a sollicité, et j'ai laissé les choses se dérouler.

Sam serra les dents.

— Qu'est-ce qu'elle veut ?

— Attendons que Rey arrive pour que je n'aie pas à me répéter.

— Tu n'es qu'un abruti.

— Je ne l'ai jamais nié.

Sam me jeta un regard noir.

— Je vais te botter les fesses si tu la mets au milieu de cette affaire avec Shah.

— Fais la queue, dis-je avec un haussement d'épaules. Kir m'a déjà mis en garde. Et, comme je le lui ai dit, je joue avec les cartes qui m'ont été distribuées.

— Qu'est-ce que ça veut dire ? demanda-t-il.

Son regard se posa sur la poubelle et la chemise qui pendait sur le bord.

— Espèce d'ordure.

Il fonça sur moi. Je me préparai à l'impact, mais Rey attrapa Sam ;

— Tu fais quoi, mec ? s'exclama Rey en jetant Sam sur le canapé. Calme-toi.

Même si je pesais une bonne vingtaine de kilos de plus que Sam, nous étions au même niveau lorsqu'il s'agissait de nous battre. J'étais bâti comme un boxeur, alors que lui était un combattant de rue, mince et musclé. Rey, quant à lui, était une combinaison de nous deux, il avait les compétences d'un boxeur poids lourd et d'un artiste martial mixte. Il pouvait nous botter les fesses à tous les deux. Le seul d'entre nous qui aurait pu le défier à l'époque était Kir.

— Il se tape Dani.

Rey tourna brusquement la tête dans ma direction.

— Tu quoi ?

— Si vous vous calmez tous les deux, je vous expliquerai. Et avant que vous n'essayiez de me frapper, et je dis bien essayer, parce qu'on sait très bien que ça n'arrivera pas, Danika et moi sommes fiancés.

Sam s'élança à nouveau vers mois, mais Rey posa le pied sur son estomac et le repoussa.

— Assieds-toi, abruti.

Je m'avançai vers le réfrigérateur, récupérai trois bières et les tendis aux gars. J'ouvris la mienne, la bus à grandes gorgées, et je respirai profondément.

— Danika veut les informations sur Shah, en particulier la copie du testament.

— Nous ne pouvons pas le lui donner. Elle n'imagine pas le chaos qui va se déchaîner si nous le faisons.

La nuance dans la voix de Sam indiquait qu'il protégerait la famille qu'il n'avait jamais pu revendiquer, quel qu'en soit le prix.

— Elle n'est pas du genre à s'asseoir dessus. Elle le balancera à la figure de Shah et il se vengera.

— Tu crois vraiment que je la mettrais en danger ?

Sam secoua la tête.

— Non.

— Avant d'entrer dans le vif du sujet, vous voulez bien me dire pourquoi vous m'avez caché le fait que Danika et Mlle Patel sont des habituées de *The Library* ?

— Non. Je ne remets pas en cause tes décisions quand il est question de ton rôle dans l'organisation, alors tu n'as pas à remettre en cause les miennes.

Je contractai la mâchoire.

— Et tu sais qu'elles travaillent ensemble ?

— Oui. Contrairement à toi, je suis les règles de notre établissement. Ce que j'apprends là-bas reste là-bas. Maintenant, continue.

— Et c'est moi que tu traites d'abruti, dis-je en me passant une main sur le visage. Danika veut se venger de Shah. Elle sait qu'il a pris son héritage. Elle veut récupérer tout ce qui lui est dû, ainsi que ce qui vous appartient à Jayna et toi.

Je regardai Sam droit dans les yeux.

Il plissa les yeux.

— Elle sait ce que j'en pense.

— Ça ne semble pas pertinent. Que tu acceptes ou non ta part, elle est déterminée à récupérer l'entreprise.

Avant que Sam puisse faire un autre commentaire, je poursuivis.

— Il y a quelques autres choses que vous devez savoir tous les deux.

Rey se pencha en avant.

— Nous t'écoutons.

— Shah veut le testament. Il veut que Danika me séduise. Il croit que si elle couche avec moi, je la laisserai me mener par le sexe et que je finirai par le lui donner.

— Comme si Danika allait juste lui donner un document indiquant qu'elle possède tout Shah International.

— Techniquement, il dit que Jayna et toi en êtes propriétaires aussi.

— Je n'en veux pas.

— Il est à toi, que tu le prennes ou non.

— Et as-tu accepté de le lui donner ?

— Oui.

— À quel prix ? demanda Sam d'une voix où transparaissait sa colère.

Rey faillit s'asseoir sur lui pour le maintenir en place.

— Le sexe ne faisait pas partie de l'accord, mais le mariage oui. Si tu as cru un jour qu'entre Danika et moi, ce n'était pas inévitable, alors je dis que tu es un menteur. Elle est entrée dans *The Library*, et c'est arrivé. Maintenant, passons à l'accord.

En échange du testament et de mon soutien lorsqu'elle prendra la direction du conseil d'administration, elle m'épousera, et elle récupérera la preuve que Shah était derrière l'accident de Kir.

14

D anika

Un peu après huit heures le samedi matin, je tendis ma valise à Rich et me glissai sur le siège arrière de ma voiture.

Il regarda le sac, puis moi.

— Où allons-nous, Dani ?

Mon ventre se noua.

— À l'immeuble de Nikhil King.

Rich me scruta comme s'il me demandait ce que j'étais en train de faire, et pourquoi il n'était pas au courant.

— Il est le seul à pouvoir faire changer les choses, expliquai-je, même s'il n'avait pas vraiment demandé.

Je léchai mes lèvres desséchées, et j'eus envie de

détourner les yeux, mais je soutins son regard. Rich méritait de savoir ce que j'avais prévu, mais je savais qu'il essaierait de m'en dissuader.

— Je vais rester dans les parages, au cas où tu changerais d'avis et que tu déciderais de rentrer à la maison.

— Non, répondis-je en secouant la tête. Tu peux rentrer chez toi quand je serai entrée. Un de ses hommes apportera mes affaires. Je t'appellerai lundi quand je serai prête pour aller travailler.

Après quelques secondes de plus à me fixer, il hocha la tête, sans dissimuler l'inquiétude dans ses yeux verts.

Il ferma la portière, posa ma valise dans le coffre, et s'installa sur le siège conducteur.

Alors que nous nous insérions dans la circulation, je regardai par la vitre, observai les voitures, les taxis et les piétons, mais sans vraiment les voir.

D'ici moins d'une heure, ma vie allait changer au-delà de mes espérances.

J'allais vraiment le faire.

Je devais l'accepter.

Je voulais faire tomber l'oncle Ashok, et c'était le prix à payer. Je n'arrivais toujours pas à croire qu'il voulait m'épouser.

Le mariage ne faisait pas partie de mes projets de vie. En tout cas, pas à moins d'avoir un amour aussi proche que possible de celui que mes parents avaient partagé.

On l'aurait cru tout droit sorti d'un conte de fées, mais sans la fin heureuse que j'aurais souhaitée.

Ma mère, Reka, avait été élevée dans l'espoir d'un mariage arrangé avec un riche homme d'affaires qui évoluait dans les mêmes cercles qu'elle. Au lieu de cela, elle avait rencontré Kris Dayal, un modeste employé de bureau qui travaillait dans l'un des hôtels de sa famille et qui avait à peine les moyens de payer son loyer tout en poursuivant ses études d'ingénieur.

Au départ, ils avaient entretenu une relation amicale, se contentant de se saluer à chaque fois qu'ils se croisaient. Puis, un jour, alors que ma mère tentait d'échapper à une dispute avec l'oncle Ashok au sujet d'une demande en mariage, elle avait croisé mon père dans un bar où se retrouvaient les étudiants de la région. Il lui avait proposé de l'aider à oublier ses problèmes familiaux et lui avait montré New York du point de vue de ceux qui n'ont pas de privilèges.

Une véritable amitié s'était développée ce soir-là, et ma mère avait retrouvé mon père plusieurs fois par semaine. Ils avaient fini par se rendre compte qu'ils étaient amoureux. À peu près au même moment, l'oncle Ashok avait découvert que ma mère sortait en cachette pour retrouver mon père.

Il avait aussitôt licencié ce dernier de son poste de réceptionniste et s'en était durement pris à ma mère, la surveillant constamment et l'obligeant à ne fréquenter que des personnes qu'il approuvait.

Ce ne fut qu'un jour où elle était sortie avec *Ma*, ma grand-mère, qu'elle avait pu échapper à l'oppression de l'oncle Ashok. *Ma* était veuve et avait fait un mariage d'amour, contrairement aux nombreux mariages arrangés de sa génération. Elle avait vu que ma mère était malheureuse, et elle avait décidé de l'aider.

Pendant qu'elles faisaient du shopping, *Ma* avait tendu à ma mère une enveloppe contenant de l'argent et des bijoux, et lui avait dit de trouver son bonheur. Elle préférait que sa fille vive loin d'elle plutôt que de la voir malheureuse.

Ma mère et mon père s'étaient mariés dans le mois qui avait suivi, et avaient déménagé dans le quartier où j'étais née. D'après ce que je savais, elle n'avait jamais regretté d'avoir renoncé à une vie d'opulence et de privilèges pour être avec mon père. Et je n'avais aucun doute : c'était la vérité. Notre maison avait toujours été remplie de rires et d'amour.

Enfin, jusqu'à ce que ma mère tombe malade.

Le cancer était apparu rapidement, et, en quelques mois, elle avait disparu. Puis, quelques années plus tard, Papa a été tué lors d'une supposée fusillade fortuite, ce qui m'avait fait basculer dans la vie à laquelle avait échappé ma mère.

Une vie dans laquelle je n'avais jamais trouvé ma place, et dont je n'avais jamais voulu.

— Nous y sommes, dit la voix de Rich qui s'insinua dans mes pensées. Veux-tu que je t'accompagne ?

Je repérai l'un des hommes de Nik, celui qui le suivait partout comme son ombre. Il s'avança vers la voiture en tapant quelque chose sur son téléphone.

— Non.

— Un appel, et je reviens. Je me fiche de savoir qui il est. Je te sortirai de là.

Je m'avançai sur mon siège et posai une main sur l'épaule de Rich.

— Ça ira. Tu peux être sûr d'une chose : Nik ne me ferait jamais de mal.

— Je resterai prudent pour ton bien. Son homme approche.

Rich appuya sur le bouton pour ouvrir le coffre au moment où ma portière s'ouvrait.

Un souffle de l'air froid de février m'engloutit, me faisant frissonner.

Lentement, je sortis et me trouvai face à des yeux bleus très vifs. Ils étaient pleins d'humour, et n'avaient rien de la dureté à laquelle je m'attendais de la part de ceux qui travaillaient pour Nik.

— King vous attend.

Il indiqua d'un geste la porte tournante qui menait à l'intérieur du bâtiment.

Je regardai Rich une dernière fois avant de m'avancer vers l'entrée du bâtiment en briques.

Dès que je pénétrai dans le lobby, je fus frappée par l'opulence classique de la pièce.

C'était à couper le souffle, comme si j'avais voyagé dans le temps pour me retrouver dans le New York du début des années 1900. Des rideaux d'un bleu profond encadraient des fenêtres surdimensionnées. Des canapés recouverts de tissus brodés reposaient sur des sols en marbre. Un lustre en laiton et en cristal, plus grand que la plupart des appartements new-yorkais, était suspendu à un plafond peint de manière complexe dans les mêmes tons que les rideaux.

Je savais que Nik était propriétaire de l'immeuble et qu'il l'avait rénové, mais je ne m'attendais pas à ça de lui. Je l'aurais vu dans un environnement moderne, épuré et sobre.

Mais d'un autre côté, je ne connaissais pas l'homme qu'il était devenu, je n'avais que les souvenirs du garçon du passé qui n'avait jamais rien voulu d'ancien.

Je contemplai les motifs du plafond, totalement émerveillée par leurs détails et leur beauté. Nik avait dû dépenser une fortune pour faire réaliser ce travail.

— Par ici, madame Dayal.

Je cessai d'admirer le plafond et demandai :

— Vous m'emmenez en haut ?

— Non. D'après Nik, vous n'êtes pas du genre à vous jeter dans la gueule du loup derrière qui que ce soit. À moins que cela ne joue en votre faveur.

Pourquoi Nik partagerait-il quoi que ce soit à mon sujet ? Cela n'avait aucun sens. Si Nik l'avait fait, cela signifiait soit que ce type était plus qu'un simple garde du corps, soit que je ne comprenais pas la façon dont son organisation était gérée.

C'était sans doute les deux. Jusqu'à présent, rien dans mes rencontres avec Nik n'avait de sens.

— Comment vous appelez-vous ?

Un sourire se dessina sur son visage, atténuant complètement la dureté qu'affichait son visage quelques instants auparavant.

— Tu ne te souviens pas de moi, n'est-ce pas ?

Je l'étudiai, et alors je vis la ressemblance avec le petit garçon qui me tenait compagnie sur les marches du magasin du coin de la rue quand Nik n'était pas là.

— Lake ?

Il s'inclina.

— À ton service.

Sans réfléchir, je me hissai sur la pointe des pieds et je le serrai dans mes bras. Son corps se raidit pendant une seconde, puis il se détendit, mais il garda les mains le long du corps.

— J'ai pensé si souvent à toi au fil des ans, je me demandais ce qui t'était arrivé.

Lake était l'un des enfants les plus gentils que j'avais jamais rencontrés. Il était un peu comme moi, maladroit, intello, sauf que lui était plutôt grand pour son âge. Cela n'avait pas changé. Il devait mesurer plus d'un mètre quatre-vingt-quinze, et il était bâti comme un mur. Pas étonnant qu'il assure la sécurité de Nik.

Lorsque je reculai, il ajusta sa veste et me dit :

— Nik m'est arrivé.

Oui, Nik. Il arrivait à beaucoup de gens.

— Tu lis toujours autant ?

— Chaque fois que j'en ai l'occasion, dit Lake en poussant le bouton de l'ascenseur qui s'ouvrit aussitôt. Je suis sûr qu'on se retrouvera plus tard. Il attend.

J'inspirai profondément et je hochai la tête en entrant dans la cabine. La courte montée me donna le temps de calmer mes nerfs et de me préparer à ce que je m'apprêtais à faire.

Et ce calme se dissipa sitôt les portes ouvertes sur Nik qui se tenait devant moi.

Mon pouls s'emballa et mon ventre se contracta.

Qu'il soit maudit d'être aussi beau !

La barbe qui couvrait sa mâchoire durcissait la perfection de son visage. Sans parler de ces yeux sombres qui voyaient beaucoup trop de choses.

Il était vêtu d'un costume noir taillé sur mesure pour son corps de combattant. La chemise blanche qu'il portait en dessous avait le col ouvert, révélant une petite partie des tatouages qui serpentaient le long de son épaule et derrière son cou.

Il aurait dû avoir l'air élégant d'un magnat de l'immobilier new-yorkais en devenir, mais au lieu de cela, il respirait le danger. Les femmes raisonnables pouvaient jeter la prudence aux orties pour un simple contact.

Je ne me contentais pas de jeter la prudence aux orties, je me jetais dans la tempête, me liant à lui pour l'*éternité*, comme il l'avait dit.

— Prête ? demanda-t-il.

Il me scruta de la tête aux pieds sans laisser transparaître la moindre émotion.

— Le juge attend.

Je déglutis et j'acquiesçai, le suivant alors qu'il entrait dans le penthouse.

Se retournant brusquement, il me saisit par la taille, m'empêchant de le percuter.

— Une dernière chance de t'échapper. Est-ce que descendre Shah vaut la peine de m'épouser ?

Il y avait quelque chose dans sa façon de parler qui me faisait penser qu'il ne croyait pas que je viendrais.

Pourquoi m'offrait-il une porte de sortie ? Même à l'époque, il ne le faisait jamais avec personne. Une fois l'accord conclu, il fallait payer ou tout perdre.

— Oui, dis-je en relevant le menton. Je suis toujours la fille que tu as connue adolescente, même si l'extérieur est différent. Une fois que j'ai pris une décision, rien ne me fera changer d'avis.

— Et si je te disais que je ne suis pas le même gamin que tu as connu ?

— Vous avez raison. Il fallait qu'il grandisse.

— Alors tu comprends qu'il n'y aura pas de divorce. Ce sera jusqu'à ce que la mort nous sépare.

Un frisson me parcourut l'échine, mais pas de peur, comme cela aurait dû être le cas. Quelque chose au creux de mon ventre me disait que c'était sans doute la meilleure décision pour moi. En outre, il était le seul garçon que j'avais imaginé épouser, même s'il s'agissait d'un rêve d'adolescente.

Nik avait la réputation d'être impitoyable et d'être prêt à tout pour protéger ceux qu'il considérait comme les siens. Il ne me ferait jamais de mal. J'espérais seulement qu'il n'aurait pas de regrets à long terme.

Je n'étais pas la fille que je montrais au monde.

De qui me moquais-je ? Nik avait toujours vu au-delà de toutes les barrières que j'avais érigées pour garder le monde à distance. Même lorsque nous nous parlions à peine, un seul regard me faisait comprendre qu'il savait à quoi je jouais.

— Et que se passe-t-il si c'est toi qui veux une porte de sortie ?

— Je suis la dernière personne dont tu devrais t'inquiéter. Je suis à fond depuis que je t'ai donné le nom de *Petit lapin*.

Mon cœur fit un bond.

Avant que je puisse lui répondre, Nik prit mon sac à main et le posa sur une table.

— Attends.

Il fronça les sourcils et me regarda récupérer mon sac, l'ouvrir, et en sortir un écrin en velours.

— Tu m'as acheté une alliance ?

Il y avait de la surprise dans sa question et j'étais ravie d'avoir pensé à lui en offrir une.

Quelques jours plus tôt, un ami bijoutier m'avait apporté une sélection d'alliances. Celle que j'avais choisie était faite de tungstène trempé dans du platine. Elle avait l'air chère, et elle était aussi solide, dure et pratiquement incassable. Tout comme l'homme qui se trouvait devant moi.

— Oui. Je me suis dit que tu voudrais que j'en porte une. Il était normal que tu fasses de même.

— Merci.

— Je t'en prie.

Nik me conduisit vers un homme assis dans un fauteuil à oreilles près des fenêtres allant du sol au plafond. Lorsque nous approchâmes, il se leva, ajusta son costume et me fit face.

Il avait un teint légèrement hâlé et des rides autour du visage dues à l'âge, des cheveux blancs parsemés de noir et un sourire sincère qui me faisait penser à un grand-père bienveillant.

— Vous êtes donc Danika. J'ai beaucoup entendu parler de vous au fil des ans.

Je jetai un coup d'œil à Nik, qui ne quittait pas le juge du regard.

Pourquoi parlerait-il de moi à qui que ce soit ? D'abord Lake et maintenant le juge.

Je tendis la main à ce dernier.

— Je suis navrée de vous dire que je ne sais rien de vous.

Lorsque le juge me relâcha, Nik me prit la main et m'amena près de lui.

— Le juge Davis a été l'avocat personnel d'Arin pendant près de trente ans. Aujourd'hui, il a changé de carrière pour pouvoir ordonner aux racailles du monde entier de bien se tenir, sous peine d'aller en prison.

Un regard passa entre Nik et le juge. Il y avait plus dans

leur histoire que je ne le croyais. Peut-être qu'un jour je saurais tout.

— Les témoins sont-ils là ? demanda le juge Davis en se plaçant devant nous.

Quelques secondes plus tard, l'ascenseur s'ouvrit et Lake et Riche en sortirent.

Dans le regard de Rich, il y avait une inquiétude qui disait que nous en parlerions plus tard.

Je n'avais révélé à personne des termes de l'accord que Nik et moi avions conclu. Je savais que s'il apprenait que le mariage faisait partie du marché, il aurait tout fait pour l'empêcher.

Il prenait au sérieux la promesse qu'il avait faite à mon père. Sa présence en tant que témoin me touchait plus qu'il ne le pensait.

— Il est temps de vous marier.

Le juge Davis ouvrit un livre noir et débuta la cérémonie.

Au cours des vingt minutes suivantes, Nik et moi signâmes les papiers, récitâmes nos vœux, échangeâmes nos bagues et scellâmes le tout par un baiser.

Un baiser qui n'était rien de plus qu'un frôlement de nos lèvres, mais qui me frappa aussi fort qu'une tonne de briques, et qui perdura lorsque nous nous séparâmes.

— Félicitations, déclara le juge Davis. Vous êtes officiellement mari et femme. Un jour, je veux célébrer un véritable mariage entre vous deux.

Ses paroles ressemblaient plus à un ordre qu'à une demande.

Lorsque je regardai son visage, il fixait Nik, qui hocha la tête et dit :

— Je t'entends.

Je passais vraiment à côté de quelque chose.

Le juge se tourna vers moi.

— Je vous reverrai bientôt. La prochaine fois, je vous demanderai de me parler d'une œuvre d'art qui m'intéresse.

Son regard bienveillant et son sourire sincère relâchèrent une tension dans mon ventre dont je ne m'étais pas rendue compte.

Je posai une main sur son bras et lui dis :

— Vous savez où me trouver.

— Je vais maintenant prendre congé. J'ai rendez-vous avec ma femme.

Le juge Davis se dirigea vers l'ascenseur, flanqué de Lake et Rich.

Ils disparurent à la seconde où les portes se refermèrent, nous laissant seuls, Nik et moi, dans son immense salon.

Soufflant, je frémis intérieurement en regardant ma magnifique alliance en diamants roses et blancs et en me rendant compte de l'énormité de ce que je venais de faire.

J'avais épousé Nikhil King.

Un ancien chef de gang devenu promoteur immobilier. Un homme qui rendait des services moyennant un certain prix. Un homme qui semblait me connaître si bien qu'il avait choisi une bague que j'aurais moi-même choisie. Un modèle suffisamment simple pour être porté tous les jours, mais assez grand pour attirer l'attention et ne laisser planer aucun doute sur le fait que j'étais prise.

Je déglutis, essayant de soulager ma gorge sèche.

Jetant un coup d'œil sur le côté, je trouvai Nik appuyé contre la fenêtre, tenant un verre de liquide ambré foncé et qui me regardait fixement. Je m'étais tellement perdue dans mes pensées qu'il avait eu le temps de se débarrasser de sa veste et de retrousser les manches de sa chemise jusqu'aux coudes.

— Tu as déjà des regrets ?

15

Danika

L'INTENSITÉ du regard de Nik me serra le ventre.

— Non, répondis-je en secouant la tête. Si je me souviens bien, tu m'as dit que les regrets étaient réservés aux faibles. Je ne suis pas faible.

Il but une gorgée de son verre.

— Ça, c'est une certitude. Tu n'aurais pas survécu à Shah si c'était le cas.

Je faillis lui demander ce qu'il savait du temps que j'avais passé chez l'oncle Ashok, mais je me retins. Ce n'était pas le moment d'évoquer ces secrets en particulier.

Au lieu de cela, je posai une question.

— Qu'est-ce qu'on fait, maintenant ?

— À toi de me le dire, répondit-il, levant un sourcil. Affaires ou plaisir ?

Ma peau se couvrit de chair de poule. Sa manière de presque ronronner la fin me rendit humide d'un désir inassouvi.

À présent, j'étais en manque de lui et cela m'énervait au plus haut point.

Alors, au lieu de céder aux besoins de mon corps, je lui demandai une chose dont je savais qu'il ne pouvait pas les avoir en sa possession si tôt.

— Tu as les lettres ?

— Je les ai toujours eues.

— Quoi ? demandai-je, appuyant ma main sur une table voisine. Mais alors, qu'est-ce que l'oncle Ashok a ?

— Rien. La boîte qu'il possède est une réplique faite à partir d'une photo.

Mes lèvres tremblèrent.

— Pourquoi les as-tu ?

Il détourna le regard pendant un bref instant.

— Après ton départ, j'ai pénétré dans ton ancien appartement, je cherchais un moyen de te faire revenir. J'ai trouvé le coffre caché dans le placard de ton père et je l'ai pris. Je me disais que tu reviendrais le chercher, puisque tu en parlais tant. Mais...

— Je ne suis jamais revenue, terminai-je à sa place.

Je fermai les yeux et laissai une larme rouler sur ma joue.

Pendant toutes ces années, Nik l'avait. J'aurais pu l'obtenir de lui, si seulement je la lui avais demandée, ou si j'avais pris la peine de me renseigner.

— Ce n'est pas le moment de pleurer, madame King, me dit-il.

Nik prit mon visage entre ses mains et le souleva pour que je croise son regard.

— Laissons les affaires pour demain matin. Je crois que le plaisir est au menu.

Il avait raison. J'avais attendu toutes ces années. Une nuit de plus ne ferait aucun mal.

La douceur dans ses yeux sombres fit s'emballer mon cœur. C'était un Nik que je n'avais pas encore connu.

Toutes ces années à se côtoyer en ne gardant entre nous que les souvenirs de notre passé, sans rien d'autre que de simples effleurements entre nous à l'époque de l'adolescence. Maintenant, j'étais sur le point d'être consumée par ce volcan qu'était Nikhil King.

Il avait la réputation d'être un homme à femmes. Elles se jetaient sur lui, sachant qu'il n'avait jamais eu personne de stable dans sa vie, et qu'il n'en aurait sans doute jamais. Un éternel célibataire, voilà comment les blogs à potins l'appelaient.

Et nous étions là. Il était mon mari.

Un homme qui m'avait épousée pour des raisons qu'il ne me donnerait pas. Un homme que j'avais épousé pour faire tomber mon oncle, pas par amour.

Nous nous servions l'un de l'autre. Une base foireuse pour un mariage, sans le moindre doute.

Cependant, il y avait une chose que nous ne pouvions pas nier.

Notre attirance.

Le sexe serait l'unique chose limpide entre nous. Nous n'aurions plus de secrets dans ce domaine. Nous nous désirions.

À l'adolescence, c'était innocent, il était mon crush de gamine. Puis, au fil des ans, le désir physique entre nous s'était accru. Il était comme un chocolat interdit dont je voulais désespérément goûter une petite bouchée, tout en sachant que cela ne suffirait pas.

— Je suis d'accord. Ce soir, ce n'est que pour le plaisir.

Il passa son pouce sur ma lèvre inférieure.

— À partir de ce moment, tu es à moi.

— Et es-tu à moi, Nik ?

— Il ne peut y avoir personne d'autre pour nous deux.

— Hill...

Il me coupa la parole en me tirant vers lui, collant sa bouche à la mienne. Ses lèvres étaient douces, plus douces que je ne m'y attendais, et son goût était merveilleux.

Scotch et écorce d'orange. Et Nik.

Cela n'avait rien à voir avec le simple baiser qu'il m'avait donné lorsque nous avions échangé nos vœux. C'était dévorant, enivrant, comme s'il me marquait au fer rouge, me revendiquait, me signifiant clairement que j'étais à lui, comme il l'avait dit.

J'enroulai mes bras autour de son cou et il agrippa mes fesses, me plaquant contre son membre dur, approfondissant notre baiser. Je gémis alors que la faible pulsation de désir que je ressentais toujours en sa présence s'enflammait.

Nos langues s'enroulaient, se frottaient, se poussaient.

Ce devrait être illégal d'embrasser ainsi. Mes mamelons se dressèrent en des pics raides, et mon ventre fut inondé de désir. La tension permanente dont j'avais souffert au cours de la semaine se transforma en un véritable brasier.

J'avais besoin de plus, de tellement plus...

Comme s'il entendait mes pensées, il fit rouler ses hanches, touchant de son érection couverte de tissu mon clitoris palpitant.

Je criai et reculai.

Nous étions tous les deux haletants.

Son visage était rougi et ses lèvres gonflées, les miennes picotaient et en demandaient plus.

Nik a fait glisser sa main le long de ma taille jusqu'à ce qu'il atteigne la courbe inférieure de mon sein.

— Ça fait quinze ans que je t'attends. J'en ai fini d'attendre. Je te veux nue. Retire tes vêtements.

J'hésitai un instant. Il n'était pas l'un de mes anciens amants, avec qui les règles étaient claires. S'il y avait bien une chose que j'avais apprise au cours de la semaine écoulée, c'était que Nik était aux commandes et que, pour une raison ou une autre, je me contentais de suivre le mouvement.

Je me dégageai de son emprise et passai la main derrière moi pour tirer la fermeture éclair.

Alors que j'étais sur le point de laisser tomber la robe, Nik me dit :

— Arrête. Tourne-toi.

Je lui présentai mon dos.

— J'aime quand tu as les cheveux lâchés. À quoi sert d'avoir les cheveux longs s'ils sont attachés ?

Il retira les épingles qui les retenaient, les lâchant sur le sol, puis rassembla mes longues mèches qu'il plaça sur une de mes épaules.

Dans une caresse presque taquine, il traça un chemin du bas de ma colonne vertébrale jusqu'à mon cou, en suivant le dessin de mon tatouage.

Aussitôt, ma peau se hérissa de chair de poule et mes mamelons se tendirent plus fort. Son contact était à la fois apaisant et excitant.

— Sais-tu à quel point tu es sexy ?

Il embrassa la base de mon cou et repoussa les épaules de ma robe à manches longues. Il ne me restait plus que mes sous-vêtements, mes bas et mes talons.

— *Bordel.*

Sa respiration se bloqua, me faisant frissonner.

Il toucha le tissu délicat de mon string avant de faire glisser ses mains sur mon ventre et de les faire remonter jusqu'à mes seins recouverts de dentelle, caressant et pinçant les monticules douloureux.

— Est-ce que tu portes ça pour moi ?

— Oui, gémis-je, me cambrant contre lui avant de laisser ma tête retomber contre son épaule.

Il souleva ma main, touchant ma bague du pouce puis la ramena jusqu'à ce que mes doigts effleurent ses lèvres. Il mordilla et suça chaque extrémité.

Un gémissement m'échappa. La sensation fit se contracter mon sexe et l'inonda de désir.

Combien de nuits avais-je fantasmé à l'idée qu'il me touche ainsi ? Mais, dans ces fantasmes, jamais je n'avais imaginé ce genre de séduction. Du sexe rapide, dur pour assouvir un désir, oui. Mais pas une séduction lente et sensuelle.

Il posa mes mains sur l'arrière de sa tête et sa paume glissa sur mon ventre, puis descendit, dépassa la ceinture de ma culotte et atteignit la fente trempée de mes lèvres intimes.

— Hill, soupirai-je, abaissant une main pour saisir son avant-bras et me stabiliser, tandis que l'autre s'agrippait aux cheveux dans sa nuque.

— Répète-le.

Il effleura mon clitoris.

Je haletai.

— H-H-Hill.

Il fit le tour du faisceau de nerfs, lentement, stimulant mon désir, et au moment où je me croyais prête à le supplier d'en faire plus, il plongea deux doigts au plus profond de mon intimité, en faisant des mouvements de va-et-vient.

— Oh, mon Dieu ! Oh, mon Dieu !

Ses doigts se recourbèrent, touchant ce point sensible que j'étais la seule à avoir trouvé.

Un gémissement s'échappa de mes lèvres et mes genoux se plièrent pour suivre son rythme.

— C'est ça. Je veux entendre chaque son, tout ce que tu ressens. Je suis la seule personne avec qui tu n'as rien à cacher. Je veux tout de toi, Danika.

Mes jambes faiblirent et son bras se glissa autour de ma taille.

— Hill. Qu'est-ce que tu es en train de me faire ?

Ma voix était rauque, empreinte d'un désir trop intense.

— Je suis sur le point de te faire jouir.

Mon sexe frémit et palpite tandis que les doigts diaboliques de Nik continuaient à masser les chairs sensibles au plus profond de mon intimité trempée, tandis que son pouce titillait le bourgeon de mon clitoris.

— Laisse-toi aller, bébé, me dit-il d'un ton cajoleur dans le creux de l'oreille ; lâche prise.

Comme si mon corps attendait cet encouragement, tout en moi se contracta et une onde se propagea en moi, convulsant autour des doigts de Nik qui me pénétraient.

Je me cambrai et criai, me balançant contre sa main.

— Hill, oh mon Dieu ! Hill !

Je fermai les yeux et laissai le plaisir m'envahir.

J'aurais dû savoir que seul Nik pouvait me faire réagir ainsi.

Lorsque je redescendis, ma peau luisait de sueur, et j'avais le tournis.

Nik se retira lentement de mon corps et porta ses doigts à mes lèvres.

— Suce.

Je relâchais ma respiration, je ne m'étais pas rendue compte que je la retenais. Je suivis son ordre, goûtant à mon essence sucrée.

Jamais un amant n'avait voulu que je me goûte moi-même. Je savais que je ne devais pas continuer à essayer de comparer Nik à l'un d'entre eux. Il était différent de ceux qui l'avaient précédé. Dans une ligue à part.

Sur un coup de tête, je me retournai, j'empoignai ses cheveux et j'approchai sa bouche de la mienne. Il poussa un grognement approbateur en me serrant contre lui, et répondit à ma demande par la sienne.

Mon excitation, qui s'était à peine calmée, reprit de plus belle.

Nik me souleva par les cuisses, et, instinctivement, j'en-roulai mes jambes autour de sa taille, laissant mes chaussures tomber par terre. À peine avais-je remarqué que nous nous déplacions que mon dos heurtait le tissu moelleux d'un lit. Je fixai le regard sombre de Nik qui me dominait.

Être ici avec lui me semblait normal, comme si c'était là qu'était ma place. La gêne ressentie plus tôt avait complète-ment disparu. À la place, une envie de beaucoup plus. Il exerçait une attraction en moi à laquelle je ne pouvais pas résister.

Bon sang. Si je n'y prenais pas garde, je savais que je pourrais tomber amoureuse de lui.

De qui me moquais-je ? C'était inévitable.

— À quoi penses-tu ? me demanda-t-il.

Tendant la main, je touchai la légère barbe sur sa mâchoire.

— Je me disais que c'était juste. Comme si c'était inévitable.

— Je suis heureux que tu t'en sois enfin rendue compte, dit-il.

Il se laissa aller contre ma main et embrassa ma paume avant de s'abaisser pour capturer mes lèvres.

— Maintenant, je veux te voir tout entière. Plus tard, j'ai l'intention d'explorer tous ces tatouages qui recouvrent ton corps de déesse.

Me soulevant légèrement, ma joue frôla la sienne et ma poitrine couverte de dentelle se colla contre son torse tandis que je passais la main derrière moi pour dégrafer mon soutien-gorge. Je me rallongeai, laissai les bretelles glisser de mes épaules et attendis qu'il l'enlève jusqu'au bout.

— Tu es une allumeuse, Danika King.

Nik attrapa le soutien-gorge, le jeta sur le côté et dévoila mes seins nus.

Il en saisit un, aspirant le mamelon dans sa bouche, le tirant, le tordant, le mordillant. Seules ses lèvres et ses mains touchaient mon corps.

Mes doigts se glissèrent dans ses cheveux et mon dos se cambra tandis que je serrais mes cuisses l'une contre l'autre pour soulager le désir qui montait de nouveau en moi.

Nik passa à l'autre bourgeon auquel il prodigua ce délicieux plaisir. Lorsqu'il fut rassasié, ses lèvres suivirent un chemin allant de la vallée entre mes seins jusqu'à mon nombril. Le piquant de sa barbe était comme une caresse diabolique sur ma peau délicate.

Il déposa un baiser sur la zone située au-dessus de la ceinture de mon string, puis saisit les côtés pour tirer le tissu vers le bas et s'en débarrasser.

Nik glissa hors du lit et m'étudia. Il y avait dans les profondeurs sombres de ses yeux une chaleur en fusion qui dépassait tout ce que j'avais imaginé lorsqu'il me regardait. Tout comme la bosse dans son pantalon. Il ne faisait aucun doute dans mon esprit que je ressentirais plus tard les activités de ce soir.

— Ça fait des années que je t'imagine exactement comme ça. Nue, et attendant que je te donne du plaisir.

Je ne savais pas trop quoi répondre. Pouvais-je lui dire que j'avais pensé à la même chose ?

Il m'évita de répondre en commençant à se déshabiller, déboutonnant sa chemise pour révéler le haut de son corps incroyablement affûté. J'avais vu les tatouages, mais je n'avais pas vraiment prêté attention aux motifs. J'avais été trop occupée à faire face aux effets de ma proximité avec lui et de mon envie de le toucher. Maintenant que je les regardais, que je les étudiais, je ne pouvais m'empêcher de m'émerveiller devant la beauté de leur dessin. On aurait dit qu'un artiste avait passé des heures à le rendre parfait pour l'homme assis dans son fauteuil.

C'est alors que je remarquai une petite zone sur son torse. Je me dressai sur mes genoux et m'approchai de lui.

Il marqua un temps d'arrêt.

— Quoi ?

— Hill. Je ne comprends pas. Pourquoi ?

Je touchai le tatouage mêlé à d'autres dessins, et qui épelait mon nom en hindi.

Il posa sa main sur la mienne.

— Est-ce important ?

Je réfléchis un instant. Je voulais savoir ce qui me rendait si importante à ses yeux pour que mon nom marque sa peau de façon permanente, mais ce n'était pas le moment.

— Non. Si un homme doit porter le nom d'une femme sur son corps, autant que ce soit celui de sa femme.

Sa posture rigide se détendit et il empoigna mes cheveux, me tirant la tête vers l'arrière.

— Exactement.

Il m'embrassa. Ce n'était pas doux, il n'explorait pas comme avant. Il était exigeant, il me dévorait.

Lorsque nous nous séparâmes, nous étions tous deux haletants. Je soutins son regard tout en faisant glisser mes ongles sur son abdomen ciselé jusqu'à son pantalon. Lentement, je lui retirai ses vêtements, veillant à frotter la crête dure de son sexe.

Lorsqu'il fut nu devant moi, je ne pus que me lécher les lèvres et apprécier la perfection de Nikhil King. Il était vraiment bâti comme un combattant, quelqu'un qui devait se servir de son corps pour tenir toute la journée.

Et il y avait son membre. Long et épais, se dressant bien droit, et une goutte de moiteur perlait au bout.

Sans hésiter, je le saisis et le caressai de haut en bas. Un gémissement guttural lui échappa et il rejeta la tête en arrière, fermant les yeux pendant un bref instant. Je commençai à m'abaisser sur mes genoux, je voulais le goûter. Mais il m'arrêta en m'attrapant rapidement l'avant-bras.

— Ce n'est pas le moment pour cette bouche. La première fois que je jouirai ce soir, ce sera en toi, affirma-t-il.

Exerçant une légère pression entre mes seins, il me repoussa.

— Allonge-toi. Mains au-dessus de la tête.

Je suivis son ordre, les bras en position, et le regardai. Il grimpa entre mes jambes, caressant son membre épais avant de tendre le bras pour trouver un préservatif. Son sexe pleurait d'excitation pendant qu'il roulait la protection et je ne pus me retenir de gémir. Je désirais tellement cet homme que j'avais l'impression que j'allais devenir folle.

La chaleur emplissait ses yeux quand il se pencha sur moi et posa une paume de chaque côté de ma tête. Je haletai lorsque la pointe douce de son érection frôla la jointure de mon sexe, au travers de mon excitation, puis ressortit, déposant une traînée humide vers le haut.

Mon cœur s'emballa. C'était le moment.

— Je te désire depuis si longtemps. Maintenant, tu es à moi.

Son membre caressa mon sexe de haut en bas et je gémis *Hill* en me cambrant à son contact.

Il referma les doigts autour de mon poignet et aligna le bout de son sexe contre mon intimité.

— À partir de maintenant, le seul homme qui connaîtra le plaisir de ton corps, c'est moi.

Je voulus soulever mes hanches pour l'inciter à se rapprocher, mais il bougea à peine.

— Tu m'entends ? Ton sexe m'appartient.

Il s'enfonça légèrement, puis se retira.

Mes bras luttaient contre son emprise. J'avais besoin qu'il soit en moi.

— Hill, je t'en prie.

— Réponds d'abord à mes questions.

— Oui. Merde ! Oui. Je t'appartiens. Je t'ai toujours appartenu.

Merde. Pourquoi avais-je dit ça ?

Avant que je puisse y réfléchir trop longtemps, il me pénétra jusqu'à la garde.

Nous criâmes à l'unisson.

Bon sang ! Il était énorme.

Il s'immobilisa pour me laisser m'habituer à lui.

— Ça fait combien de temps ?

— Est-ce important ? lui demandai-je en le regardant fixement, trop concentrée sur le bien que je ressentais à l'avoir en moi.

— Non. Tout ce qui compte, c'est que tu es à moi maintenant.

Il se mit à bouger en mouvements mesurés, délibérés, destinés à me rendre plus dingue que je ne l'étais déjà. Mon sexe tremblait sous le coup de l'excitation, le trempant.

Il continuait sa torture vicieuse, me poussant de plus en

plus haut sans jamais me laisser basculer. Je fermai les yeux, essayant de cacher à quel point j'étais désespérée. C'est alors qu'il fit pivoter ses hanches et je haletai, ouvrant les yeux.

Il posa sur moi un regard suffisant, et je plissai les yeux. Il le faisait exprès.

— Hill, arrête de m'allumer et laisse-moi jouir. Prends-moi comme j'en ai besoin.

— La voilà, me dit-il, mordant ma lèvre inférieure tout en frottant son bassin contre mon clitoris de la manière idéale. Tu n'as rien à cacher quand on est ensemble. Tu me dis exactement ce que tu veux. Qu'il s'agisse de sexe ou d'autre chose.

Je relevai la tête et le mordis à mon tour, laissant mes dents s'enfoncer dans la peau sans la rompre.

— Alors, relâche mes bras et fais-moi jouir plus fort que je n'ai jamais joui.

Un grondement sortit du fond de sa gorge et son membre parut grossir.

Il libéra mes mains et j'enroulai aussitôt mes bras autour de ses épaules, collant ma bouche à la sienne.

Son rythme passa de lent et tendre à dur et rapide.

Je dévorai sa bouche perverse tout en répondant aux exigences de chacun de ses coups de reins avec mes hanches. Mon sexe trempé fléchit et frémit, puis se contracta, le serrant plus fort que je ne l'aurais cru possible. Je me cambrai, rompant notre baiser, et je criai.

— Oh, mon Dieu ! Oh, mon Dieu ! Hill !

Agitée, je fermai les yeux et plantai mes ongles dans ses muscles durs.

J'entendis Nik siffler alors qu'il commençait à jouir. Puis, ses lèvres rejoignirent les miennes et nous nous perdîmes dans l'oubli de la libération.

16

N^{ik}

Vers trois heures du matin, après avoir regardé Danika dormir pendant une heure, j'envisageai de poser ma bouche sur son sexe magnifique et de la réveiller avec un orgasme. Je l'avais eue quasiment sans interruption depuis que nous avions prononcé nos vœux et deux jours plus tard, c'était loin d'être suffisant.

Elle avait été hors de ma portée pendant si longtemps que je n'avais jamais vraiment cru qu'elle serait à moi. Maintenant qu'elle l'était, j'avais envie de me gaver d'elle à la moindre occasion.

Ce qui m'avait le plus surpris, c'était que Danika n'avait pas parlé des lettres ou de notre accord une seule fois au cours des dernières quarante-huit heures. C'était comme si elle était si perdue dans le brouillard de désir et de sexe que nous avions accumulé pendant tant d'années qu'elle ne voulait pas en sortir.

Je savais que cela se terminerait. Les choses se terminaient toujours. La réalité allait s'imposer et elle se rendrait alors compte qu'elle était mariée.

À moi.

Alors nous aurions à nous pencher sur de nombreuses questions.

Parmi elles, les secrets qu'elle gardait précieusement enfouis. Je la protégerais, mais elle devait me laisser faire. Et c'était sur ce point que nous allions nous battre.

Nous ignorions ce que l'avenir nous réservait, mais j'étais sûr d'une chose. Jamais plus je ne pourrais la laisser repartir.

Elle avait creusé son chemin dans mon âme d'enfant et ne l'avait jamais lâchée.

Je n'appellerais pas cela de l'amour.

C'était une chose que je ne pouvais pas me permettre dans ma vie. L'amour rendait un homme vulnérable.

Kir en était un excellent exemple. Sans Jayna dans sa vie, il errait sans but, englué dans le passé et déterminé à protéger sa femme à tout prix.

Bon sang ! Mais de qui me moquais-je ? Amour ou pas, j'avais fait la même chose pour Danika.

Une phrase qu'Arin avait prononcée longtemps avant me revint à l'esprit.

— *Nikhil, mon garçon, elle est mieux sans toi. Mets de l'ordre dans ta vie, et ensuite, attends. Elle te retrouvera.*

À l'époque, je venais de découvrir où Danika avait disparu, et je voulais absolument qu'elle revienne, raison pour laquelle j'avais gardé le coffre.

J'avais cru qu'Arin racontait n'importe quoi. Aujourd'hui, j'avais comme l'impression que le vieil homme savait quelque chose que j'ignorais.

Il y avait maintenant un problème supplémentaire auquel je n'avais pas songé dans ma volonté d'épouser Danika. À la seconde où ma relation avec elle deviendrait publique, les gens s'en prendraient à elle.

Elle était ma faiblesse. Je n'allais pas me mentir en prétendant le contraire.

Et, dans mon monde, la faiblesse n'était pas acceptable.

La personne la plus dangereuse pour Danika était Shah. Il essayait de contrôler chacun de ses mouvements à son profit. Il pensait que j'étais le seul à connaître le secret qui rendait indispensable sa collaboration avec Danika. Avec notre mariage, il saurait sans le moindre doute que la maison qu'il avait construite sur des mensonges était sur le point de s'effondrer.

Que dirait Danika quand elle s'assiérait pour lire la copie du testament de sa grand-mère et qu'elle apprendrait la vérité ?

Ashok Shah n'avait pas hérité du moindre centime de ses

parents. Sa mère, Sarah Shah, avait hérité de tout après le décès de son mari, et elle avait laissé Ashok gérer l'entreprise et les finances. À son insu, elle avait changé son testament pour léguer tout son argent, ses biens et ses investissements à ses petits-enfants quand sa fille s'était enfuie pour épouser le père de Danika.

Elle était allée jusqu'à rédiger le document de sorte d'inclure tout petit-enfant, légitime ou illégitime, en précisant qu'elle soupçonnait son fils Ashok d'avoir eu des enfants en dehors de Jayna.

Sam était le seul héritier connu, en dehors des filles, à pouvoir prétendre à l'empire. Mais cela ne m'aurait pas étonné que Shah ait fait miroiter à d'autres pauvres femmes sans méfiance des histoires de mariage et d'avenir, pour ensuite les quitter une fois qu'il s'en était lassé.

Je n'avais toujours pas réussi à comprendre comment ce salaud était parvenu à faire enregistrer un testament qui était une véritable contrefaçon. Il lui donnait un accès complet à tous les fonds et propriétés de Shah International. Mais d'un autre côté, je savais mieux que quiconque comment les bonnes personnes aux bons postes pouvaient faire bouger les choses et donner l'impression que tout était en ordre.

Sam affirmait qu'il ne voulait pas de ce qu'il appelait l'argent du sang, mais Jayna et Danika méritaient leur héritage. Par ailleurs, si cette dernière avait son mot à dire, elle forcerait Sam à prendre la place qui lui revenait sur le trône de Shah.

Ce qui ne me posait aucun problème.

Shah méritait de payer. Non seulement pour ce qu'il avait fait à son aîné, mais aussi pour la terreur dans laquelle il avait plongé sa famille afin de créer l'image qu'il projetait au monde.

Danika ne savait pas que j'étais au courant des abus que Jayna, Monica Shah et elle avaient subis.

Sans Arin, j'aurais affronté Shah des années plus tôt, un pistolet pointé sur son visage. Mais il m'avait convaincu que la meilleure façon de venger Sam, Danika et Jayna était de lui prendre la chose qu'il aimait plus que tout.

Il m'avait aussi donné le seul objet que je pouvais tenir au-dessus de la tête de Shah pour le garder sous contrôle.

Une copie du testament.

La nuit même où Shah avait enlevé Danika, Arin et ses hommes étaient allés vider l'appartement. En tant que propriétaire de l'immeuble, tout le monde avait pensé qu'il le faisait pour de futurs locataires. Alors qu'en réalité, il le nettoyait avant que quiconque n'ait la possibilité de le faire.

Avec Kris Dayal, Arin avait convenu que si quelque chose arrivait à Kris, il prendrait tout ce qui se trouvait dans l'appartement et le garderait pour sa fille, y compris les secrets qu'il avait découverts à l'intérieur.

Il ne s'était pas attendu à découvrir une chambre forte dotée d'un système de sécurité ultramoderne ni la boîte à clé contenant une copie du testament de Sara Shah, l'identification de Kris Dayal en tant qu'agent de la CIA et la liste des personnes à contacter en cas de décès de ce dernier.

Arin n'avait guère confiance dans les entités gouvernementales et n'avait donc jamais contacté les personnes figurant sur la liste de la CIA, pas même Richard Kade, un homme dont il n'avait pas été surpris de voir le nom.

— Hill, gémit Danika en se déplaçant pour s'appuyer contre moi.

Elle n'avait aucune idée de l'effet qu'elle me faisait en prononçant mon nom sans se retenir. C'était une chose que nous étions les seuls à partager.

Merde. Il fallait que je me ressaisisse.

Sa main se pose sur mon ventre, dangereusement proche de mon sexe qui ne demandait qu'à se glisser dans sa chaleur.

— Rendors-toi. Je t'ai empêchée de dormir ces deux dernières nuits. Tu as besoin de te reposer.

— Je crois que je n'étais pas en reste pour te maintenir éveillé, dit-elle d'une voix haletante, alors que ses cils s'ouvraient et que son regard se concentrait sur moi. Quelle heure est-il ?

— Quatre heures et demie.

Elle se souleva sur les coudes et le drap glissa, exposant la courbe supérieure de sa poitrine et l'épaisse masse de cheveux qui cascadait autour de ses épaules.

Les seins de Danika étaient parfaits : ronds, généreux et hauts.

Son visage sans maquillage lui donnait l'air bien plus jeune que ses vingt-neuf ans.

— Qu'est-ce qui t'empêche de dormir.

— Tu n'iras pas voir ton oncle. Je ne veux pas que tu aies une quelconque dette envers lui, réelle ou non.

Tenant le drap contre sa poitrine, elle se redressa et posa une main sur sa hanche.

— Qu'on soit bien clairs. Ce n'est pas parce que je t'ai épousé que ça te donne le droit de me dicter ce que je peux ou ne peux pas faire.

La sévérité de sa bouche mêlée à l'ardeur de ses yeux me rendirent dur et prêt à soumettre cette femme têtue par le sexe.

— C'est vrai ?

Elle releva le menton.

— Oui.

Avant qu'elle réagisse, je l'agrippai par la taille et la plaçai sur mes genoux, ses jambes chevauchant mes cuisses. Ses seins nus étaient plaqués contre mon torse, et son sexe moite se cala le long de mon érection.

— Hill, s'écria-t-elle en m'agrippant aux épaules. Qu'est-ce que tu fais ?

Son indignation aurait été plus crédible si elle ne s'était pas trémoussée et n'avait pas fait glisser son clitoris contre moi.

J'empoignai ses cheveux et tirai sa tête en arrière.

— Quand il est question de ta sécurité, tu m'écouteras.

— Je sais comment prendre soin de moi, affirma-t-elle, soutenant mon regard. Et je sais comment gérer mon oncle.

— Il est dangereux. Et s'il découvre que nous sommes mariés, il va péter les plombs.

— Nous en avons discuté, et il ne le découvrira qu'au moment opportun, insista-t-elle, plongeant son regard noisette dans le mien. Qu'est-ce que tu ne me dis pas, Hill ? Explique-moi ce que tu retires de ce mariage ?

— Toi.

J'approchai son visage du mien pour embrasser sa bouche pulpeuse.

Lorsque je reculai, elle dit d'une voix rauque :

— Tu m'aurais eue sans le mariage.

— Mais, de cette manière, je peux te dire quoi faire, répliquai-je.

Je relâchai ses cheveux et agrippai ses cuisses écartées, frottant mon membre contre ses lèvres intimes maintenant trempées.

Un gémissement lui échappa, et elle rejeta la tête en arrière en se déhanchant.

Je faillis afficher un sourire victorieux. J'avais obtenu ce que je voulais. Je ferais ce qu'il fallait pour l'éloigner de Shah. Même s'il fallait me servir de son corps et de ses besoins sexuels pour y parvenir.

Je pris l'un de ses seins généreux dans ma main et le mamelon dans ma bouche. Ma langue entoura, flatta et taquina le bourgeon nerveux tendu.

Ses ongles s'enfonçaient dans les muscles de mon bras tandis qu'elle continuait à se balancer contre moi.

— Hill, Dit-elle, comme une supplique gémissante. J'ai besoin de toi en moi.

Elle se redressa sur ses genoux et m'empoigna.

L'arrêtant, je lui dis :

— Laisse-moi prendre un préservatif.

— Non, je veux que ce soit comme ça. Rien entre nous.

Bon sang. Je n'avais jamais fait ça sans rien. Ce n'était pas un risque que j'étais prêt à prendre.

Cette femme me tentait comme aucune autre et c'était la seule avec laquelle j'envisageais de ne pas utiliser de préservatif.

— Et si tu tombes enceinte ? Nous ne sommes pas du tout prêts à avoir un enfant.

Même si je n'étais pas opposé à l'idée de la voir s'arrondir en portant mon enfant.

— Je prends la pilule.

Elle me caressa de la base à la pointe, et du bout d'un doigt, elle effleura la goutte qui perlait. Je sifflai et durcis davantage.

— Tu ne veux pas savoir si je suis clean ?

— Je sais déjà que tu es clean.

Elle ne pouvait pas le savoir. Ma réputation à elle seule aurait dû la rendre prudente.

— Comment ?

— Tu m'as dit il y a longtemps que tu ne coucherais jamais avec quelqu'un sans protection à moins d'être marié.

Je la regardai fixement.

— Tu t'en souviens.

— Je me souviens de tout.

Alors elle se souvenait aussi que je lui avais dit que je l'épouserais un jour. Je l'avais dit comme si c'était inévitable et qu'elle devait l'accepter. Il n'avait pas été question de demander.

Elle avait été la seule personne à voir au-delà de l'enfant endurci et à pénétrer au plus profond de moi. Elle m'avait revendiqué en découvrant mes espoirs et mes rêves en dehors du quartier, alors moi, j'allais la revendiquer.

— Je suppose que ça répond à ma question.

Je la saisis par les hanches et la plaçai contre moi.

— Tu ne veux pas savoir pour moi ?

— Je sais déjà. Avant moi, ton dernier amant était cet abruti de Wall Street. Et avant lui, il y en a eu deux autres. Tu ne prends pas ta santé à la légère, et je ne doute pas que tu aies été testée.

Même si je n'avais aucun droit de me mettre en colère, cela m'avait énervé qu'un homme la touche. Encore plus maintenant que je m'étais perdu en elle à maintes reprises au cours des deux derniers jours.

— Hill, pourquoi ?

Au lieu de répondre et d'en révéler trop, je la fis descendre et m'enfonçai dans sa chaleur.

— Oh, mon Dieu !

Nous gémîmes à l'unisson.

Je la maintins immobile, profitant de l'incroyable sensation de cette femme.

— Hill, murmura-t-elle en fermant les yeux. C'est tellement bon !

— Chevauche-moi. Chevauche-moi jusqu'à ce qu'on jouisse si fort qu'on en ait le tournis.

Prenant appui sur mes épaules, elle se souleva, puis glissa vers le bas, entamant un rythme lent et régulier.

Son sexe étroit était une torture perverse et un plaisir dont je ne cesserais jamais d'avoir envie.

Ses seins magnifiques rebondissaient à chaque mouvement et je ne pouvais m'empêcher de m'en délecter. Les muscles toniques de son ventre se contractaient et se relâchaient avec le balancement de ses hanches.

— Hill, je t'en prie, supplia-t-elle alors que ses ongles s'enfonçaient dans mes bras.

— Qu'est-ce que tu veux ?

— Plus.

— Tu es sûre ?

— Oui.

— Comme tu voudras.

Glissant mes doigts dans ses cheveux, j'approchai son visage du mien. Je pris sa bouche, nos langues se livrant un duel et glissant l'une sur l'autre.

Pendant que nous nous embrassions, je tirai ses poignets derrière elle, les fixant au creux de son dos, et je tins sa taille avec mon autre main.

Son sexe m'inonda aussitôt avant de se contracter. Je retins mon souffle : je ne voulais pas jouir avant elle.

Écartant ses cuisses avec les miennes, je fis en sorte qu'elle n'ait plus aucun contrôle et j'entamai un mouvement de va-et-vient en elle.

Dur, rapide, implacable.

Elle gémit, s'agita... Elle en demandait davantage alors

que son sexe battait plus fort et se resserrait sur mon membre qui la pilonnait.

— H-H-H-Hill ! cria-t-elle une seconde avant que ses dents ne s'enfoncent dans ma lèvre inférieure.

Sous le coup de la vive douleur, mes bourses se contractèrent et j'atteignis mon propre orgasme. Je serrai Danika contre moi alors que je me déversais longuement en elle.

Le sexe de Danika s'était à peine apaisé lorsque son réveil se déclencha.

— Je ne peux pas bouger, marmonna-t-elle en s'allongeant sur moi. Je crois que tu m'as vraiment collé le tournis.

Nous faisant rouler sur le côté, tout en veillant à ne pas l'écraser de mon poids, je tendis la main pour éteindre l'alarme de son téléphone.

— Tu as tout le temps de récupérer avant d'aller travailler, dis-je, passant une main sur son corps trempé de sueur. Ton réveil était réglé pour que tu aies le temps de te rendre au domaine de Shah. Puisque tu n'y vas pas, on peut dormir un peu plus longtemps.

— J'y vais toujours.

Elle me poussa sur le côté, délogeant mon membre qui se ramollissait.

Les traces de ma jouissance sur ses cuisses réveillèrent mon côté primitif, et j'eus immédiatement envie de la prendre à nouveau.

Elle suivit mon regard jusqu'à mon membre qui se redressait.

— Ne va pas te faire d'idées, Cro-Magnon, dit-elle en tendant la main, m'avertissant de ne pas m'approcher. Nous avons un accord et je vais remplir ma part du contrat. Ce qui signifie que je dois aller ramper sur l'autel de l'ego de l'oncle Ashok.

— Non. Nous trouverons un autre moyen d'entrer.

— Hors de question ! s'exclama-t-elle.

Elle sauta hors du lit, mettant de la distance entre nous.

— Qu'on soit bien clairs. J'y vais. Point barre. Il n'est pas seulement question de ce que je fais pour toi. Moi aussi j'aimais Kir. Jayna a besoin de tourner la page.

Mon ventre se noua. Que dirait-elle lorsqu'elle apprendrait que Kir était vivant ? Que je le lui avais caché ? Resterait-elle ou s'éloignerait-elle à nouveau ?

Repoussant l'inévitable, je lui demandai :

— Et comment prévois-tu de commencer notre aventure ?

Elle se dirigea vers la salle de bains et s'arrêta, me regardant par-dessus l'épaule où reposait la tête de la tigresse.

— Il y a une exposition d'art à la galerie mercredi. Jayna met toujours les King sur la liste des invités. Tu y assisteras et tu m'engageras pour évaluer quelque chose.

— Suis-je également censé dépenser de l'argent lors de cet événement, madame King ?

Un sourire se dessina sur ses lèvres, le même qu'elle avait

affiché la veille lorsqu'elle m'avait donné du plaisir avec sa bouche.

— Évidemment. Et, en retour, je te devrai une faveur sexuelle que tu pourras réclamer au moment de ton choix.

AUX ALENTOURS DE NEUF HEURES, je contemplais l'horizon de Manhattan en attendant que mon assistante, Marie, annonce le début de la téléconférence avec des prospecteurs fonciers de Miami.

Les rues en contrebas étaient encombrées de voitures et de piétons, ce qui me faisait apprécier la courte distance de trois étages qui séparait mon domicile de mon bureau.

J'avais pris un risque en achetant cette propriété, mais avec sa vue imprenable sur Central Park d'un côté et sur le paysage urbain de l'autre, le temps et l'argent investis en valaient bien la peine. Même Arin avait eu des doutes concernant ce projet.

Initialement condamné, puis soumis à des rénovations partielles pendant des décennies, le quartier était surnommé *le gouffre à fric* par les habitants.

Je n'aurais su dire le nombre de fois où, enfant, j'étais passé devant ce bâtiment en me demandant qui pouvait bien être assez stupide pour vouloir d'un endroit aussi laid que celui-là.

Parfois, je ne pouvais m'empêcher de rire de l'ironie de mes pensées.

Aujourd'hui, mes frères et moi avions un endroit que personne ne pourrait plus jamais nous enlever.

Je pris ma tasse de café et je vis la lumière se refléter sur l'alliance que j'avais à la main gauche. Quinze ans plus tôt, si quelqu'un avait osé me dire que j'aurais amassé un empire immobilier d'une valeur de près d'un milliard de dollars, je l'aurais frappé au visage pour avoir fait des prédictions stupides qui pouvaient me coûter la vie.

Nous rêvions tous d'une vie loin de la dure réalité des rues, mais quiconque le disait à voix haute était considéré comme faible. Nous devions accepter notre sort dans la vie.

Les rêveurs mouraient.

Arin avait changé le cours de ma vie, tout comme la mort de mes parents ; et aujourd'hui, Danika avait fait la même chose.

Je n'arrivais toujours pas à croire qu'elle était partie ce matin comme si je ne l'avais pas prévenue de ne pas aller chez Shah.

Elle allait me coller un ulcère. Mais je savais aussi qu'il n'y avait aucun moyen de la mettre en cage. Si j'essayais, je ne vaudrais pas mieux que Shah.

Mon portable sonna, et je fronçai les sourcils. Personne ne m'appelait sur cette ligne à moins qu'il ne s'agisse d'une urgence ou qu'ils veuillent se faire frapper au visage. Sam et Rey étaient attendus à la réunion que j'avais programmée pour la matinée, je savais donc que ce n'était pas eux. Quant à Kir, il avait une sonnerie distinctive pour m'avertir qu'il s'agissait de lui.

Je décrochai mon téléphone, lus le nom de l'appelant et poussai un juron à mi-voix. Je me doutais bien que cela arriverait, mais pas maintenant, surtout quand Danika était en route pour le domaine de Shah.

Je soupirai et répondis :

— Puis-je supposer que Danika est avec Shah ?

— Elle vient d'entrer.

— Que puis-je faire pour vous, agent Kade ?

— Si vous lui faites du mal, je ferais en sorte que lorsque vous prononcerez vos derniers mots, ce sera pour supplier Danika de vous accorder son pardon.

J'aurais dû être offensé de sa menace, mais Rich Kade s'était occupé de Danika comme s'il s'agissait de sa propre enfant. Il a toujours eu une tendresse particulière pour Danika, sinon il n'aurait pas fait tout ce qu'il avait fait pour s'assurer qu'elle sortirait indemne de son enfance. Rien que pour cette raison, l'ancien agent de la CIA méritait mon respect.

— La dernière chose que je voudrais, c'est la blesser.

— Alors, tout va bien entre nous.

— J'ai entendu votre avertissement la première fois que vous me l'avez lancé, dis-je.

Cet avertissement, c'était à un gamin des rues de onze ans qu'il l'avait fait, qui avait trouvé totalement fascinante la jolie petite fille au nez plongé dans les bouquins.

— La seule différence, c'est que maintenant, je peux faire plus que d'empêcher les gamins de la rue de la maltraiter.

— Bien. C'est ma fille, même si elle n'est pas de mon

sang. Je suis sûre que vous pouvez comprendre que la famille ne se résume pas à l'ADN.

Je pensais à mes frères, Kir, Sam et Rey. J'aurais pu prendre une balle pour n'importe lequel d'entre eux. J'aurais volontiers pris la place de Kir dans cette voiture pour lui épargner la souffrance qu'il endurait.

— Oui, j'ai compris, répondis-je, puis je marquai un temps d'arrêt. Vous l'avez rendue heureuse par votre présence samedi.

— Tout ce qui m'importe, c'est que vous la rendiez heureuse et que vous assuriez sa sécurité.

— C'est ce qui est prévu. En l'épousant, je mets une barrière entre Shah et elle. Surtout avec son plan à elle.

— Ne prétendez pas que faire d'elle votre femme n'avait pour but que de la protéger de son oncle. Je sais ce qu'elle est pour vous.

— Alors vous comprenez que je prendrais soin d'elle à tout prix.

— Assurez-vous d'y parvenir. Je veillerai.

— Je n'en doute pas.

Je raccrochai le téléphone et regardai par la fenêtre.

Personne n'aurait pu croire que le commerçant veuf et grincheux qui criait après tous les enfants qui couraient dans le quartier était un agent de la CIA sous couverture. Mais, d'un autre côté, qui aurait pu croire que la nièce d'Ashok Shah, princesse mondaine, était une hacker free-lance et qu'elle était mariée à moi ?

Parfois la vie était une garce tordue.

L'interphone vibra sur mon bureau.

— Monsieur King. La réunion commence dans cinq minutes.

Je m'avançai vers mon bureau et appuyai sur un bouton.

— Merci, Marie. Connectez-moi.

17

D anika

— BONJOUR, tout le monde, lançai-je en entrant par la porte latérale menant à la cuisine du manoir Shah.

Le personnel de l'oncle Ashok s'activait pour lui préparer son petit-déjeuner, qui devait être servi à huit heures et demie précises tous les matins. Et il ne pouvait pas se contenter de manger quelque chose de simple. Il fallait que ce soit une sorte de petit-déjeuner gujarati sophistiqué dont la préparation prenait au moins deux heures.

Kala, la cuisinière de la famille, était concentrée sur ce qui était en train de cuire sur la cuisinière. À l'odeur, je sus qu'il s'agissait d'un mélange épicé de semoule et de légumes.

— Bonjour, Dani. Je vais vous préparer de la nourriture à emporter aujourd'hui. Il y en aura assez pour vous et Jayna, dit-elle en gujarati, la langue indienne parlée par le côté maternel de la famille.

La famille de mon père parlait l'hindi et j'avais donc appris les deux dans ma famille. Enfant, j'avais l'habitude de passer de l'anglais au gujarati et à l'hindi en fonction de la personne à qui je parlais. Ensuite, lorsque j'avais emménagé avec mon oncle Ashok et ma tante Monica, nous parlions exclusivement gujarati, même si l'hindi m'était utile lorsque je regardais des films de Bollywood.

— Mon oncle est-il réveillé ?

À cet instant, Nimesh, le majordome de la maison, entra et soupira de soulagement comme s'il craignait que je ne vienne pas.

— Bonjour, madame Dani. Votre oncle vous attend dans son bureau. Vous étiez censée vous garer à l'avant. C'est ce qu'il attend.

Oui, seuls les domestiques entraient dans la maison par l'arrière. Et que penserait-on si l'on me voyait enfreindre le protocole ?

— Ne décevons pas Son Altesse Royale.

— Nous ne voulons pas que vous ayez à subir un contrecoup.

— Merci, Nimesh. Mais je suis habitué à ses préférences, dis-je en lui tapotant le bras avant de changer de sujet. *Ça me manque de ne pas vous voir. Comment allez-vous ?*

— Vous nous manquez aussi. Et nous nous en sortons très bien, répondit-il, posant sa main sur la mienne. *Cependant, il*

vaut mieux que notre fille fasse son propre chemin dans le monde. Loin des regards trop attentifs. N'est-ce pas ?

En tant que plus ancien membre du personnel de l'oncle Ashok, Nimesh était au courant de tout ce qui se passait sous le toit de la propriété. Sa famille s'était installée en Amérique dans l'espoir de vivre une vie meilleure que celle qu'elle menait en Inde. Travailler pour l'oncle Ashok n'était pas un progrès, mais là encore, j'étais partiale.

Je souris, sachant ce qu'il voulait dire.

— *Certains de ces yeux ont assuré notre sécurité.*

— *Il s'agissait plutôt d'un avertissement en cas de danger. Tout comme ce qui se passera si vous ne vous rendez pas à votre rendez-vous avec Monsieur.*

— *C'est compris.*

Me retournant, je sortis de la cuisine et j'empruntai le couloir que j'avais parcouru un nombre incalculable de fois pendant mon adolescence. À l'époque, je savais que, si j'entrais, je ressortirais avec une liste de choses à faire pour prouver que je méritais d'être accueillie par l'oncle Ashok.

Aujourd'hui, j'allais faire ce qu'il fallait pour obtenir mes réponses, y compris supporter les critiques, les leçons et les piques pas si subtils. J'avais un plan, et je devais le mettre à l'aise.

La seule chose que je ne ferais pas, c'était me recroqueviller.

Cette époque était révolue, et depuis quelques années, j'avais appris que la meilleure façon de gérer mon oncle était de le fixer, de le laisser s'énerver, puis de le manipuler pour qu'il fasse ce que je voulais.

J'avais perdu mon sang-froid l'autre jour et cela lui avait donné un avantage.

Je devais le regagner.

Il n'était pas seulement question de l'accord que j'avais passé avec Nik. Il s'agissait de Jayna, comme je le lui avais dit. Elle méritait de tourner la page. Même si la vérité lui faisait mal, au moins elle saurait.

Et je devais obtenir plus de détails sur les projets de l'oncle Ashok de se présenter aux élections.

Je m'arrêtai un bref instant devant un tableau de la famille Shah datant d'il y a plus de quarante ans. Mon grand-père et ma grand-mère étaient assis dans des fauteuils dorés à haut dossier, et derrière eux se trouvaient des versions adolescentes de ma mère et de mon oncle. Mon grand-père et mon oncle semblaient très sérieux dans leurs costumes taillés sur mesure, sans sourire, mais dégageant une image de prestige et d'argent. En revanche, ma grand-mère et ma mère, avec leur sourire décontracté, étaient magnifiques dans leurs saris richement brodés, qui étaient le summum de la mode à l'époque.

Je me demandais toujours ce que cela aurait pu être de grandir dans ce foyer. Je savais qu'il comportait des règles et des attentes. Mais d'après les souvenirs que je gardais des histoires de ma mère, mon grand-père, Jiten, était un homme aimant qui veillait à ce que sa famille passe du bon temps ensemble.

Qu'est-ce qui avait bien pu se passer pour que l'oncle Ashok devienne l'homme qu'il était aujourd'hui ? L'avidité ? La puissance ? Sans doute les deux.

Avec un soupir, je poursuivis mon chemin vers le bureau.

Du bout des doigts, je frottai l'endroit vide où se trouvait mon alliance ces derniers jours.

Seules quelques personnes savaient que Nik et moi étions mariés, et elles n'étaient pas du genre à répandre l'heureuse nouvelle.

Lorsque j'avais quitté son appartement une heure plus tôt, il n'avait cessé de grogner et marmonner au sujet des femmes têtues.

Je comprenais son appréhension à l'idée que je sois seule avec mon oncle, surtout après lui avoir raconté notre dernière rencontre.

Nik devait comprendre que le mariage faisait partie de notre accord, mais que cela ne signifierait jamais qu'il pouvait me contrôler.

Au moins, il s'était suffisamment calmé pour m'embrasser et me faire tourner la tête en partant.

Jusqu'à présent, le mariage avec Nikhil King n'était pas ce à quoi je m'attendais, mais d'un autre côté, tout ce que nous avions fait pendant la majeure partie des derniers jours, c'était manger, dormir et faire l'amour.

Non, ce n'était pas vrai. Il m'avait montré des aperçus du garçon d'il y a longtemps. Celui qui avait des rêves et des objectifs. Celui qui m'avait parlé sur les marches de la boutique de Rich.

Il était allé très loin, et sa réputation allait avec. Je n'étais pas assez stupide pour croire que Nik ne s'était pas engagé dans des choses pas très honnêtes pour réussir.

D'un autre côté, des gens comme l'oncle Ashok se comportaient comme s'ils étaient irréprochables alors qu'ils étaient sans doute les pires ordures qui soient, marchant sur le dos des innocents et volant sans le moindre scrupule.

Je m'approchai des portes en bois sombre du bureau de l'oncle Ashok et secouai la tête, comme je le faisais toujours, devant la taille de la structure. Dire qu'elles étaient gigantesques était un euphémisme : deux portes d'un mètre cinquante sur trois mètres, faites d'acajou massif. L'oncle Ashok éprouvait le besoin d'avoir ce qu'il y a de plus grand, de plus impressionnant, de plus beau, et cela dépassait le plus souvent la limite du tape-à-l'œil.

Je frappai, attendis une réponse, puis j'entrai lorsqu'il m'appela, poussant la lourde porte.

Il était assis dans un fauteuil en cuir surdimensionné, derrière un bureau tout aussi monstrueux.

Tout ceci criait au complexe d'infériorité.

— *Assieds-toi, Dani*, dit-il en gujarati tout en gardant le regard sur les papiers qu'il avait dans la main.

Une fois que je fus assise, il leva le nez, attendant que je parle.

C'est parti.

— *Je m'excuse, mon oncle. Je n'aurais pas dû m'énerver ou perdre mon sang-froid.*

Non, j'aurais dû l'abattre et épargner à tout le monde des ennuis.

— *Il est temps que tu reprennes tes esprits. Je t'ai appris à ne pas te comporter comme une enfant gâtée.*

— *Oui. Laisser ma colère prendre le dessus n'était pas justifié.*

— *Cela signifie-t-il que tu vas faire votre devoir envers la famille ?*

Il se caressa la barbe en étudiant mes vêtements.

Je vis un froncement de sourcils momentané avant qu'il disparaisse. Il méprisait mon amour pour les nouveaux créateurs qui affichaient un penchant pour le décontracté.

Il préférait que sa famille ne porte que des marques prestigieuses qui correspondaient mieux à notre position dans la société.

J'inspirai, soutenant son regard. Un regard qui avait effrayé la jeune fille de quatorze ans qui avait perdu son père deux heures seulement avant qu'elle ne soit embarquée dans le monde d'Ashok Shah.

— *Oui. Je comprends ce que je dois faire.*

— *Pour que les choses soient claires. Ne couche avec lui que si c'est nécessaire.*

C'était un peu tard pour ça.

Attendez. Il voulait que je séduise Nik, mais pas que je couche avec lui. Il n'avait vraiment pas réfléchi son plan jusqu'au bout.

Au lieu d'exprimer mes pensées, je dis :

— *Compris.*

— *Tu me feras un rapport hebdomadaire.*

— Je ne pense pas avoir quelque chose de sitôt. D'après ce que Jayna m'a dit de Nik, il ne fait pas facilement confiance et aucune de ses maîtresses ne voit autre chose que son lit.

— Oui, j'ai entendu dire qu'il était plutôt du genre à les prendre et à les jeter.

— Oui.

— Alors je suppose que tu as du pain sur la planche.

— Je me débrouillerai.

Discuter de Nik comme s'il s'agissait d'une cible ne me plaisait pas, mais je devais le faire.

Pour l'instant, rien de ce qui s'était passé ces derniers jours n'avait d'importance.

Et l'homme possessif, exigeant et tout aussi généreux que j'avais découvert sous la façade que Nik montrait au monde n'existait pas.

Je devais faire comme s'il n'était pas différent avec moi. Que sous cette dureté ne se cachait pas l'adolescent qui me racontait ce qu'il attendait de la vie et qui n'impliquait pas de rester dans le quartier. Des choses qui n'étaient que des rêves à l'époque et qui l'auraient fait paraître faible aux yeux du gang avec lequel il traînait.

Il fallait que je me ressaisisse et que je me concentre sur mon oncle et non sur la facilité avec laquelle je pourrais tomber amoureuse de Nik. Mais d'un autre côté, je savais que si je le faisais, je m'exposais à un chagrin d'amour.

— Tu es un bien qu'il convoite. J'ai vu comment il t'observe, même si tu n'en es pas consciente.

— Nous étions amis quand nous étions enfants. Nous nous

sommes à peine parlé depuis que j'étais gamine. C'est Jayna qui est la plus proche de lui.

Le visage de l'oncle Ashok se renfrogna davantage. Il détestait que l'on associe Jayna à Nik ou à ses frères. Il agissait comme si Jayna n'avait jamais existé, en dehors du fait qu'il voulait qu'elle se présente à ses événements mondains.

Il avait renié Jayna bien avant qu'elle ne rencontre Kiran.

Jayna avait subi des violences verbales et physiques jusqu'à ce qu'elle parte à l'université et obtienne un accès partiel à la fiducie que ses grands-parents maternels avaient constituée en son nom. C'était comme si, à la seconde où l'horloge avait sonné minuit le jour de son dix-huitième anniversaire, elle avait fait ses valises et était partie, me laissant comme la seule mineure du foyer Shah.

Je ne reprochais pas à Jayna d'avoir fait ce qu'elle avait fait. De plus, ce n'était pas comme si elle roulait sur l'or. Jusqu'à l'âge de vingt et un ans, lorsqu'elle en avait eu le contrôle total, la fiducie ne lui avait versé qu'une allocation mensuelle couvrant ses frais d'inscription à l'université, son appartement, les factures essentielles et la nourriture.

— *Ne sois pas stupide, Danika !* s'exclama Ashok en abattant la main sur son bureau. *Ce voyou a des vues sur toi depuis des années. Pourquoi crois-tu que je voulais t'éloigner de lui ? Ma sœur s'est compromise avec un rat de gouttière sans nom. Crois-tu que j'allais laisser un autre membre de ma famille subir le même sort ? Il faudra que King me passe sur le corps avant d'avoir l'occasion de te compromettre.*

Je serrai les dents en essayant de garder un visage impassible. Mon père n'était pas un rat de gouttière. Un jour, j'enfoncerais cette information dans la gorge de ce salaud.

— *Alors, pourquoi me demandes-tu de le séduire ? Tu n'arrives même pas à regarder Jayna parce qu'elle a touché un King, sans même parler du fait qu'elle en a épousé un.*

— *Ne parle plus d'elle. Je t'ai prévenue. J'ai laissé passer les trois premières fois. Tant qu'elle ne se sera pas rachetée à nos yeux, je ne veux pas entendre parler d'elle.*

Je faillis lui dire *Vas-y, donne-moi une claque comme tu le faisais avant, et tu verras ce que moi je vais te faire.* Mais je le gardai pour moi.

Refoulant ma colère, je lui dis d'une voix impassible :

— *Tu n'as pas répondu à la question, mon oncle.*

— *Parce que j'ai des projets. Et King et ses frères se mettent en travers de mon chemin.*

— *Qu'est-ce que ça veut dire ?*

Je fis semblant de jouer avec mes mains. C'était un trait de caractère qui l'agaçait, mais c'était le moyen parfait pour le distraire.

Oui, c'était puéril, mais qu'importe.

— *Arrête de tripoter tes mains. J'aurais pensé que tu aurais perdu cette habitude ridicule depuis le temps.*

— *Désolée, mon oncle,* dis-je, posant mes mains à plat sur mes genoux, et je levai les yeux. *Tu disais ?*

— *Tu as deux mois pour me fournir ce dossier. Je ne laisserai plus aucun King tenir quoi que ce soit au-dessus de ma tête.*

Il s'attendait vraiment à ce que je me plie à ses exigences, même en l'absence d'informations réelles.

— *Que se passe-t-il dans deux mois ?*

— *J'annonce ma candidature au Sénat. Et tu seras à mes côtés à ce moment-là. En fait, nous organisons un gala ici. Tu seras accompagnée de King.*

Il pouvait toujours rêver.

— *Tu es sérieux ?*

Le choc sur mon visage n'était pas feint. L'entendre dire une chose pareille me semblait tellement surréaliste. Il ne s'était jamais intéressé à la politique.

Il avait toujours eu un politicien véreux dans sa poche, mais il les qualifiait toujours de larbins.

— *Oui.*

Tout à coup, je comprenais ce besoin qu'il avait de récupérer le testament.

Pour l'oncle Ashok, entrer en politique signifiait que tout devait être parfait dans sa vie. Et il devait éliminer toute preuve que sa richesse n'était pas le fruit durement gagné d'un véritable rêve américain.

Il avait déjà un mauvais point. Il était divorcé. À présent, sa colère à l'égard de tante Monica lorsqu'elle avait déposé un dossier de dissolution du mariage prenait tout son sens. Le parti politique qu'il soutenait exigeait d'être heureux en ménage. Ou de faire semblant de l'être.

Et en épousant Amber Tuttle, il effacerait la souillure de son précédent divorce. Je n'aurais pas été surprise qu'il annonce ses fiançailles dans la semaine à venir, et son mariage peu de temps après.

Puis il y avait sa rage devant le mariage de Jayna avec Kir

et ses antécédents douteux. L'oncle Ashok ne jurait que par le pedigree. La mort de Kir avait éliminé un problème majeur. Cela me confortait dans l'idée que la mort de Kir avait été orchestrée pour répondre aux aspirations de l'oncle Ashok.

— *Les informations contenues dans ce dossier sont-elles préjudiciables à ce point ?*

— *Tout ce que tu as besoin de savoir, c'est que je veux qu'il soit détruit.*

— *À t'entendre, on croirait que c'est simple. Je travaille à l'aveugle.*

— *Fais en sorte qu'il tombe amoureux de toi, et il te donnera tout ce que tu veux. Qu'il me l'envoie en guise de cadeau.*

Cet homme avait perdu la tête.

— *Nik n'est pas un homme stupide. Il ne va pas simplement envoyer par la poste un document qu'il a tenu au-dessus de ta tête simplement parce que je couche avec lui.*

— *Tu le feras, Danika.*

La veine sur sa tête palpitait, et je savais qu'il se préparait à se déchaîner.

— *Et s'il a fait des copies, ou qu'il l'a fait numériser.*

— *Il ne fait confiance ni à la technologie ni à personne en dehors de ses frères. Il ne prendrait pas le risque de laisser quelqu'un mettre la main sur ce qui a de la valeur à ses yeux. De plus, le document qu'il possède n'est valable que sous sa forme originale.*

Oh, merde ! Il pensait que Nik avait l'original.

— *Est-ce que cela a un rapport avec certaines de tes propriétés ? As-tu passé un accord avec les mauvaises personnes ?*

— *Tu n'as pas à me poser de questions. Tu le fais, ou tu t'en vas.*

Ignorant son emportement, je dis :

— *Imaginons que je fasse ce que tu me dis, que j'entre dans le monde de Nik et que je devienne sa catin pour trouver ces informations. Qu'obtiendrai-je en retour ?*

La surprise se lisait dans son regard. *C'est ça, abruti. Je ne fais pas cela gratuitement.*

— *J'ai dit que je te donnerais les lettres.*

Il souleva une boîte en bois marron du sol et la posa sur son bureau.

Mon cœur fit un bond, puis la colère envahit toutes les fibres de mon être. Prenant une profonde inspiration, je rassemblai toute ma volonté pour calmer mes nerfs.

— *J'ai besoin de plus que la simple promesse que tu me les donneras. Après tout, tu me l'as déjà faite à plusieurs reprises.*

— *Ce n'est pas ainsi que ça marche, Dani. C'est moi qui fixe les règles.*

— *Non, mon oncle. Plus maintenant. Il y a autre chose que je veux.*

Jusqu'à ce moment, je n'avais pas réalisé que je méritais d'avoir tout ce qui appartenait à ma mère.

— *Et qu'est-ce que ce serait ?*

La rage emplit ses yeux, et il se pencha en avant et leva la main comme s'il comptait me balancer un revers, comme il l'avait fait tant de fois auparavant.

Je relevai le menton en signe de défi.

À la seconde où il retira sa main, je parlai.

— *Je veux ces lettres, et prendre ta place au sein de Shah International quand tu gagneras.*

— Accordé, *dit-il en riant, oubliant sa colère. J'allais te la donner, de toute façon. Tu es la seule personne en qui j'ai confiance pour suivre mes directives dans la gestion de mon entreprise.*

Je posai une main sur son bureau et me levai en lui tendant l'autre.

Il la prit et la serra.

— *Rappelle-toi que lorsque tu prendras tes fonctions de PDG, tu couperas les ponts avec tout ce qui a trait aux King.*

— *Je n'en attendais pas moins*

— *Tu aurais fait un bon fils, Danika.*

Ordure, tu as un fils, et un jour, je te ferai payer pour l'avoir rejeté.

— *Je souhaite également que cela soit consigné par écrit. De cette manière, aucun membre de l'entreprise ne croira pouvoir planifier une quelconque prise de contrôle. Comme tu le sais certainement, certains d'entre eux se plaignent des changements de gestion depuis les problèmes de zonage liés au projet de développement.*

— *Je le ferai rédiger aujourd'hui. Maintenant, dis-moi comment tu comptes attirer l'intérêt de King sans le rendre méfiant.*

Nous reprîmes nos sièges.

— *Comme je dirige la galerie de Jayna, je me suis dit qu'un événement là-bas serait l'occasion idéale,* commençai-je, lui offrant des détails exagérés sur la façon dont j'allais jouer son pion.

18

N^{ik}

— COMBIEN veux-tu que je dépense ce soir ? demandai-je dans mon téléphone portable alors que ma voiture approchait de la galerie de Jayna.

— Je te laisse décider. Mais attention. Une fois que tu auras vu le travail de cette artiste, il est possible que tu veuilles toutes les pièces de la galerie.

— Est-ce que je la connais ?

— Je n'en suis pas sûre. Elle n'est aux États-Unis que depuis quelques années.

— Comment vous êtes-vous rencontrées ?

— Je faisais le tour des îles avec un groupe d'amis pour le

carnaval dans les Caraïbes et nous nous sommes rencontrées lors de l'une de nos escales.

— Quel arrêt ? Chaque île le fait différemment.

— Euh… fit-elle.

Je décelai un soupçon de timidité que j'entendais rarement chez elle, et qui me rappela la fille de mon enfance.

— C'était à notre arrêt à Port d'Espagne.

Trinité-et-Tobago.

Immédiatement, j'eus la vision de Danika jouant au mas, revêtant un costume porté lors des célébrations du carnaval dans toutes les Caraïbes. Je pouvais presque la voir danser sur les rythmes et voir son corps se mouvoir, couvert de couleurs vives et de bijoux.

Je rejetai ma tête en arrière contre le siège. Bon sang ! J'étais dur.

Un jour, je lui montrerais comment les habitants de Trinité-et-Tobago faisaient le carnaval, et j'avais bien l'intention de m'envoyer en l'air avec elle tout en jouant au mas.

Sur place, je l'emmènerais également rencontrer la famille de ma mère. Je n'avais aucun doute : ils allaient l'adorer.

Mes parents avaient peut-être quitté leur pays d'origine, mais j'avais envie de garder un lien avec eux et, dès que je l'avais pu, j'avais pris contact avec eux à *Trin*. La famille de ma mère m'avait accueilli à bras ouverts, et m'avait demandé pardon. Celle de mon père, c'était une autre affaire. Ils avaient agi comme s'il n'avait jamais existé, et que je n'étais rien pour eux.

Leur rejet m'avait blessé plus profondément que je ne l'aurais cru. Cependant, le lien que j'avais développé avec le côté maternel avait largement compensé cette perte. Et, jusqu'à aujourd'hui, cela m'offrait un lien spécial avec mes racines afro-trinidadiennes.

— As-tu joué au mas ?

— Bien sûr. Ma tenue était faite sur mesure et absolument scandaleuse. Je me suis même promenée avec des ailes en plumes d'un mètre cinquante de large.

Elle éclata de rire, et je ne pus retenir mon sourire.

— Et combien de temps as-tu tenu avec ces ailes ?

— Une bonne heure et demie. Ensuite j'ai payé un type pour qu'il les garde dans sa boutique pour moi. Ces satanés trucs étaient horriblement lourds.

— Un jour, nous irons. Je te montrerai comment nous, les trinis, nous faisons ça.

— Je sais déjà comment un trini-américain nommé Nikhil fait ça.

Elle insista sur le *ça*, ce qui me fit sourire.

Nous pensions tous les deux au sexe.

— C'est vrai, dis-je en me rajustant pour soulager la pression dans mon pantalon. Rappelle-moi, quel est mon paiement en échange de la faveur de ce soir ?

— Carte blanche pour un acte sexuel.

Elle avait répondu presque en ronronnant, et mon sexe durcit.

— C'est ça. Quand je voudrai, comme je le voudrai, et ce que je voudrai.

Et je ressentis le besoin de récupérer mon dû dès mon arrivée à la galerie.

— C'était les conditions ? demanda-t-elle, le souffle court. Je ne suis pas sûre d'avoir accepté ça.

— Souviens-toi, je prends toujours plus que ce que tu offres au départ.

— Alors je suppose que je n'ai pas d'autre choix que de payer.

— Effectivement, tu n'as pas le choix, confirmai-je alors que la voiture s'arrêtait. Merde ! Nous sommes arrivés. Laisse-moi reprendre le contrôle de mon corps, et on se voit à l'intérieur.

— J'ai besoin d'une minute moi aussi, répondit-elle d'une voix haletante. N'oublie pas que nous débutons notre liaison ce soir.

— Oui, je sais.

— Bye.

— Danika.

— Oui ?

— Pour info, tu vas coucher avec moi dès notre premier rendez-vous.

Je raccrochai.

Ma portière s'ouvrit. Après m'être assuré que mon membre était sous contrôle, je sortis. J'ajustai mon costume et me dirigeai vers la galerie. Je ne m'étais pas attendu à voir des flashs d'appareils photo.

Qui était l'artiste et qui étaient les personnes présentes ?

La dernière fois que j'avais assisté à l'un de ces événements, Jayna avait fait venir une de ses amies d'Europe. L'artiste était une sculptrice sur métal dont les créations étaient impressionnantes, mais qui n'étaient absolument pas à mon goût.

J'espérais que ce soir me conviendrait mieux.

Je n'étais pas du genre amateur d'art façon haute société. J'avais peut-être les moyens d'acheter des pièces, mais cela ne signifiait pas que je voulais dépenser mon argent juste pour dire que je les possédais.

— Bienvenue, monsieur, dit un homme qui ouvrit les portes vitrées du bâtiment.

Lorsque j'entrai dans la galerie, j'eus le souffle coupé.

C'était comme si j'avais pénétré dans une version artistique haut de gamme du carnaval. Mais pas n'importe lequel, celui de Trinité-et-Tobago. Depuis la décoration du plafond jusqu'au style et à la couleur des œuvres d'art sur les murs. Ensuite, des sculptures avaient été placées au centre de l'exposition.

Elles étaient faites à la main, certaines en bois, d'autres en pierre, et d'autre en verre. Chaque pièce racontait une histoire de la vie dans les Caraïbes, et pas n'importe où, mais à Trinité-et-Tobago.

Jayna s'était fait une réputation en présentant des artistes qui aimaient célébrer leur culture, mais là, je savais que c'était Danika.

Et elle avait dû le planifier de longue date.

Je m'approchai d'une sculpture représentant un garçon blotti sur la hanche de sa mère et je lus le nom de l'artiste.

Jasmine Dillon.

J'avais entendu les habitants mentionner son nom lors de ma dernière visite à Port d'Espagne.

— C'est une belle pièce, me dit une femme avec un léger accent britannique mâtiné d'une pointe caribéenne.

— Oui, c'est vrai. On dirait qu'elle raconte une histoire.

— Que voyez-vous ?

— Sans doute un garçon qui ne veut pas écouter sa maman, qui a dû le porter pour le ramener à la maison.

La femme éclata de rire.

— Vous êtes très observateur. C'est exactement ce qui s'est passé. Ce sont mon frère et mère. Je l'ai créé pour me souvenir d'une partie de mon enfance avec ma famille.

Je lui tendis la main.

— Nikhil King.

— Jasmine Dillon. Vous êtes un peu un héros local par chez nous.

— Je pourrais dire la même chose de vous.

— Je suis la fille artiste que personne ne comprend.

— Et je suis le garçon perdu qui essaie de retrouver ses racines.

Les habitants m'avaient si souvent surnommé *le garçon perdu* qu'il m'était resté, et ce n'était plus une insulte comme à l'origine.

— Grâce à votre générosité, des filles comme moi ont pu s'orienter vers les arts et les sciences. Enfin, plus particuliè-rement, des filles comme ma sœur.

— Comment ça ?

— Votre don à l'université a permis de financer sa bourse d'études en sciences de l'informatique.

— Je suis heureux d'avoir pu apporter ma contribution.

— Puis-je vous demander pourquoi vous avez spécifié que ce programme et l'argent iraient principalement aux étudiantes ?

À cet instant, j'aperçus Danika dans ma vision périphérique.

— Disons qu'une fille que j'ai rencontrée dans mon enfance m'a inspiré.

Danika s'approcha de nous, l'air de sortir d'un défilé de mode.

Mon corps reprit aussitôt vie. Je ne pouvais pas me passer d'elle, et je m'étais presque gavé de son corps ces derniers jours.

Pour une raison ou une autre, j'avais encore plus envie d'elle maintenant. Ce n'était pas la femme fatale de la soirée poker à *The Library*. Ce soir, elle était l'élégance, le raffinement et la richesse. La robe noire sans manches, sans aucun doute faite sur mesure, les diamants et les saphirs qui tombaient en cascade sur ses oreilles, son cou et ses poignets indiquaient clairement à quiconque regardait dans sa direction qu'elle valait cher.

J'avais hâte de la prendre sans rien d'autre que les bijoux et les talons.

Seule manquait l'alliance que je lui avais offerte.

Je n'aurais pas dû me sentir si possessif en si peu de temps, mais je ne pouvais pas m'en empêcher. J'avais attendu pendant ce qui me paraissait une éternité et mainte-nant qu'elle était à moi, je voulais que le monde entier le sache.

Une fois Shah abattu, tout le monde saurait qu'elle m'ap-partenait.

— Oh, voici quelqu'un que vous devriez rencontrer, dit Jasmine en faisant un pas de côté. Permettez-moi de vous présenter la marraine de cette soirée. Voici Danika Dayal.

Je pris sa main.

— Je crois que nous avons été présentés. Bonjour, Danika.

— Nik.

Ses doigts touchèrent mon alliance et elle haussa un sourcil.

Je l'imitai pour lui faire comprendre que je n'allais pas retirer mon anneau pour cette mascarade, même si elle le devait.

— Avant de vous laisser à notre hôte... Danika, as-tu ce rouge à lèvres que j'aime tant ?

— Oui, répondit-elle, ouvrant l'autre main pour révéler un tube de rouge à lèvres haut de gamme. Je t'en ai acheté un quand je suis sortie tout à l'heure.

— Merci. Tu es la meilleure, lui dit Jasmine avant de se tourner vers moi. Ce fut un plaisir de vous rencontrer, monsieur King. J'espère que vous apprécierez le spectacle de ce soir.

Alors que Jasmine s'éloignait dans la foule, je me penchai vers Danika.

— Tu mènes ton business avec des tubes de rouge à lèvres ?

Elle esquissa un léger sourire.

— Entre autres choses.

— Quelles autres choses ?

— Des bureaux en désordre.

— Tu ne me lâcheras jamais avec ça ! J'aime télécharger des documents sur mon bureau.

— Je sais.

— Nous n'avons toujours pas parlé de ton activité secondaire.

— Ce n'est pas une activité secondaire. Ça, dit-elle en montrant d'un geste large la salle autour de nous, c'est mon activité secondaire.

— Ce que tu fais te met en danger.

— Mon existence me met en danger.

Elle inclina son menton vers un invité de la galerie en guise de salut.

— Merde, Danika ! Tu n'es plus seule dans cette histoire.

Elle se tourna vers moi, et le sourire qu'elle affichait avant disparut.

— Cette histoire entre nous dure depuis une semaine. Mariage ou pas, je ne mettrai pas tous mes œufs dans le même panier. Toi et moi, nous avons un passif, mais ça ne compense pas les quinze ans de séparation. J'ai eu tout ce temps pour apprendre à me débrouiller par moi-même. Seule.

— Et que va te coûter votre projet de vengeance ? Et je ne parle pas de notre accord.

— Nik, il m'a tout pris, à moi et à tant d'autres, y compris toi et...

Elle s'interrompit et se détourna, s'éloignant.

Qu'est-ce qu'elle voulait dire par *moi* ?

Je la suivis alors qu'elle se frayait un chemin dans la foule. Elle franchit une série de portes, emprunta un long couloir, puis s'arrêta dans une sorte de réserve, posant les mains sur le mur.

Elle ferma les yeux, baissa la tête et, pendant un bref instant, je fus transporté dans notre ancien quartier, lorsque j'avais surpris la jeune Danika en train de se cacher dans une ruelle parce que ses émotions étaient devenues trop intenses pour qu'elle puisse les gérer. Elle avait toujours été trop douce pour les gens qu'elle devait côtoyer.

Déjà à l'époque, j'avais voulu l'emmener et l'installer dans un endroit où elle ne connaîtrait pas les problèmes que nous avions tous. Mais d'après ce que je savais de Jayna, ce n'était pas mieux de l'autre côté.

Elle leva la tête quand je m'approchai.

— Tu ne devrais pas être ici. Ça ne fait pas partie du plan.

Je me plaçai derrière elle, plaquant ses poignets contre le mur.

— Je ne te laisserai pas t'enfuir.

— Nik, haleta-t-elle.

— J'en ai assez que tu partes.

Elle frissonna lorsque j'effleurai la peau de son épaule avec ma barbe.

— Je ne t'ai pas quitté.

— Que je sois bien clair. Quand il sera question de nous, hors de question de fuir. Nous nous disputerons. Nous discuterons. Nous crierons. Et, sans le moindre doute, nous nous enverrons en l'air. Mais hors de question de t'en aller.

— Je… Je ne peux pas te révéler tous mes secrets. Ça prend du temps. Et toi, es-tu prêt à partager les tiens avec moi ?

Je me laissai aller contre elle, plaquant mon membre dur contre son dos.

— Absolument tous. Tu vois, contrairement à toi, je ne prétends pas être autre chose que l'homme que je montre au monde.

Elle se tourna brusquement pour me faire face, son front plaqué contre le mien.

— Tu aimes te mentir à toi-même, Nik. Je te connais.

Je l'attrapai par les hanches et la soulevai pour qu'elle enroule ses cuisses autour de ma taille.

— Que sais-tu ?

— Je sais ce que tu fais pour le quartier et pourquoi tout le monde t'est si fidèle. Je sais que tu mets en place une organisation pour que chaque enfant ait un endroit où dormir, et que ceux qui ne le font pas agissent de leur propre chef, et non pas parce qu'ils n'ont pas d'autres options plus sûres.

— Ne fais pas de moi un saint. Je ne suis qu'un pécheur.

Je passai la main sous sa robe, attrapai sa culotte et la lui arrachai.

Elle laissa échapper un cri sous le coup de la douleur du tissu qui se déchirait.

— Et si quelqu'un entre ici ?

Elle se cramponna à mes épaules.

— Est-ce une protestation ?

— Non.

Elle glissa la main entre nous, déboutonna ma veste, puis mon pantalon, avant de baisser ma fermeture éclair et de libérer mon sexe.

— Est-ce que ça compte comme notre premier rendez-vous ?

Elle soutint mon regard en m'enveloppant de ses doigts, me caressant de haut en bas.

— Aucune chance.

— Alors tu ferais mieux de ne plus t'enfuir.

— Je ne m'enfuyais pas. J'avais juste besoin d'une minute de réflexion.

Je grognai et me reculai, la laissai retomber et la fis tourner de sorte que son visage soit à nouveau collé au mur.

— La prochaine fois, explique-moi. Ne pars pas comme ça, lui intimai-je.

Je relevai sa robe et caressai ses fesses rondes et parfaites, savourant la sensation de ses muscles fermes sous mes doigts.

— Écarte les jambes. Je vais te prendre, ici et maintenant.

— Je suis trop petite.

— Laisse-moi m'occuper de la logistique. Contente-toi d'apprécier.

— Oh, mon Dieu ! Nik, dépêche-toi !

Je soulevai son genou, le posai sur ma cuisse et positionnai mon membre devant son intimité moite, tandis que j'agrippai sa taille de l'autre main.

— Ce sera rapide et brutal.

— Oui. Peu importe. Prends-moi !

Je plongeai en elle.

Nous gémîmes tous les deux.

Danika poussa contre le mur alors que je commençais à la pilonner, répondant à chaque balancement de ses hanches par un coup de reins.

— Nik... Oh, Nik ! Jay va nous tuer si elle découvre qu'on a fait ça ici.

Je continuai à la pénétrer, laissant retomber mon visage dans son cou.

— Elle devra le découvrir tôt ou tard.

Elle tendit une main pour la poser sur l'arrière de ma tête et se cambra.

— Oh, mon Dieu ! Oui ! Faites ce truc de rotation. Plus fort, merde !

— Je ne te ferai pas de mal. Si tu veux aller par-là, nous le ferons à la maison quand il n'y aura personne pour nous déranger.

— La maison de qui ?

Je m'arrêtai, me retirai et serrai les dents. Nous allions

devoir régler cette question avant que les choses n'aillent plus loin.

Elle s'écria :

— Non ! Qu'est-ce que tu fais ? Tu n'as pas dit que ce serait brutal et rapide ?

— Tu choisis, lui proposai-je.

Je posai ma main sur son sexe trempé, me délectant de la sensation de son excitation ruisselante, ignorant le désir impérieux de mon membre.

— Ici ou chez moi ? Après ce soir, nous n'habiterons plus séparément.

— On ne pourrait pas décider après ? Pour l'instant, j'ai besoin que tu termines ce que tu as commencé.

Elle passa la main derrière elle et empoigna mon membre.

D'un mouvement de hanche, je me libérai de son emprise.

— Non. Si tu me veux, on décide de ça maintenant.

— Nik, c'est de la manipulation.

— Comme je te l'ai dit, je suis un pécheur, pas un saint.

Elle garda le silence une seconde.

— Si je disais ici, tu déménagerais ? Tu quitterais ton immense penthouse avec toutes ses commodités pour un endroit deux fois plus petit, sans la vue, sans l'accès à tes frères ?

— En un clin d'œil, répondis-je en frôlant son clitoris. Je suppose que tu as besoin de ton chez-toi pour gérer ton entreprise, mais ce n'est pas mon cas. Je peux travailler de n'importe où.

— Tourne-moi.

— Non. Contente-toi de répondre.

Elle empoigna à nouveau mon sexe qu'elle serra plus fort, et recommença à me caresser de bas en haut.

— Nik. Je t'en prie.

— Tu crois que c'est l'affaire d'une semaine. Il s'agit de bien plus que ça. Tu le sais, et moi aussi. Pour apprendre à nous connaître maintenant, nous devons vivre ensemble.

— Je sais.

— Alors, fais ton choix.

— On ne pourrait pas simplement se partager entre les deux ?

— Non.

— J'en ai marre de tes foutus *non* ! gronda-t-elle. Très bien. Nous vivrons ici.

— Tu vois, dis-je.

Je glissai hors de sa main et plaçai mon érection entre ses replis intimes, m'enfonçant d'un coup.

— Ce n'était pas une décision si compliquée

— Tais-toi et prends-moi.

— Avec plaisir.

Nous ne prononçâmes plus aucun mot. Seuls les bruits du sexe se mêlaient à nos respirations haletantes.

Lorsque son orgasme éclata, elle rejeta la tête en arrière et s'écria :

— Oui, enfin ! Oh, bon sang ! Oui ! Nik !

Son sexe se contracta autour de moi, jusqu'à ce que je sente le frémissement familier au bas de ma colonne. Je fis glisser mes mains le long de son corps, posai la main sur sa gorge et l'attirai vers l'arrière. Je couvris ses lèvres des miennes et lâchai prise. Je jouis fort, profondément enfoncé dans son sexe pris de spasmes.

— JE CROIS que nous ne devrions jamais révéler à Jayna que nous avons profané sa réserve. Elle trouverait sans doute un moyen de se venger au moment où nous nous y attendrons le moins, murmura Danika entre deux respirations haletantes.

Je fouillai dans la poche de mon pantalon, en sortis un mouchoir, et je me retirai lentement de Danika. Je pris le linge et le plaçai entre ses jambes.

— Nous garderons le secret. Mais je suis sûr que Kir l'a déjà prise partout dans cette galerie.

Danika jeta un coup d'œil par-dessus son épaule, puis fronça le nez.

— Ne me mets pas ces images en tête.

Elle essuya ma jouissance sur ses cuisses et redressa sa robe. S'approchant d'un miroir sur un mur que je n'avais pas vu plus tôt, elle agita son bracelet contre celui-ci et la vitre s'ouvrit, révélant une panoplie de maquillage.

— Est-ce que tout cet endroit est piégé ?

— Oui, répondit-elle en appliquant son maquillage.

Elle le rangea ensuite dans le compartiment.

— Comment as-tu pu passer inaperçue aussi longtemps ?

Elle croisa mon regard dans le reflet du miroir.

— Parce que les gens ne voient que ce qu'ils veulent voir. Et parfois, l'illusion est plus crédible que la vérité.

Je hochai la tête et me plaçai derrière elle.

— Pour que les choses soient claires, ceci ne fait pas office de paiement pour ma présence ce soir.

— Je ne l'ai pas envisagé comme ça.

— Heureux que nous nous comprenions, dis-je en embrassant son épaule. Vas-tu m'expliquer à quoi tu faisais allusion quand tu m'as fui ?

Son visage se décomposa, et elle détourna les yeux.

Je relevai son menton pour qu'elle croise mon regard.

— J'ai besoin de savoir si ça me concerne.

— Comment as-tu compris que la mort de Kir avait été orchestrée par mon oncle ?

Merde. J'allais devoir lui donner une demi-vérité.

— Nous avons trouvé une deuxième série de traces de pneus sur le lieu de l'accident.

Elle se tourna vers moi.

— Tu es arrivé là-bas avant les autorités. Tu savais, commença-t-elle avant de marquer un temps d'arrêt. Sans ça, tu n'aurais pas pu savoir que quelque chose avait été trafiqué. Les enquêteurs sur place ont estimé qu'il s'agissait d'un incident lié aux conditions météo.

Mon ventre se noua lorsque je lui répondis.

— C'était le déroulement exact de l'accident de bus qui a tué mes parents.

— Pas seulement tes parents, mais ceux de Kir et de Rey, ainsi que la mère de Sam. C'était elle la cible de l'accident. Tous les autres étaient des dommages collatéraux.

J'eus l'impression d'avoir reçu un coup de poing. Tant de vies avaient changé à cause de ce simple accident de bus un jour de pluie. D'après mes recherches, le temps n'était pas si mauvais, il ne s'agissait que d'averses légères.

— Quelles preuves as-tu ?

— Nik, ce n'est pas l'endroit pour en parler.

— Dis-moi, lui ordonnai-je.

Mes émotions étaient trop à vif pour que je puisse le dire gentiment.

Elle soupira.

— À l'époque du divorce, j'étais en train de débarrasser la chambre principale des affaires de tante Monica et j'ai trouvé, caché dans un tas de cartons, un reçu de paiement sur le compte bancaire de David Marduk, datant de près de vingt ans.

Je connaissais ce nom. C'était l'homme qui avait été mandaté pour enquêter sur l'accident de Kir. Le même homme qui, comme par hasard, avait pris sa retraite un mois après avoir rendu son rapport. Le même aussi qui était mort d'une crise cardiaque pendant ses vacances en France.

— Ce n'est que circonstanciel. Je n'ai rien qui prouve quoi que ce soit aux autorités.

— Cela n'aurait aucune importance. Ton oncle a des

gens bien placés pour faire son sale boulot, lui dis-je avant de l'embrasser sur le front. Merci de me l'avoir dit.

Elle posa les mains sur mes joues.

— Je suis tellement navrée que ma famille t'ait fait perdre la tienne.

— Non, Danika, j'ai une famille. Nous ne sommes peut-être pas du même sang, mais j'ai trois frères qui risqueraient leur vie pour moi et j'ai un père qui m'a offert une vie meilleure que tout ce que j'aurais pu imaginer. Je pleure mes parents biologiques, mais je ne peux pas changer ce qui s'est passé.

— Tu es un homme bon, Nikhil King.

— Non. Pas du tout. Je te l'ai déjà dit, je suis un pécheur, pas un saint. Cela ne me dérange pas d'enfreindre les règles, et je ne prétends pas marcher dans le droit chemin. Es-tu sûre de pouvoir supporter d'être mariée à un tel homme ?

Même si c'était le cas, je n'étais pas certain de pouvoir supporter de la laisser s'en aller.

De qui me moquais-je ? Jamais je ne la mettrais en cage. Si elle le voulait, je la libérerais. Mais il était hors de question que je le lui dise.

Danika se hissa sur la pointe des pieds et a effleura mes lèvres des siennes.

— Je suis capable de gérer n'importe quoi. En outre, moi aussi je suis une pécheresse, monsieur King. Je suppose qu'on fait bien la paire.

19

D^{anika}

— Tu es prête ? me demanda Nik en me prenant le bras alors que nous descendions de sa voiture.

J'inspirai profondément, puis j'acquiesçai.

— Oui.

La nuit, l'immeuble de bureaux historique appartenant à Nik semblait encore plus insolite et, vêtus comme nous l'étions de nos élégantes tenues de l'exposition à la galerie, on aurait dit que nous nous trouvions vraiment dans une distorsion temporelle.

— Ce n'est pas grave si tu veux attendre un autre soir.

— Non, je préfère le faire maintenant. En plus, c'est une couverture parfaite pour notre liaison.

Il me tourna face à lui.

— Ce n'est pas une liaison. Nous sommes mariés.

— Je sais.

Je m'avançai vers Lake qui nous tenait la porte ouverte.

Lorsque nous pénétrâmes dans l'ascenseur, j'eus l'impression que Nik occupait presque tout l'espace.

Je scrutai son visage, et lui m'observait avec la même curiosité. Son beau visage était figé en des traits durs et je savais que c'était parce que je lui semblais faire exactement le contraire de ce qu'il attendait.

Il n'aurait pas dû s'en étonner. Depuis mon enfance, je ne faisais jamais ce qu'il voulait. Toutes nos interactions au fil des ans sortaient de l'ordinaire.

— Pourquoi me regardes-tu comme ça ?

— Parce que tu es un très bel homme ?

Il secoua la tête.

— Les hommes ne sont pas beaux.

— Toi, tu l'es.

Il me plaqua contre la paroi de la cabine, calant un bras de chaque côté de ma tête.

— Je ne suis pas beau. Je suis un enfoiré effrayant de quatre-vingt-dix kilos et d'un mètre quatre-vingt-dix.

— Avec de magnifiques yeux brun foncé, une peau dorée qui est la combinaison parfaite de son ascendance noire et indienne, et un corps capable de se mouvoir si subtilement lorsqu'il fait l'amour qu'il ne fait que rendre hommage à la maîtrise qu'il possède.

— Ne fais pas de moi ce que je ne suis pas.

— Ne te fais pas passer pour ce que tu n'es pas.

Nik s'était toujours fait passer pour le méchant, le garçon qui assumait le fait qu'il faisait de mauvaises choses pour s'en sortir. Et maintenant qu'il était un homme, cela n'avait pas changé.

Le mauvais garçon m'avait attirée à l'époque, et c'était encore plus vrai aujourd'hui.

Mes mamelons se tendirent sous le tissu de ma robe, et mon intimité devint moite. Je l'avais eu très récemment, et j'étais prête pour plus.

— Si tu continues à me regarder comme ça, je vais te prendre. Juste ici. Dans cet ascenseur. Et la raison pour laquelle nous sommes ici disparaîtra.

— Pourquoi pas ? J'ai attendu tout ce temps. Qu'est-ce qu'une heure de plus ?

— Danika, me prévint-il sur ce ton que je ressentais jusqu'au creux de mon ventre.

Sans trop savoir ce qui me prenait, je l'attrapai et inversai nos positions.

— Merde ! Je ne m'attendais pas à ça, dit-il avant de laisser échapper un gémissement. J'oublie que tu es beaucoup plus forte qu'il n'y paraît.

— Chut.

Je défis sa veste et commençai à défaire les boutons de son pantalon de costume.

— Qu'est-ce que tu...

Il s'interrompit lorsque je pris son érection dans ma main.

— Je veux te sucer, et ensuite, on s'enverra en l'air.

Il bascula sa tête contre la paroi de l'ascenseur, comme s'il se résignait à son sort, et je souris, mais ma joie s'évanouit lorsque la cabine s'arrêta à notre étage.

— Merde.

Nik soupira, se rajusta et me tira en avant.

— Tu veux me sucer avant qu'on s'envoie en l'air, et j'ai bien l'intention de te laisser faire.

Nous avançâmes dans le salon du penthouse. Il retira sa veste et s'installa sur le canapé surdimensionné, les jambes écartées. Son membre formait une bosse longue et dure contre l'entrejambe de son pantalon.

— Mets-toi à genoux.

J'entendis un léger bruit au loin, et je demandai :

— Nik, est-ce qu'il y a quelqu'un ici ?

Il n'était pas question pour moi de me donner en spectacle pour qui que ce soit. D'un autre côté, jamais il n'autoriserait une chose pareille.

— Non. Nous sommes seuls. Ça fait longtemps que je vis seul. Enfin, jusqu'à récemment. Maintenant, viens là.

Il jeta un coussin sur le sol entre ses jambes écartées.

Un sourire aux lèvres, je soutins son regard tandis que je m'abaissai sur le sol devant lui.

Posant mes mains sur ses cuisses, je lui demandai :

— Est-ce que tu veux que je te touche, ou que je mette mes mains ailleurs ?

Son sexe parut s'épaissir dans son pantalon et je ne pus retenir le sourire arrogant qui se dessina sur mes lèvres. J'avais appris au cours des derniers jours que Nik aimait prendre le contrôle, et que, pour une raison que j'ignorais, cela m'excitait aussi. Plus que je ne l'aurais imaginé.

Je lui faisais confiance en lui offrant mon corps comme jamais je ne l'avais fait avec un autre homme.

— Joins tes poignets derrière ton dos.

Au lieu de suivre aussitôt ses instructions, je levai les mains à mes longs cheveux.

— Laisse-moi attacher mes cheveux.

Il agrippa mes poignets et les ramena vers le creux de mon dos où il les immobilisa.

— Non. Je les veux relâchés et prêts pour que je les empoigne.

La chaleur brillait dans son regard sombre, presque noir, et ma respiration s'échappait en de lents et sensuels halètements.

Nik détacha sa cravate de son col, passa les mains derrière moi et attacha mes poignets.

— Tu peux te libérer à tout moment ; ton travail consiste à résister à l'envie de le faire. Tu comprends ?

— Oui.

Je hochai la tête.

L'intensité de son regard me disait à quel point ma soumission lui plaisait. Je voulais la lui donner, j'en mourais d'envie. Un tremblement naquit au plus profond de moi, un désir que je n'aurais su décrire.

Avec Nik, j'étais en sécurité. La tendresse n'était pas dans sa nature, mais avec moi, elle venait toujours naturellement, quoi qu'il dise.

L'une des mains de Nik se crispa sur son flanc, comme s'il tentait de se calmer.

— Je le veux, Hill. Je veux que tu prennes le contrôle, lui assurai-je, avant d'ajouter, je ne craquerai pas.

Il se pencha, déposa un baiser sur mes lèvres, puis s'adossa au canapé.

Lentement, il défit les boutons de son pantalon de costume et abaissa la fermeture éclair. Plongeant la main à l'intérieur, il en sortit son érection engorgée.

Une goutte de moiteur perlait à l'extrémité, et je ne pus m'empêcher de me lécher les lèvres alors que j'anticipais son goût.

Nik gémit.

— C'est ce que tu veux, bébé ?

Il caressa son érection de haut en bas, laissant monter l'excitation.

Au lieu d'attendre la permission de Nik, je me penchai en avant, léchai son essence et ronronnai devant ce goût salé et doux.

Je lui adressai un sourire penaud.

— Vous aimez être vilaine, madame King, souligna-t-il.

Il glissa ses doigts dans mes cheveux et positionna son sexe contre ma bouche.

— Ouvre.

J'écartai les lèvres. Lentement, par des mouvements mesurés, je m'habituai à sa longueur et à sa circonférence, m'enfonçant un peu plus à chaque fois que je descendais.

Ma langue caressait la veine épaisse du dessous de son sexe.

Je savais que ce contrôle qu'il me laissait exercer serait de courte durée. Il allait le reprendre, et me ferait bouger exactement comme il le voulait.

C'était notre façon de faire, aussi bizarre que cela puisse paraître.

Je le pris profondément, jusqu'au fond de ma gorge, et j'avalai.

Nik rejeta la tête en arrière et gémit.

— Danika !

Je remontai complètement, laissant ma langue faire le tour de sa tête bulbeuse engorgée.

Je levai les yeux à travers mes cils et je ne pus m'empêcher d'être en admiration devant l'homme magnifique qui se trouvait devant moi. Il avait les yeux fermés, une expression de plaisir et de contrôle sur le visage, la respiration haletante.

C'était carrément un Adonis.

Tout à coup, il ouvrit les yeux, et je sus que je n'étais plus aux commandes.

— À mon tour.

Il empoigna fermement mes cheveux, presque douloureusement, et se mit à me faire bouger de haut en bas, frappant le fond de ma gorge à chaque passage.

Je ne pus retenir un gémissement, et je croisai les jambes pour apaiser l'excitation qui me traversait. Mon sexe était en feu, dégoulinant de désir. Si seulement mes mains n'avaient pas été attachées, j'aurais pu me soulager.

— Bon sang ! Ta bouche ! Ta foutue bouche ! Elle est incroyable, s'exclama-t-il.

Il intensifia le mouvement.

— Oh, Danika… Je vais jouir.

Au moment où les premiers jets chauds de sa jouissance jaillissaient de son membre, il m'ordonna :

— Prends-en chaque goutte.

Je gémis et avalai, incapable de faire autre chose.

— Merde, oui ! s'exclama-t-il.

Les sons gutturaux de son plaisir s'ajoutaient aux miens.

— Comme ça. Juste comme ça.

J'étais perdue, dans le mouvement, dans la sensation de son orgasme, en lui.

Lorsque son sexe se ramollit, je le relâchai et posai ma joue contre sa cuisse.

— Je crois que tu ignores à quel point tu es belle.

— Je suis heureuse que tu le penses.

— Je le sais.

Il inclina mon visage vers le haut, essuyant les larmes sur mes joues et les restes de sa jouissance sur ma bouche.

Il tendit les bras et me souleva sur le canapé.

— Maintenant, c'est ton tour.

Il se replaça dans son pantalon et retira la cravate de mes poignets, frottant mes bras pour rétablir la circulation.

Une fois qu'il eut terminé, il m'attira à lui, embrassant ma bouche gonflée et sensible.

J'enroulai mes bras autour de ses épaules, approfondissant le baiser. Je remarquai qu'il ne semblait pas être dérangé par le fait qu'il puisse se goûter sur mes lèvres. J'avais toujours cru que c'était une chose dont les hommes ne voulaient pas.

J'aurais dû savoir qu'il ne servait à rien de faire de suppositions, surtout quand il était question de Nikhil King.

— Allonge-toi. J'ai des projets pour ton sexe magnifique, me dit-il.

Nik nous déplaça jusqu'à ce que je sois étendue sur les coussins du canapé.

— Tout d'abord, je veux te voir uniquement vêtue de ces bijoux. J'ai fantasmé à ce sujet toute la nuit.

Je me mordis la lèvre tandis qu'il faisait glisser ses paumes de mes chevilles à mes mollets, puis à mes genoux, rassemblant l'étoffe de ma robe longue jusqu'à ce qu'il la fasse passer par-dessus ma tête et la pose sur le sol derrière moi. Ma peau se couvrit de chair de poule.

Il me regardait comme un homme affamé.

— Hill. Je ne peux pas respirer quand tu me regardes comme ça.

Écartant mes cuisses, il demanda :

— Comme quoi ?

— Comme si tu allais me dévorer toute crue.

Il se mit à genoux.

— C'est parce que c'est le cas. Je suis sur le point de me gaver.

— Oh.

— Des objections ?

Il frotta sa mâchoire contre la courbe interne d'un genou.

— Nooon... haletai-je. Va droit au but.

Abaissant son visage plus bas, il colla son nez contre mon intimité trempée.

— J'adore ton odeur. Brute, épicée, enivrante. À moi.

Je ne savais pas trop quoi répondre.

Il mordit légèrement mes lèvres intimes et je me cambrai, posant une main dans ses cheveux pour essayer de le pousser à l'endroit exact où j'avais besoin de lui.

— Les mains au-dessus de toi, Danika.

— Hill ! gémis-je en guise de protestation timide, puis je suivis son ordre.

Il écarta mes lèvres intimes, dévoilant ma moiteur. Se penchant, il donna un long coup de langue vers le haut, puis vers le bas, et il recommença.

— Oh, mon Dieu ! m'écriai-je.

Décrivant un cercle autour de mon clitoris, il en taquina le bourgeon tendu, puis glissa plus bas pour plonger sa langue dans mon intimité ruisselante. Une vie entière de ce plaisir merveilleux avec Nik ne serait jamais suffisante.

Il me mena de plus en plus haut, frôlant, pénétrant et mordant jusqu'à ce que je sois sur le point de basculer. Puis il se retira, m'empêchant d'atteindre ma libération.

Lorsque mes gémissements se muèrent en cris plaintifs, il plongea un doigt en moi et le recourba vers le haut, caressant l'endroit qui me fit basculer dans l'extase.

Je haletai et criai :

— Oh, mon Dieu ! Oh, mon Dieu ! Oh, mon Dieu ! Hill !

Mon corps se cambra et mes jambes se cramponnèrent à ses épaules.

Il me dévora, prolongeant mon orgasme jusqu'à ce que je croie que j'allais devenir folle. Lentement, alors que je redescendais, il essuya sa bouche sur l'intérieur de ma jambe.

— J'ai besoin de plus, Hill, lui dis-je, et je me fichais éperdument d'avoir l'air désespéré.

— Je suis d'accord.

Nik glissa du canapé, écarta mes jambes et défit son pantalon.

Tout à coup, le carillon de l'ascenseur du penthouse retentit, et nous nous figeâmes.

— Nik, il faut que je te parle de Dani, lança Jayna en entrant dans l'appartement, avant de se figer brusquement. Oh, merde !

20

N^{ik}

— Salut, Jayna. Si ça ne te dérange pas, j'apprécierais que tu te tournes, grognai-je, essayant de contenir mon excitation et d'empêcher Danika de glisser du canapé sur le sol.

— Si c'est la personne à qui je pense qui se trouve sous toi, j'ai droit à une explication. Maintenant.

— Tourne-toi, bordel, Jay ! s'écria Danika, ce qui fit sursauter Jayna et la poussa à obéir.

Je tendis le bras, attrapai la robe de Danika, l'aidai à l'enfiler, puis j'arrangeai mes propres vêtements.

— Vous êtes habillés ? demanda Jayna par-dessus son épaule.

— Oui.

Je me dirigeai vers le bar, versai deux verres de whisky et j'en apportai un à chacune des cousines.

Mon intuition me disait que la discussion allait être intense et passionnée.

— Depuis combien de temps êtes-vous ensemble ? me demanda Jayna en me prenant le verre.

— Pas longtemps.

— Est-ce que vous vous envoyez en l'air pour le plaisir de coucher, ou est-ce que ça fait partie d'un marché ? La colère brûlait dans ses yeux ambrés qui ressemblaient tant à ceux de Danika.

— Un peu des deux, répondis-je avec sincérité.

— Qu'est-ce que ça veut dire ?

Danika s'interposa entre Jayna et moi.

— Ça veut dire que Nik et moi sommes mariés.

— Vous êtes quoi ? s'exclama-t-elle.

Elle contourna Danika et poussa mon torse.

— Depuis combien de temps êtes-vous mariés ?

— Pas longtemps.

La douleur apparut sur le visage de Jayna, qui se tourna vers Danika.

— Pourquoi ne m'as-tu rien dit ? Nous avons passé la matinée à préparer l'événement ensemble. Je sais garder les secrets. Mais pas les miens.

— Tu n'es pas là, Jay. Je passe plus de temps sans toi qu'avec toi.

Ses épaules s'affaissèrent en signe de résignation, puis

son regard se porta sur moi.

— Oh, mon Dieu ! Nik, tu n'as pas fait ça ! s'exclama Jayna, dont la voix s'éleva. Dis-moi que ce n'était pas un marché. Pas avec Dani.

— Je le voulais, Jay.

Faisant comme si Danika n'avait rien dit, elle planta un doigt dans mon torse.

— Comment as-tu pu ? Elle est ma famille. Merde, elle est ta famille ! Je ne te laisserai pas te servir d'elle.

Je contractai la mâchoire. Je m'attendais à ce que les autres aient une mauvaise opinion de moi, mais pas les personnes que je considérais comme mes proches.

— Tu préférerais que j'en fasse ma traînée ?

— Je préférerais que tu lui donnes ce qu'elle veut.

— Elle veut le testament, Jayna. Veux-tu que je le lui donne et que je ne la protège pas ?

— Tu savais pour le testament, Jayna ? Pourquoi tu ne m'as rien dit ? chuchota Danika.

— À quoi cela aurait-il servi ? Ce n'est pas l'original. Mon père pense que si. C'est le levier dont nous disposons.

La colère se lisait sur le visage de Danika.

— Tu parles de secrets, mais tu m'as aussi caché ça. Ne joue plus jamais les victimes. J'avais le droit de savoir. Tu avais ton argent, je n'avais rien.

— Rien ? Tu as plus d'argent que nous tous ! Ce n'est pas parce que tu ne l'utilises pas qu'il n'existe pas, lui dit Jayna avant de se tourner vers moi. Pour info, si tu n'as pas signé de contrat de mariage, elle a quelques comptes totalisant plus d'un milliard de dollars en Suisse.

— Et comment je les ai gagnés ? Dis-le-moi. Ce n'est pas parce que je dispose d'un fonds fiduciaire à mon nom sur lequel m'appuyer. Ton père a volé mon héritage. Et j'ai l'intention de le faire payer pour ça. Tu peux peut-être fermer les yeux sur ses crimes et vivre ta vie, mais pas moi. Je vais le faire payer.

— Comment oses-tu ! Il m'a tout pris ! s'écria Jayna avant de se jeter sur Danika.

Je poussai aussitôt ma femme derrière moi.

— J'ai perdu mon mari à cause de cet homme. J'ai perdu mon enfant à cause d'une agression qu'il a orchestrée ! J'ai tout perdu, merde ! Je veux qu'il meure plus que quiconque.

— Alors, pourquoi m'avoir caché ça ? Je méritais de savoir ! s'écria Danika dans mon dos.

— Parce qu'il gagne toujours, dit Jayna.

Elle se mit à sangloter, et Danika me contourna pour prendre sa cousine dans ses bras.

— Pourquoi est-ce qu'il gagne toujours ?

— Pas cette fois, la rassura Danika. Pas cette fois. Je vais faire en sorte que son empire s'effondre pour toi, pour Sam, pour moi.

Mon cœur se brisa en voyant l'amour que ces deux-là partageaient, aussi proches que de vraies sœurs. Cela me rappelait ce que je ressentais pour mes frères.

Je m'approchai des deux femmes, posai une main tendre

sur Jayna et me penchai pour l'embrasser à l'arrière de la tête.

— Montre-lui, Jayna, ma belle. Tu sais où nous le gardons.

Elle hoqueta et acquiesça.

JAYNA ET DANIKA avaient disparu depuis dix minutes dans le couloir menant à mon bureau et à la panic room où je gardais tous les objets que je voulais mettre à l'abri du monde. Je contemplais le ciel nocturne, sachant que rien n'empêcherait Danika d'exercer sa vengeance sur son oncle.

La douleur qu'il lui avait causée était une raison suffisante, mais y ajouter le chagrin avec lequel sa cousine devait vivre ne faisait qu'ajouter de l'huile sur le feu.

Une partie était mensongère et mon idiot de frère pouvait y remédier.

Je savais que la vérité éclaterait bientôt et que je devrais subir les conséquences du rôle que je jouais dans ce gâchis.

Il était là, le fantôme des Noëls passés.

— Tu peux sortir maintenant. La prochaine fois, ferme la cage de l'ascenseur de service.

— Désolé, je ne m'attendais pas à ce que tu amènes Danika ici.

La résignation dans sa réponse m'indiqua qu'il avait entendu la dispute entre Jayna et Danika.

— C'est mon penthouse. Je peux amener ma femme ici si

je le souhaite, répondis-je, continuant à observer la nuit. Tu dois mettre un terme à cette mascarade et aller vivre chez toi avec ta femme.

— Qu'as-tu dit à Danika ?

— Rien. C'est presque pire. Tu as fait de moi un menteur.

Kir s'approcha de moi et s'appuya contre la vitre.

— Ce n'est pas différent d'avant.

— Tout est différent d'avant ! répliquai-je.

Mon instinct me disait que si Danika l'apprenait, il y avait de fortes chances que je la perde.

— Je ne te laisserai pas me coûter ma relation.

— Tu l'aimes.

— Je ne peux pas me permettre d'aimer quelqu'un.

Ce que je ressentais pour Danika allait au-delà de l'amour. Sa présence était vitale.

Même quand elle était gamine, elle arrivait à me faire tout plaquer pour que je la suive, et en tant qu'homme, ce n'était pas différent. Cette femme m'avait fait porter un smoking pour l'inauguration d'une galerie d'art, à laquelle je n'aurais pas assisté s'il s'était agi de quelqu'un d'autre.

— Foutaises. Tu l'as toujours aimée.

— Et ta femme ? Tu l'aimes ?

Je posai la question, sachant qu'elle le mettrait en colère.

Kir me jeta un regard meurtrier.

— Qu'est-ce que tu insinues ? Bien sûr que oui, je l'aime !

— Tu as une manière bien sadique de le montrer. Je sais

que tu l'as entendue s'écrouler. Cette femme mérite mieux que ça.

— Tu ne crois pas que je le sais ?

— Tu sais ce que je veux dire. Elle mérite que tu te bouges pour elle. Elle va finir par passer à autre chose, et tu devras vivre avec.

— Plutôt mourir plutôt qu'elle passe à autre chose.

— Alors je te suggère de te ressaisir. La vérité finit toujours par éclater, et j'ai bien l'impression qu'avec ma femme dans les parages, ça ne tardera pas.

— Qu'est-ce que ça veut dire ?

— Danika est intelligente, plus que la plupart des gens. Elle perçoit les choses, et elle va se rendre compte que vous êtes plus que le simple fruit de son imagination dans ce bâtiment.

— Danika ne va pas s'en rendre compte. Je ferai attention.

— Je ne le dirai qu'une seule fois, et ça s'applique à nos deux femmes.

— Quoi ?

— Il n'y a pas pire colère que celle d'une femme méprisée.

21

D anika

J E LÈGUE MES BIENS, tant meubles qu'immeubles et quelle que soit leur situation, comme suit à mes petits-enfants, désignés ou biologiquement ayant droit...

Mon esprit dériva vers les termes du testament de ma grand-mère alors que j'attendais que mon appareil prenne la photo de la pièce que j'évaluais pour un nouveau client.

Elle avait très clairement indiqué qu'elle était au courant de l'existence de Sam et qu'elle ne voulait pas que son fils ait le contrôle de l'entreprise quand l'aîné de ses petits-enfants aurait atteint l'âge de vingt-et-un ans. En tant qu'aîné, Sam était dont l'héritier légitime de Shah International.

Dommage qu'il ne veuille rien avoir à faire avec l'entreprise. La seule fois où j'avais évoqué le sujet avec lui, il m'avait jeté un regard noir avant de s'éloigner.

Les blessures que l'oncle Ashok avait infligées à Sam et Jayna renforçaient ma détermination à le faire tomber.

— Tu m'as l'air très concentrée. Est-ce qu'il y a un problème avec la pièce ? demanda Nik, me ramenant au présent.

— Tu es sûr que tu ne t'ennuies pas ? lui demandai-je. Tu n'es pas obligé de rester ici. Mon appartement n'est pas aussi grand que le tien, mais j'ai une bien meilleure salle de jeu.

— Non, je trouve cet aspect de ton travail remarquablement fascinant. Dix fois plus que de te regarder coder. En fait...

Nik attrapa ma main et la plaça entre ses jambes, sur son érection massive.

Mon corps réagit aussitôt, et les pensées relatives à la destruction de mon oncle disparurent.

— Pas ici. Je travaille.

Au cours du mois dernier, Nik avait voulu savoir comment fonctionnait l'aspect évaluation de mon travail, mais je n'avais pas eu de projet jusqu'à ce matin. Alors, je m'étais dit, pourquoi pas. La saison la plus chargée pour cette partie du travail était l'été, et c'était aussi le moment où ma nouvelle recrue, Lilly, nous rejoindrait.

Nik m'avait regardée coder et jouer au hacker, et il s'en était désintéressé plus vite qu'un chien qui a vu un écureuil passer devant lui. La seule partie du processus qu'il appréciait était celle où je mettais concrètement en œuvre les programmes pour lesquels j'avais été engagée.

Avec lui, les choses étaient plus faciles qu'avec n'importe qui d'autre, même avec Jayna.

Nik semblait avoir un intérêt particulier pour mon côté intello ; en fait, cela semblait l'exciter et nous finissions par nous envoyer en l'air plus souvent qu'à notre tour.

Je ne lui dirais jamais qui étaient mes clients ou ce que je faisais exactement, mais il aimait être dans mon labo et regarder tous les écrans s'allumer avec les transferts de données. Ce qu'il préférait, c'était voir l'argent arriver sur mes comptes.

La seule chose avec laquelle je me montrais extrêmement prudente, c'étaient mes activités sur le dark web. J'empruntais rarement cette voie, sauf en cas d'absolue nécessité et après avoir découvert quelque chose dans le cadre de mes activités pour Solon.

Certains secrets ne devaient jamais voir la lumière du jour, et avec Nik si proche de moi, je regrettais d'avoir marqué mon corps avec quelque chose qui pourrait les révéler.

Même si Nik trouvait fascinants les tatouages sur ma peau et qu'il adorait en tracer les contours, il n'avait posé de questions que sur la tigresse, jamais sur celui qui ornait ma colonne vertébrale. C'était comme s'il sentait que c'était hors limites.

— Alors, quand ? demanda-t-il, me ramenant au présent.

— Plus tard.

Je pris la sculpture d'un cygne et je la posai sur un support plat pour la peser et faire une image 3D avec le scanner.

— Ton oncle t'a-t-il dit quelque chose lorsque tu es allée à la réunion ce matin ?

— Non. Il n'y avait rien qui sortait du cadre des affaires courantes, répondis-je en levant les yeux vers Nik. Il me rend méfiante. Il ne me passe plus d'appels incessants, et il n'a plus reparlé de l'annonce ou du testament.

— J'étais en train de penser à la même chose. Il sait que nous vivons ensemble. Les tabloïds en ont fait leurs choux gras.

Les paparazzis semblaient adorer Nik... enfin, tous les frères King, et l'histoire de leur évolution de la pauvreté à la richesse. Le fait que chacun d'entre eux soit d'une beauté à couper le souffle jouait également en leur faveur. Quelqu'un avait pris un cliché de Nik et moi quittant ensemble l'exposition de Jasmine Dillon et nous étions liés depuis.

Je n'étais pas habituée à ce que les gens prennent des photos de moi ou s'immiscent dans ma vie privée. Il m'avait donc fallu un moment pour m'habituer à l'attention que le fait d'être associée à Nik apportait dans ma vie. Heureusement, Rich l'avait accepté sans broncher et s'était contenté de renforcer la sécurité.

— Ce n'est pas son genre de laisser tomber quand il attend des résultats, dis-je.

— Tu veux que je mette mes hommes dessus ?

— Non, j'ai encore quelques faveurs à solliciter. Je vais voir ce que je peux trouver.

Nik s'approcha et posa ses doigts sur les miens.

— Ne te mets pas en danger.

— Ce que tu fais n'est-il pas considéré comme une mise en danger ?

Plus tôt dans la matinée, je l'avais surpris en train de négocier une propriété dans les Hamptons entre un patron de casino connu de la pègre et un courtier de Wall Street. Une propriété que Nik achèterait à l'un des deux par le biais de sa société aux îles Caïmans et qu'il revendrait ensuite à l'autre avec de l'argent joué dans son casino. C'était tout à fait illégal et suspect, et je m'en moquais éperdument. Aucun d'entre eux n'était impliqué dans un trafic de drogue, d'armes ou d'êtres humains.

De plus, avec les mesures de sécurité que j'avais implantées dans tout King Holding, personne n'oserait s'en prendre à l'un d'entre eux. Je le saurais.

Ma boussole morale était peut-être un peu faussée, mais j'avais été élevée par un homme qui n'en avait jamais eu.

— Vous marquez un point, madame King, dit-il en remuant sur sa chaise. Puisque nous sommes ici, pourrais-tu jeter un coup d'œil sur un objet que j'ai en ma possession depuis un certain temps ? Je veux m'assurer qu'il est authentique.

— Pourquoi tu ne m'en parles que maintenant ? Ce laboratoire est resté vide pendant un mois, répondis-je.

Je fronçai les sourcils et relevai le nez de la sculpture que je venais de placer sous un lecteur d'images médico-légales.

— Bien sûr que je peux.

— Je devais m'assurer que tu accepterais un projet qui n'était pas nécessairement considéré comme une antiquité de collection.

Je me levai et me dirigeai vers l'endroit où Nik était assis.

— Soyons clairs. Ce qu'une personne considère comme une pièce de collection, une autre le considérera comme de la camelote. C'est une question de perception individuelle. As-tu vu l'une de ces pièces de luxe dans mon appartement ?

Je préférais les objets amusants que je trouvais au cours de mes voyages, et pas les choses extravagantes que la plupart des gens achetaient dans les galeries de New York.

— Puisque tu es d'accord, je vais demander à Lake de l'apporter.

Il sortit son téléphone et envoya un message. Lorsqu'il eut terminé, il leva les yeux.

— Passons maintenant à tes honoraires.

— Et si je te préparais un dîner ce soir ? Quelque chose de spécial pour célébrer le carnaval.

— La célébration du *West Indian Day* n'a lieu qu'en septembre. Quand on parle d'honoraires, est-ce que ça ne signifie pas que je dois te payer ? Cela signifie donc que c'est à moi de te faire à dîner.

— Tout d'abord, le vrai carnaval est célébré en février. Et deuxièmement... tu sais cuisiner ?

— Il se trouve que oui. Tu veux manger trini. Je peux faire ça pour toi. À une seule condition.

— Je t'écoute.

— Je veux que tu portes la tenue que tu avais lorsque tu étais au carnaval avec Devani.

— Comment savais-tu qu'elle était avec moi ?

Il haussa un sourcil.

— Ce n'est pas pour rien qu'on vous appelle le *duo dynamique*. Je n'ai pas pris de risque en faisant cette hypothèse.

— Évidemment, je n'ai plus les ailes, mais pour le reste, ça peut s'arranger.

Mon téléphone sonna, et en jetant un coup d'œil à l'identifiant, je gémis.

— Je dois prendre cet appel. Il s'agit d'un projet pour cet été. Ça ne devrait pas prendre trop de temps. J'ai reçu de nouvelles pièces aujourd'hui, si tu veux aller les voir. Elles sont en bas.

— Ne t'inquiète pas, Danika. Je vais trouver de quoi m'occuper.

Je raccrochai le téléphone et montai les escaliers jusqu'à la salle d'exposition de la galerie. Nik était penché sur l'une des pièces reçues, un parchemin recouvert d'une grande vitre. Il prononçait les mots et était complètement absorbé par le poème, hochant la tête et souriant. Il me faisait penser à un érudit traduisant une langue ancienne en anglais.

Tout à coup, je me rendis compte qu'il lisait du sanskrit ancien.

Je savais qu'Arin était un spécialiste des langues anciennes, mais je ne m'attendais pas à ce qu'il ait enseigné une langue morte à l'un de ses fils, surtout à un garçon qui avait presque atteint l'âge adulte. Manifestement, j'avais tout faux.

Si Nik était capable de lire le sanskrit, cela signifiait qu'il connaissait le sens des mots écrits sur ma colonne vertébrale.

Qu'il avait toujours connu mon secret.

Je ralentis mes pas. Comme s'il me sentait, il leva le nez, me regardant comme un cerf pris dans les phares.

Je me rapprochai de lui et murmurai :

— Tu sais.

Il acquiesça.

— Depuis combien de temps le sais-tu ?

— Depuis que *Le Petit lapin* est entré en scène.

Ce qui signifiait qu'il savait avant même qu'il y ait un *nous*. Pendant toutes ces années, il avait gardé le secret.

— Pourquoi ?

— Pourquoi quoi ?

— Pourquoi ne me l'as-tu pas dit ?

— Je me suis dit que tu n'avais pas envie d'en parler.

— Tu aurais pu t'en servir contre moi.

— C'est vrai.

Il se déplaça vers moi, jusqu'à ce qu'il soit assez près pour me toucher.

— Pourquoi ne l'as-tu pas fait ?

— Parce que je suis un pécheur, mais pas le diable.

Il agrippa ma hanche et je posai ma main sur son torse.

— Tu m'as épousée en sachant qui j'étais. Pourquoi ?

— N'as-tu pas dit ce soir-là à *The Library* que tu me protégeais toujours ? Eh bien, je faisais la même chose. Je te protégerai toujours, Danika.

— Tu n'étais pas obligé pour m'épouser pour ça.

— Exact. Mais comment pouvais-je être sûr de pouvoir te garder ?

— Rien ne peut m'obliger à rester si je n'en ai pas envie.

Il hocha la tête.

— Je ne te garderais jamais contre ta volonté.

— Alors pourquoi ?

Ses paroles me touchaient d'une manière qui me donnait envie de pleurer.

— Parce qu'en tant que mon épouse, je pouvais mobiliser tout mon empire pour combattre n'importe quel enfoiré qui oserait s'en prendre à toi. Tu nargues les personnes les plus dangereuses en foutant en l'air leur vie, leurs affaires. Tu aides leurs ennemis à les abattre.

Mon cœur battait à tout rompre dans ma poitrine.

— Qu'est-ce que je suis pour toi ? Pourquoi prendre tant de risques pour moi ? Pourquoi mon nom est-il sur ta peau ?

Je caressai l'endroit de son torse où mon nom était gravé.

Il déglutit, et l'intensité dans ses yeux sombres fit monter les larmes dans les miens.

— Tu es tout pour moi, Danika. Je suis tombé amoureux

de la fille qui voyait en moi plus que la racaille que j'étais et j'ai complètement abandonné mon cœur à la femme qu'elle est devenue.

Je me mordis les lèvres ; tout mon corps tremblait. Qu'est-ce qui se passait ? Il ne pouvait pas être en train de me dire ce que je pensais qu'il voulait dire.

— Peut-être que ceci t'aidera à comprendre, dit-il en me tendant une sacoche. Dis-moi ce qu'il vaut, si ce n'est pas tout.

Je la saisis, déverrouillai le loquet métallique et haletai, incapable d'arrêter le flot de mes larmes. À l'intérieur se trouvait l'exemplaire du livre de programmation que je lui avais demandé de me procurer le jour où mon père était mort, le jour où mon oncle m'avait emmenée, le jour où j'avais perdu Nik.

— Tu l'avais tout ce temps.

— C'est tout ce que j'avais de nous. Je n'aurais jamais laissé personne l'avoir. Je l'ai gardé avec moi partout où j'allais.

Je laissai tomber le sac et le livre sur le comptoir en verre et l'entourai de mes bras.

— Oh Nik. Ç'a toujours été toi aussi.

— Je t'aime, Danika.

Je levai la tête et ouvris la bouche, mais il posa un doigt sur mes lèvres.

— Tu n'as pas besoin de le dire. Dis-le-moi quand tout cela sera terminé.

Je voulais protester, mais il avait raison.

— D'accord. Fermons et allons chez toi. Je veux te voir cuisiner des plats trini. Tu pourrais peut-être me préparer de l'oseille pour l'accompagner.

— Je vais voir ce que je peux faire. Du moment que tu portes ton costume de carnaval pour m'inspirer.

22

N^{ik}

JE FRONÇAI les sourcils lorsque Danika sortit de la chambre.

— Pourquoi t'es-tu changée ?

Elle portait l'un de mes t-shirts et un de mes pantalons de détente roulé à la taille une douzaine de fois.

— Je ne peux pas passer toute la nuit dans un bikini de perles et de plumes, même si ça te plaît. Je ne veux pas risquer que Jayna débarque à nouveau.

— J'ai verrouillé l'ascenseur. Personne ne pourra entrer. J'ai retenu la leçon.

— Je ne sais pas, j'ai parfois l'impression que cet endroit est hanté.

Elle frissonna, ce qui me donna envie d'aller trouver Kir pour lui casser la figure.

S'il ne rôdait pas, ma femme se sentirait à l'aise pour se promener nue dans notre maison. Enfin, l'une de nos maisons.

— Pourquoi ne pas faire installer le même type de système que celui que tu as fait poser dans ton bâtiment ?

Je lui tendis la main et elle se glissa sur moi, à cheval sur mes cuisses.

— Je l'ai installé moi-même. Crois-tu que je ferais confiance à quelqu'un pour faire ça ? Mais, si tu le proposes, j'accepterai ton aide pour les travaux lourds.

La manière dont elle semblait avoir complètement baissé sa garde à propos de cette partie de sa vie me touchait au plus haut point. Elle me faisait confiance pour garder son secret. Elle acceptait ma protection.

C'était comme si nous avions franchi une barrière infranchissable. Mais il y en avait une autre que je n'étais pas certain de pouvoir dépasser un jour.

— Je te propose volontiers mon aide. Alors, peut-être que tous les abrutis de notre famille resteront à l'écart quand je voudrai m'envoyer en l'air avec toi.

— Il y a bien sûr cet avantage, mais il y a aussi ceux qui comptent vraiment, comme les gens qui veulent se venger de toi à cause de faveurs qu'ils ne peuvent pas payer.

— Il y a ça aussi, dis-je.

Je réfléchis une minute, puis j'ajoutai :

— J'ai besoin de te poser une question sérieuse. Quelque chose d'important.

Elle caressa la peau de ma nuque de haut en bas.

— Bien sûr.

— Y a-t-il un moyen pour moi de te convaincre d'abandonner l'idée de faire tomber ton oncle ? Je ne fais pas confiance à Shah. Mon intuition me dit qu'il prépare quelque chose. Il est resté trop discret. C'est comme s'il t'avait laissée seule trop longtemps.

— Non, répondit-elle, et la dureté de sa mâchoire m'indiqua qu'elle était prête à argumenter. J'ai lu le testament avec Jayna. Sara, *Ma*, l'a formulé très soigneusement et spécifiquement pour exclure l'oncle Ashok. Elle ne voulait pas que son fils ait un seul centime. Si l'oncle Ashok veut se présenter aux élections sénatoriales et conserver une réputation irréprochable pour ce faire, il devra renoncer à contrôler ce qu'il a de plus précieux.

— Et si je te demandais d'y renoncer pour moi ?

Son visage se décomposa.

Je savais qu'avec tout ce qui s'était passé aujourd'hui, les émotions étaient à vif, mais je devais savoir s'il y avait ne serait-ce qu'une chance infime qu'elle ressente la même chose que moi. J'avais une bonne raison de l'empêcher de répéter mes mots. Je ne voulais pas les entendre à moins qu'elle ne les pense, à moins qu'elle ne soit aussi engagée que moi.

Elle avait été insaisissable pendant très longtemps, et maintenant elle était à moi, et je n'avais jamais réalisé jusqu'à ces dernières semaines à quel point j'avais autant besoin de l'émotionnel que du physique.

Bon sang ! J'avais l'air d'une mauviette.

— Tu ne demanderais jamais de faire ça.

— Et si je le faisais ? rétorquai-je. Tu y renoncerais pour moi ? Suis-je assez important à tes yeux pour que tu abandonnes ta quête de vengeance ?

— Hill, ne fais pas ça.

Je déglutis et hochai la tête.

— J'ai ma réponse.

Un bruit se fit entendre derrière nous et avant que je puisse réagir, Danika attrapa le coupe-papier qui se trouvait sur la table derrière le canapé et le lança.

— Bordel ! s'écria Kir. Pourquoi vous n'êtes pas chez Dani ?

Danika se figea, les yeux écarquillés, d'abord remplis de larmes puis d'une incrédulité totale.

Elle sauta de mes genoux et se retourna, se précipitant vers Kir.

Je bondis par-dessus la table basse, tentant de la distancer, mais elle trouva Kir adossé au mur, le manche du coupe-papier dépassant de son bras. Il le saisit et tira, poussant un grognement de douleur en laissant tomber l'arme sur le sol.

— Oh, mon Dieu ! Tu es réel !

Elle toucha le visage de Kir, suivant le contour des cicatrices, puis le serra dans ses bras.

Il gémit et l'enlaça en retour.

— Sacré lancer, Dani.

Soudain, Danika recula, le visage marqué par la colère.

— Comment as-tu pu ? Je savais que je n'étais pas folle ! s'exclama-t-elle, levant le poing pour frapper Kir. Je savais que je ne voyais pas de fantôme. Espèce d'enfoiré !

Je saisis son poignet avant qu'elle le frappe.

— Lâche-moi, Nik, sinon tu seras le prochain.

Sa colère irradiait par vagues.

— Aucune chance.

Elle se déplaça et je m'interposai entre Kir et elle, tout en tenant son poing.

— J'ai l'impression de ne pas te connaître. Le Nik que je connaissais n'aurait jamais fait ça.

— Danika, je t'en prie, écoute. Je l'ai fait pour protéger mon frère. Après l'accident, il n'allait pas bien et Shah aurait tué...

— Je ne veux pas entendre ça, dit-elle, levant la main en tirant sur l'autre pour la libérer. Tu me dis que tu m'aimes. Comment puis-je croire que ces mots ont un sens ? Tu m'as dit à l'exposition que tu partagerais tous tes secrets. Celui-ci était de taille. Je ne peux plus croire un mot de ce que tu me dis.

Elle partit vers la chambre à coucher, et quelques instants plus tard, elle en ressortit avec son manteau.

— Tu ne peux pas partir. Pas comme ça.

Je lui barrai la route.

— Regarde-moi faire.

Elle voulut me contourner, mais je la bloquai à nouveau.

Elle me repoussa, les joues ruisselantes de larmes.

— Tu voulais que je renonce à tout pour toi, mais tu m'as caché ça. En quoi est-ce de l'amour ? demanda-t-elle avant de se tourner vers Kir. Et toi ! Tu n'es qu'un foutu lâche. As-tu une idée de ce que ta mort a fait à Jay ? À nous tous ? Merde !

Elle porta ses mains à son visage, et je ne pus m'empêcher de la prendre dans mes bras. Elle me laissa la tenir pendant quelques secondes avant de se libérer et de mettre de la distance entre nous.

— Nous avons fait ton deuil, Kir. Nous avons pleuré. Merde, nous portons toujours le deuil ! Jay est incapable d'aller de l'avant parce qu'elle continue à te voir. Maintenant, je sais que c'est parce que tu es vivant. Je sais que tu l'as suivie. Elle a l'impression de te voir partout.

— Vas-tu le lui dire ? demanda Kir, exprimant plus de peur dans cette question que je n'en avais entendu en quelques mots depuis longtemps.

— Mon Dieu ! Maintenant, je fais partie de tout ça.

Elle chancela comme si elle allait perdre l'équilibre, puis s'appuya sur le mur.

Je tendis la main vers elle, mais elle me jeta un regard noir.

— Tu fais de moi une menteuse. Je ne peux pas lui dire. C'est à toi de le faire. En plus, elle ne me croirait pas, surtout que je viens de la convaincre d'aller à son premier rendez-vous.

— Non ! rugit Kir avant de grimacer en cramponnant sa

blessure. Je t'en prie, Dani, il faut que tu la convainques de ne pas y aller.

— Je ne ferai pas davantage ton sale boulot qu'il ne le faut. Je garderai ton secret, mais jusqu'à ce que tu arranges ça avec Jayna, tu es toujours mort pour moi. Tu es aussi mon frère. Tu n'as pas estimé que j'étais assez importante pour me le dire ?

— Ce n'était pas prudent. Il valait mieux pour moi être mort que vivant, lui expliqua Kir d'une voix résignée. Shah voulait me mettre hors-jeu, et il vous aurait entraînées toutes les deux avec moi pour y parvenir.

Danika se dirigea vers l'ascenseur et je lui barrai la route.

— Qu'en est-il de nous ?

— Ce qu'il en est de nous ? Nous sommes mariés. Nous avons conclu un accord. J'obtiendrai les preuves dont nous avons besoin pour prouver que l'oncle Ashok est à l'origine de l'accident de Kir, et non de son meurtre, puisqu'il est vivant. Et j'ai veillé à ce que personne ne puisse pirater les fonds des King au niveau national ou international. Et tu sais déjà que *Le Petit lapin* a à cœur de te protéger. Tout est bon de ton côté. Il ne te reste plus qu'à me soutenir lorsque je prendrai le contrôle du conseil comme nous l'avons convenu. À moins que tu ne reviennes sur ta parole.

— Je ne manque jamais à ma parole. Si tu vas jusqu'au bout, je ferai ma part, dis-je, les dents serrées. Merde, Danika ! Tu sais très bien que je parlais de *nous*.

— Il n'y a pas de *nous*. Tu ne peux pas prétendre aimer

quelqu'un, le protéger, lui dire que tu partageras tout avec lui et lui cacher quelque chose.

Je savais que j'étais un enfoiré, mais elle n'était pas tout innocente.

— Tu veux tout de moi, mais qu'en est-il de moi ? Si je m'étais mis à nu pour toi, aurais-tu renoncé à cette quête de vengeance ? Je me suis montré vulnérable, et ça ne suffisait pas.

Elle resta silencieuse.

— Tu vois ? J'avais raison. Ça ne va que dans un sens, affirmai-je, frustré, passant une main sur ma tête.

— Ça a toujours été comme ça avec nous. J'ai toujours ressenti plus de choses, j'ai toujours fait plus de sacrifices. Chaque personne qui nous a vus ensemble savait que tu étais ma faiblesse. Ton oncle le savait déjà quand nous étions enfants. Aujourd'hui encore, il le sait. Je renoncerais à tout pour toi, et ça me tue de savoir que tu ne le ferais pas pour moi.

— Tu ne comprends pas ? Il m'a enlevé ma famille.

— La famille n'est pas toujours synonyme de sang, Dani, dit Kir derrière nous. C'est ce qu'Arin nous a appris. Nous avons toujours été ta famille.

Je jetai un coup d'œil derrière moi pour faire comprendre à Kir qu'il ne devait pas s'en mêler, puis je me retournai vers Danika, dont le visage était un mélange de dévastation et de résignation.

— J'aimerais que tu comprennes. Je suis désolée.

Elle se dirigea vers la cabine ouverte de l'ascenseur et disparut.

Je contemplai les portes fermées, et je sentis mon monde disparaître. Cette fois, je savais que je ne pouvais pas me contenter de miettes. Je voulais tout ou rien.

— Alors, si je comprends bien, Dani est le pirate informatique du Dark web, Petit lapin ?

Je secouai la tête.

— Appelle Lake pour qu'il t'aide à soigner ton bras. Ce n'est qu'une blessure superficielle. Je n'ai pas le temps pour ça.

— Où vas-tu ?

— Me saouler.

23

D anika

— EST-CE QUE ÇA VA ALLER ? me demanda Rich en me raccompagnant jusqu'à la porte de mon appartement.

— Oui. Je n'ai pas d'autre choix.

Il m'étudia.

— Tu n'avais pas besoin de prendre un taxi. J'aurais envoyé une voiture.

— C'était plus rapide.

Je gardais un visage impassible.

Lorsque j'entrai dans mon appartement, Rich me retint en posant une main sur mon bras.

— Quoi qu'il se soit passé, ce garçon t'aime. Il t'a toujours aimée.

Je fermai les yeux, laissant les larmes couler sur mes joues.

— Et s'il te cachait quelque chose, à toi, à des gens que tu aimes, qui pourrait faire la différence dans tant de vies ?

— Tout dépend s'il s'agit d'une promesse qu'il a faite avant que tu entres dans sa vie. Tu dois comprendre, les hommes ne fonctionnent pas comme les femmes le souhaitent. King sait comment fonctionne la rue. Ses frères sont son sang. Si c'est en rapport avec eux, alors sois sûre qu'il préférera mourir plutôt que de les trahir.

— Et moi, alors ?

— Quoi, toi ?

— Est-ce que je ne mérite pas de connaître ses secrets ?

— Est-ce qu'il connaît les tiens ?

J'acquiesçai.

— C'est lui qui les a découverts ou c'est toi qui les lui as racontés ?

Il n'y avait aucun jugement dans sa question. Rich me connaissait mieux que la plupart des gens, et j'étais bien consciente que je gardais mes secrets bien au chaud.

— Il les a découverts.

— Et il ne s'en est pas servi comme moyen de pression. Cela devrait suffire à te faire comprendre quelque chose. Réfléchis-y avant de prendre des décisions qui changeront ta vie. Même si je déteste l'admettre, Nikhil King est sans doute la meilleure chose qui te soit arrivée.

Rich ferma la porte, me laissant seule dans mon appartement.

Je regardai autour de moi, repérant des objets appartenant à Nik un peu partout, ainsi que l'odeur persistante de son parfum dans l'air.

Comment étais-je passée du statut de femme célibataire fantasmant sur Nikhil King, mais ne prévoyant pas de passer à l'acte, à celui de son épouse amoureuse ?

Je me cramponnai la poitrine, j'avais envie de pleurer.

Je l'aimais. Et je ne lui avais jamais dit.

Il ne m'aurait pas crue, de toute façon.

Toute cette histoire était tellement foireuse. Si seulement il comprenait ! J'avais travaillé si longtemps pour mettre tout ça en place. Pour mettre l'oncle Ashok au pas.

J'avais besoin des conseils de quelqu'un qui avait vécu ce genre de situation.

Je ne pouvais pas appeler tante Monica. Elle avait finalement réussi à s'en sortir et menait une vie paisible à Miami. Elle méritait d'être apaisée.

Je songeai soudain au coffre contenant les lettres de ma mère. Je n'avais pas osé les toucher depuis le moment où Nik me les avait données. J'ignorais ce que j'avais peur d'apprendre, mais je ne pouvais même pas me résoudre à ouvrir le couvercle de la boîte.

J'empruntai le couloir menant à la chambre d'amis où je gardais les lettres. Je pris le coffre en bois brun, le posai sur le lit, et m'installai derrière. Suivant du bout des doigts les détails sculptés à l'extérieur, je songeai à l'amour que ma mère avait mis à sculpter ces motifs. Elle aimait l'art et elle était spécialisée dans la sculpture sur bois, une compétence jugée inutile dans la famille où elle avait grandi.

Je pris une grande inspiration et ouvris le couvercle. À l'intérieur se trouvaient des piles de lettres entourées de rubans, un pendentif en or, et le petit tigre sculpté de Nik, nommé Lapin.

Je sortis la figurine lisse et usée, et la serrai contre ma poitrine. Il avait mis le seul trésor qui lui restait de sa mère avec le mien.

Oh, Nik.

Un sanglot m'échappa, et je laissai libre cours à toutes les larmes que j'avais retenues.

— DANI, tu es là ?

Je me réveillai au son de la voix de Jayna.

— Je suis là, murmurai-je. Dans la chambre d'amis.

Je n'étais pas prête pour une conversation enjouée. J'avais passé une bonne partie de la nuit à lire et relire des dizaines de lettres, perdue dans les mots de ma mère. Elle avait nourri tant d'espoirs et de rêves pour l'avenir, mais dès sa première lettre, elle avait su qu'il y avait un temps limite pour ce qu'elle pouvait faire.

Pendant trop longtemps, j'avais eu l'impression de n'avoir rien de ma mère et voilà qu'elle était là, avec moi.

— Dani, est-ce que ça va ? me demanda Jayna depuis l'embrasure de la porte.

— Je me suis endormie en lisant les lettres de ma mère.

J'avais la gorge à vif et je savais que c'était à cause des larmes que j'avais versées.

— Oh, Dani ! Tu n'avais pas à faire ça seule. J'aurais pu être là quand tu les as ouvertes.

Jayna s'approcha de moi, rassembla les piles de lettres ouvertes, les mit de côté et se glissa dans le lit auprès de moi.

— Je sais. C'était important que je le fasse moi-même, dis-je, posant ma tête contre celle de Jayna. Elle était si forte, Jay. Et elle a traversé tant d'épreuves. Comment ta mère a-t-elle pu rester mariée à ton père pendant toutes ces années ?

Elle frissonna.

— J'essaie de ne pas y penser. Ma mère est heureuse maintenant, ou autant qu'elle le peut. Elle a son groupe d'amis, et ses sœurs à Miami. Un jour, j'y arriverai aussi.

Savoir que Kir était en vie pesait comme un poids de dix tonnes de briques sur ma poitrine.

— Tu fais déjà ce qu'il faut pour retrouver ta vie. La prochaine étape, ce peut être la galerie.

— Elle est à toi, Dani. Elle a toujours été à toi.

— Euh, non. Elle est à toi.

— Euh, non, affirma-t-elle en relevant la tête. Elle est à *toi*. C'est la façade de ton activité. Je l'ai fait pour toi. Je me suis spécialisée en art parce que ça énerverait mon père, pas parce que je voulais travailler dans ce domaine. En outre, tes expositions rapportent dix fois plus d'argent que les miennes ne l'ont jamais fait. Je suis plutôt du genre à travailler dans les clubs. Night-club, et club de boxe.

— Eh bien, merde alors. Est-ce que ça signifie que tu me cèdes la galerie ?

— Oui.

— Et qu'est-ce que ça veut dire pour toi ?

— Je vais développer mes autres activités. J'ai eu des contacts avec quelques investisseurs internationaux. Je verrai bien où ça me mènera, dit-elle avec un soupir. Je dois repartir à zéro, et le souvenir de Kir me hante ici. Je pense à partir à Miami, près de ma mère.

Merde, merde, merde ! J'aurais pu balancer un coup de pied à la tête de Kir et de Nik à cet instant.

— Je te soutiendrai, quelle que soit ta décision.

— Tu le fais toujours.

— Je suppose que cela signifie que je vais devoir embaucher quelqu'un pour gérer la galerie. Des suggestions ?

— En fait, j'en ai une.

Je me redressai et haussai un sourcil.

— Je t'écoute.

— Jasmine.

Je réfléchis un instant, et je sus qu'elle serait parfaite. En coulisses, elle faisait partie du même monde que moi. Elle savait comment fonctionner dans le monde de l'art et comment gérer les aspects cyber des affaires.

— Attends une seconde. Est-ce que tu l'as déjà engagée pour prendre la relève ?

Jayna haussa les épaules.

— Je lui ai simplement suggéré de rester ouverte à l'idée d'un poste à la galerie. Tu sais qu'elle est parfaite. Lorsque Lilly arrivera cet été, tu auras deux personnes qui connaissent bien les deux aspects de ton activité, et qui savent se taire.

Tout à coup, une vague de tristesse envahit ma poitrine.

— Tu es vraiment en train de tout préparer pour partir.

— J'ai besoin d'un nouveau départ. Maintenant, tu as Nik. J'aime les gars, mais ils me rappellent tout ce que j'ai perdu.

En ce qui concernait Nik, c'était discutable, mais j'allais garder cela pour moi pour l'instant.

— Tu ne veux pas participer à la chute de l'oncle Ashok ?

— Non, Dani. C'est ton rêve. M'en prendre à mon père ne me ramènera pas Kir ni mon bébé.

— Tu as Sam. C'est ton frère.

— Un frère qui a sa propre vie. Il connaît mon plan. Nous en avons discuté hier soir.

Je hochai la tête, acceptant sa décision.

— Je veux que tu sois à nouveau heureuse. Que tu vives ta vie comme tu l'entends.

— C'est le plan, répondit-elle.

Jayna se leva d'un bond, repoussa les couvertures et attrapa la boîte que ma mère avait sculptée.

— Assez parlé de moi, qu'y a-t-il d'autre ici ? Ça te dérange si je regarde ?

— Je t'en prie. Je suis tellement fatiguée. Je vais essayer de dormir encore un peu.

Le bruit des objets que l'on déplaçait et que l'on bougeait résonnait dans la pièce, ce qui me rappela à quel point je détestais être en colocation avec Jayna. La seule chose qu'elle n'avait jamais pu faire, c'était être une colocataire silencieuse.

Je me retournai, lui jetant un regard noir.

— Tu fais tout ce bruit exprès.

— Bien sûr que oui.

Jayna sortit une enveloppe en papier kraft que je n'avais pas vue la veille. Elle fit un geste du menton pour demander la permission de l'ouvrir.

— Vas-y.

Elle sortit lentement le document plié et le parcourut du regard.

— Oh, mon Dieu ! Danika ! Oh, mon Dieu !

Je relevai la tête, tâchant d'éclaircir ma vision et de me concentrer sur ce que Jayna agitait. Lentement, un logo de notaire apparut, et je me dressai d'un bond, attrapant le papier des mains de Jayna.

— C'est le testament. Le vrai testament ! m'exclamai-je, regardant tout autour de moi. La dernière lettre que j'ai lue avant de me coucher, où est-elle ? Je ne comprenais pas ce qu'elle voulait dire. Tout s'explique maintenant. Elle me parlait de ça. Je croyais qu'elle me donnait simplement des conseils parce ce c'était la dernière lettre avant sa mort.

Je la retrouvai sur le chevet.

— Écoute ce qu'elle a écrit, Jay.

Bonjour, ma douce,

Je te vois jouer dehors. Je suis désolée de ne pas pouvoir me joindre à toi. Je suis fatiguée aujourd'hui. Je veux que tu saches que je ne t'ai pas quittée. J'avais juste besoin de me reposer. Parfois, la vie ne se déroule pas comme prévu, mais sache qu'elle peut t'offrir d'autres belles choses en cours de route. Pour moi, c'était ton père et toi. Je n'avais besoin de rien d'autre dans cette vie. Ne laisse pas les blessures du passé te freiner. Toi seule peux décider de ce qui t'apporte du bonheur, et parfois, cela signifie qu'il faut abandonner ce qui aurait dû t'appartenir pour quelque chose de mieux. Ton papa et toi, vous étiez ce mieux.

Si tu décides que tu en veux plus, tout ce dont tu as besoin pour prendre ton avenir en main se trouve ici.

Je t'aime, ma chérie.

Maman.

Lorsque j'eus terminé, des larmes ruisselaient sur mon visage, et je me rendis compte que Jayna pleurait aussi.

— Elle n'avait même pas de fonds fiduciaire sur lequel s'appuyer, murmura Jayna. Elle aurait pu attaquer mon père pendant tout ce temps. Pourquoi ne l'a-t-elle pas fait ?

— Je l'ignore. Ce que je sais, c'est qu'elle m'a donné ce dont j'ai besoin pour réparer la situation. C'est ce que je vais faire.

— Ne fais pas ça pour Sam ou moi. Il faut que ce soit pour toi.

Pourquoi personne ne voulait le faire payer ?

— Si je ne fais rien, Jay, il s'en sortira. Il aura une nouvelle femme, une carrière politique, il obtiendra tout ce qu'il a toujours voulu.

— Est-ce que tu veux vraiment l'entreprise ou est-ce que tu ne souhaites simplement pas qu'il l'ait ?

— Ce n'est pas la question. Il a pris ce qui aurait dû être à nous. Nous aurions dû avoir le choix.

— Et c'est moi qu'on traite de têtue, dit Jayna qui se pencha pour m'embrasser sur la tête. Sois prudente. Quelle que soit ta décision, ne crois pas qu'il sera fair-play. Ce n'est pas sa façon de faire, ça ne l'a jamais été, et ça ne le sera jamais. Et n'oublie pas, je suis là si tu as besoin de moi.

— Je sais.

— Je vais aller ouvrir la galerie. On se voit tout à l'heure.

Elle glissa hors du lit et me laissa seule.

Je contemplai le plafond pendant quelques instants, m'accrochant au testament.

Pourquoi tout le monde voulait-il que j'abandonne ? Pourquoi était-il si difficile pour quiconque de comprendre ce que cela signifiait pour moi de reprendre tout ce que l'oncle Ashok avait volé à tant de gens ?

J'avais l'impression d'être seule dans cette histoire.

Relâchant une profonde respiration, je me levai du lit, m'étirai et me dirigeai vers ma salle de bains.

Il était temps de me préparer pour mon rendez-vous avec mon oncle.

JE PÉNÉTRAI dans l'Andhi de New York un peu avant vingt-deux heures, prête à mettre mon plan à exécution. Tout ce pour quoi j'avais travaillé au cours des dernières années aboutirait aujourd'hui. L'annonce de mon oncle était prévue deux jours plus tard, et je voulais m'assurer que tout était prêt à l'avance.

Je n'étais peut-être pas d'accord avec Nik et Jayna lorsqu'il était question de laisser l'oncle Ashok mener à bien ses projets de domination du monde, mais je reconnaissais qu'il n'était pas digne de confiance. C'était pour cela que je n'avais pas mis le plan en marche avant. Il voulait que je sois à ses côtés. J'aurais l'assurance qu'il respectait sa part du marché.

Je regardai ma main. Pour une raison que j'ignorais, j'avais mis mon alliance. J'ignorais ce que l'avenir nous réservait, à Nik et à moi, mais savoir qu'il existait quelque chose en dehors de mon oncle était peut-être le point d'ancrage dont j'avais besoin.

Le lobby de l'hôtel me coupait toujours le souffle, avec ses hauts plafonds, ses lustres et son marbre d'une élégance inouïe. Le personnel était également remarquable et sympathique. Quel dommage que le propriétaire de la chaîne d'hô-tels soit une ordure.

Je me dirigeai vers la rangée d'ascenseurs menant à la section des bureaux du bâtiment.

— Bonjour, madame Dayal. Montez directement. M. Shah vous attend dans son bureau.

L'agent de sécurité me montra du doigt la cabine ouverte à ma gauche.

J'y entrai et préparai mes nerfs.

Lorsque les portes s'ouvrirent, je pris la direction du bureau de mon oncle, je frappai et j'entrai.

— Bonjour, mon oncle.

— Assieds-toi.

Il gardait le regard rivé sur ses papiers, et je retins un soupir.

La secrétaire de l'oncle Ashok referma la porte et, au bout de quelques secondes, je lui demandai :

— As-tu les documents attestant que je reprends ton poste ?

Il leva les yeux, m'adressa un sourire et s'adossa à son fauteuil.

— As-tu ce que je t'ai demandé d'obtenir ?

— Je l'ai.

La surprise se lut sur son visage.

— Où se trouve-t-il ?

J'ouvris mon sac et en sortis un dossier que je déposai sur son bureau. Il s'agissait d'une photo haute résolution du testament.

— C'est ce que tu attendais de Nik. Maintenant, je veux savoir. Que serais-tu prêt à faire pour éviter que ça ne devienne public ? Que ferais-tu pour empêcher que ça ne ternisse ta réputation ? Jusqu'où irais-tu pour éviter d'aller en prison pour fraude ?

— Il s'agit d'une copie. Sans le vrai, c'est inutilisable.

— Tourne la page. Tu vois la photo. Je détiens l'original.

— Tu te crois si intelligente. Où est-ce que tu l'as eu ? Je sais que King ne l'avait pas.

— Et comment pourrais-tu le savoir ?

Il plissa les yeux et serra les dents comme il le faisait lorsqu'il s'apprêtait à m'asséner un revers.

— J'ai fait analyser les photos qu'il m'a envoyées après que tu te sois prostituée à lui. Je savais que je ne pouvais pas tout miser sur le fait que tu irais jusqu'au bout. Maintenant, réponds à ma question. Où l'as-tu eu ?

— Dans la boîte que tu as laissée quand mon père est mort. Dans la boîte que tu aurais dû trouver avant qu'un garçon de dix-sept ans ne la récupère pour avoir quelque chose d'une fille à laquelle il tenait. Tu m'as menti toutes ces années. Tu n'as jamais eu la boîte de ma mère. Celui que tu possédais était un faux. Tu le savais, et c'est pour ça que tu ne m'as jamais laissée l'avoir.

— Donc, tu t'es ralliée à lui. J'aurais dû savoir que ton sang faible de Dayal succomberait à la tentation de la rue. Tu me dégoûtes.

Son ricanement me mit en colère.

— Dis-moi, mon oncle. Qu'est-ce que tu détestes à ce point, que ma mère ait tourné le dos à l'argent ou que mon père ait été un homme deux fois meilleur que toi sans un sou à son nom ?

— Qu'est-ce que tu veux, Danika ?

— Je veux ce que tu as volé à ma mère. Je veux ce qui aurait dû être à moi. Je veux cette entreprise.

— Et si je refuse ?

— Je rends tout cela public. Rappelle-toi que cette nouvelle carrière, ce nouvel amour que tu prétends vivre, cette nouvelle vie sans tante Monica s'écroulera sans ta réputation. N'oubliez pas qu'en politique, la perception est la réalité.

— Je vois.

Il se leva de sa chaise et se dirigea vers un tableau situé dans un coin de la pièce.

Il le repoussa sur le côté, dévoilant un coffre qu'il ouvrit. Il en sortit un dossier avec une clé USB.

— Ne crois pas que je n'ai pas remarqué les photos de King et toi dans les tabloïds ni la façon dont tu le protèges. J'aurais dû savoir que c'était une grossière erreur de t'y envoyer, dit-il.

Lorsqu'il revint, il jeta le dossier et la clé USB sur le bureau devant moi.

— Regarde-les et dis-moi qui a le dessus maintenant. Ces images ont été extraites d'une vidéo de surveillance sous-titrée. Je garde les originaux en sécurité pour les cas d'urgence.

Je saisis la clé, puis j'ouvris le dossier et j'eus l'impression que le monde entier basculait sur son axe.

C'était une succession d'images de l'accident de Kir. Elle montrait la voiture, déchiquetée et complètement écrasée. Lorsque je tournai la page, je vis une autre voiture s'arrêter, puis Nik entra dans le cadre. On le voyait sortir Kir, l'allonger sur le sol et essayer de le sauver. La panique se lisait sur son visage, une dévastation totale, comme si une partie de lui était en train de mourir avec Kir. Il y avait du sang partout. Un gros SUV arrivait avec un groupe d'hommes. Il leur faisait un signe de la main, et ils poussaient la voiture de Kir du haut de la falaise avant que Nik ne mette le corps de son frère à l'arrière du SUV et ne s'en aille. Ensuite, les hommes restants mettaient en scène la zone, donnant l'impression que personne d'autre que la voiture de Kir n'était venu.

— Tu as planifié l'accident de Kir. C'était la seule façon d'obtenir ces images à cet endroit précis.

— Ce que j'ai fait ou n'ai pas fait n'est pas la question. Ces images, du moins certaines d'entre elles placées entre de bonnes mains, donneraient l'impression que Nik a assassiné son frère et qu'il a fait croire qu'il avait dérapé lors d'une nuit pluvieuse.

— Tu n'es qu'un foutu monstre.

Il se pencha sur son bureau.

— Si tu te sers du testament, je me servirai de ça.

— Je ne te laisserai pas détruire un homme bien.

— Ce n'est rien d'autre qu'un vendeur à la sauvette. Son ascension sociale ne signifie rien.

Je me levai d'un bon et abattis mon poing sur la table.

— Tu ne parleras plus jamais de mon mari comme ça.

— Qu'est-ce que tu as dit ? demanda l'oncle Ashok, le visage rouge. Tu l'as épousé.

— Oui, je l'ai épousé. Et tu ne pourras rien y faire. Contrairement à Jayna, j'ai les moyens de protéger mon mari.

— On verra ça.

— Tu veux la guerre, mon oncle ? Tu auras la guerre. Mais celle que je compte te faire, tu ne la verras pas venir. Vas-y. Fais ta carrière politique, épouse ta veuve mondaine, garde ta foutue entreprise. Mais garde l'œil ouvert.

Je glissai la clé USB dans mon sac, ramassai le dossier contenant les photos et sortis du bureau, prête à quitter l'immeuble le plus vite possible.

Lorsque Rich vit mon visage, il me demanda :

— Est-ce qu'il a fait quelque chose ?

— Il a tout fait. J'ai fait mon choix, Rich. Espérons que ça fonctionne. Je me glissai dans la voiture et cherchai sous le siège le compartiment avec lecteur d'empreintes digitales.

Après vérification de mon identité, il s'ouvrit et j'en sortis un ordinateur portable. L'ouvrant, je pris une grande inspiration, me connectai et me préparai à faire quelque chose que je n'avais jamais fait auparavant : me servir de mon alias à des fins personnelles.

PL : Appel à opération ouverte, des preneurs ?

J'attendis une minute et une réponse me parvint.

V : Je suis preneur.

J'avais le sentiment que Devani surveillerait. Je fermai les yeux un bref instant. Apparemment, j'allais devoir faire confiance à quelqu'un d'autre. C'était trop important.

PL : Honoraires ?

V : Négociable en fonction de la logistique.

PL : Envoi de la directive en cours.

Je me servis de ma méthode de contact habituelle lorsque je travaillais avec Devani pour lui indiquer ce que je voulais qu'elle fasse.

Il y eut une période de silence sans réponse, ce qui signifiait simplement qu'elle allait me faire la peau lorsque nous serions seules la prochaine fois. Puis un message arriva.

V : C'est faisable. En guise d'honoraires, tu me fourniras tes services à une date ultérieure de mon choix.

PL : Marché conclu.

Je me déconnectai et remis mon ordinateur en lieu sûr. Fermant les yeux, je laissai ma tête retomber sur le siège et laissai une larme rouler sur ma joue.

— Suis-je assez important à tes yeux pour que tu abandonnes ta quête de vengeance ?

Oui, Nik. Tu es plus important que tu ne peux l'imaginer. Et je suis sur le point de te le prouver.

24

— Comment ça, elle n'est pas là ? demandai-je à Lake lorsqu'il m'annonça que nous allions directement à l'événement au lieu d'aller chercher Danika.

Il détourna le regard.

— Son homme, Rich, m'a informé il y a quelques instants qu'elle avait trouvé son propre moyen de transport pour se rendre au domaine Shah.

Je contractai la mâchoire.

Cela faisait deux foutues semaines que je ne l'avais pas vue, que je ne lui avais pas parlé, et que je ne l'avais pas touchée.

Elle m'avait littéralement exclu de sa vie.

J'avais l'impression d'avoir été poignardé et de me vider lentement de mon sang.

— Très bien. Allons-y.

Je baissai les yeux sur mes poings. Ils étaient à vif, et ni les rounds dans la cage ni les coups sur le sac de frappe ne pouvaient atténuer la douleur que je ressentais.

J'avais été assez désespéré pour aller à *The Library* dans l'espoir de voir si le *duo dynamique* se montrait, juste pour pouvoir l'apercevoir, mais elle avait disparu.

Même mon service de sécurité ne parvenait pas à la retrouver.

Jayna s'était montrée partout en ville, et lorsque je lui avais posé des questions sur Danika, tout ce qu'elle avait dit, c'était qu'elle ne voulait pas se mêler de ce qui se passait entre nous.

Ce qui signifiait que ma femme ne lui avait pas parlé de Kir, et qu'elle allait mettre son plan à exécution.

Ma sécurité ne serait d'aucune utilité chez Shah et je ne pouvais en aucun cas m'assurer que Danika était protégée sur cette propriété.

Merde. Qu'allais-je faire ?

Que nous soyons ensemble ou non, je ne laisserais rien lui arriver.

Je fermai les yeux et laissai retomber ma tête sur l'appuie-tête.

Mon téléphone sonna, et je le sortis de la poche de mon smoking.

— Allô.

— Hill.

Je fermai les yeux plus fort en l'entendant prononcer mon nom.

— Danika.

— Je devais arriver tôt au domaine. Je suis désolée de ne pas avoir pu t'accompagner.

— Qu'est-ce que tu fais ?

— Je finalise un plan.

— Cela en vaut-il la peine ?

— Ça vaut tout.

Mon cœur se serra.

— Je vois.

— Non, tu ne vois pas. Peut-être qu'un jour, ce sera le cas, et que tu me pardonneras.

Elle raccrocha.

Une heure plus tard, la voiture s'arrêta devant l'opulente demeure des Shah. Tout observateur supposerait que les habitants de ce lieu vivaient une vie enchanteresse.

Alors que j'entrais, je remarquai une salle dédiée à la presse et aux médias. Shah avait vraiment l'intention de faire de cette annonce un grand spectacle.

Cet endroit ressemblait à un musée, il n'y avait pas la moindre once de chaleur dans cette demeure.

J'arrivai dans un couloir dont je pensais qu'il menait à la salle de bal. Je l'empruntai et m'arrêtai devant des portes qui attisaient ma curiosité. Lorsque je m'approchai, je me rendis compte qu'il s'agissait d'une bibliothèque.

J'entrai et balayai du regard les innombrables rangées de livres qui s'y trouvaient. C'était sans doute l'endroit où Danika avait passé le plus clair de son temps lorsqu'elle résidait dans la maison. Je parcourus une section de livres portant des noms de philosophes grecs, puis j'arrivai à un ouvrage qui ne collait pas.

Il s'agissait d'un exemplaire d'*Orgueil et Préjugés* de Jane Austen.

Je ne pus m'empêcher de sourire. C'était forcément l'œuvre de Jayna. Elle n'avait jamais respecté l'ordre d'un système.

Des murmures attirèrent mon attention et je me dirigeai vers une porte entrouverte dans le coin arrière de la pièce.

Devani et Danika étaient adossées à un mur et cette dernière passait quelque chose à son amie, sans doute un autre rouge à lèvres.

— J'aurais dû deviner que c'était toi, dit Devani d'un ton froid, presque glacial.

Elles parlaient affaires.

— Tu as toujours été trop douée.

Merde, Devani savait que Danika était *Le Petit lapin*. Que manigançait Danika ? Pas étonnant que son amie soit si froide. Elle était en colère contre elle.

— Ça n'existe pas d'être trop doué, dit Danika qui se déplaça, laissant apparaître l'arrière de son corps mince. Est-ce que tes gars peuvent fouiller le bureau ? Mon oncle a chargé des hommes de nous surveiller, Nik et moi, ce soir. Je ne pourrai pas le faire seule.

— Oui. Et compris. Ce n'est pas ma première mission.

— Les patrons savent-ils que tu travailles en freelance ? demanda Danika.

— Non. Vas-tu moucharder ?

— Non.

— Bien, répondit Devani dont l'expression s'adoucit, et elle posa une main sur le bras de Danika. Dani, es-tu sûre de vouloir que je fasse ça ? Tu as travaillé si dur pour en arriver là.

— Oui. Il faut que ça se passe comme ça.

Le visage de Danika reflétait une tristesse à laquelle je ne m'attendais pas.

— D'accord. Alors, voici comment nous allons procéder. Tu prendras position avec Nik, et vous resterez aux côtés de ton oncle. Après l'annonce, vous jouerez à la famille heureuse. À tout moment, Nik et toi devrez rester en vue. Jayna est à son club, elle a donc un alibi. Tu te glisseras dehors à l'heure convenue, et King restera dans la salle de bal. Mon homme t'attendra dans la salle. Tu auras exactement vingt minutes pour exercer ta magie avant que nous n'intervenions pour terminer le travail.

Une sensation de froid m'envahit. Elle respectait sa part du contrat.

J'avais envie de la secouer, de lui dire que cela n'avait pas d'importance, que nous trouverions des preuves de l'accident de Kir d'une autre manière.

Danika hocha la tête.

— Il faudra qu'il soit bien clair que c'est moi qui l'ai fait.

— Oui, je le sais. Du moment que tu as géré ta partie des choses, je gère la mienne. Au matin, il n'y aura plus aucune preuve physique reliant King à quoi que ce soit. Et quand Shah fouillera ses cachettes, il n'y trouvera que des copies des fichiers que tu m'as demandé de mettre en place.

Quelles preuves contre moi ? Mais de quoi parlaient-elles ?

Je posai la main sur la porte et la poussai.

— Est-ce que j'interromps quelque chose ?

Le sourire suffisant de Devani me fit comprendre qu'elle savait que j'étais là depuis le début. Comment avait-elle pu le savoir ?

— Je vais vous laisser tranquilles, les tourtereaux.

Devani se retourna et passa devant moi, refermant la porte derrière elle.

J'étudiai Danika. Son superbe visage était impeccable, comme toujours, mais elle portait une robe qui ne ressemblait à rien de ce que j'avais pu voir à l'occasion des événements organisés par Shah. Elle était argentée et brillait d'un éclat qui la distinguait des autres. Et son maquillage était plus chargé que d'habitude, me renvoyant à la tentatrice que j'avais vue le soir de la partie de poker.

J'avais trop envie de la toucher, de l'embrasser, de la goûter.

C'est alors que je me rendis compte que sa robe n'avait qu'une épaule, dévoilant la tigresse endormie sur sa peau.

Elle suivit mon regard et toucha son épaule.

— J'ai décidé qu'il était temps d'être moi-même. Pas la fille qu'il veut que je sois.

La lumière de la pièce se reflétait sur la bague qu'elle portait et mon cœur se serra.

— Tu portes ton alliance.

— Oui.

— Puis-je supposer que tu as dit à ton oncle que nous sommes mariés ?

— Oui.

— Pourquoi ?

— J'ai mes raisons.

— Et qui sont ?

Je me rapprochai d'elle alors qu'elle reculait d'un pas.

— Cela ferait-il une différence ?

— Seulement si tu arrives à la bonne conclusion.

Je la traquai jusqu'à ce qu'elle ait le dos collé au mur.

— Et si, en fin de compte, tout ce que je faisais était une mauvaise décision ? M'aimerais-tu encore ?

Je l'emprisonnai en plaçant un bras de part et d'autre de sa tête.

— Je t'aime depuis l'époque où nous étions enfants et où tu me parlais comme si j'étais plus qu'un stupide gamin des rues qui harcelait les touristes au lieu d'aller à l'école. Je prenais toujours les mauvaises décisions et tu me voyais quand même. Sais-tu ce que ça représentait pour moi ?

— Oh, Nik ! s'exclama-t-elle.

Elle prit mon visage entre ses mains, m'embrassa, puis murmura :

— Je suis désolée de ne pas l'avoir vu plus tôt.

— Et où cela nous mène-t-il ?

Elle se retira.

— Ce sera à toi de décider.

J'avais envie de serrer les poings. Cette femme était tellement frustrante !

— Tu ne peux pas me donner une réponse claire ?

Alors qu'elle ouvrait la bouche pour répondre, la porte s'ouvrit, et Ashok Shah entra.

— Voici donc les jeunes mariés, monsieur et madame King.

25

D anika

JE DÉVISAGEAI MON ONCLE, et je ne pensais qu'à voir sa tête lorsqu'il découvrirait ce que j'avais prévu pour lui. Ce qu'il adviendrait de ses menaces contre les gens que j'aimais.

Nik se plaça devant moi comme pour me protéger, et mon cœur se serra. Il ignorait ce que cela représentait pour moi qu'il veuille me protéger, mais ce soir, c'était à moi de le protéger.

— Mon oncle. Tu es prêt ? demandai-je, contournant Nik alors qu'Amber arrivait aux côtés de l'oncle Ashok. Bonjour, Amber.

— Bonjour, ma chère. Tu es ravissante.

— Absolument pas. Mais qu'est-ce que tu portes ? As-tu le moindre respect pour ma réputation ? Comment as-tu pu couvrir ton corps de tatouages ?

Il s'avança vers moi et leva une main comme s'il allait me gifler, mais il se maîtrisa lorsqu'il vit Nik prêt à intervenir.

La colère sur le visage de mon oncle surprit Amber, qui recula.

Vas-y. Laisse Amber voir qui tu es vraiment. Laisse-la voir comment tu traites ta nièce, comme si elle n'était qu'une idiote de seize ans, comme tu essaies de contrôler sa vie. Bon sang ! Je pourrais même jouer le jeu.

— Je porte une robe. Tu voulais que je sois là. Je suis là. Je me tiendrai à tes côtés et je jouerai à la famille heureuse, mais à mes conditions.

— Tu ressembles à une prostituée. Je ne l'accepterai pas.

Je faillis tressaillir. Aucune femme ne voulait être appelée ainsi, surtout par quelqu'un qui l'avait élevée. Je savais que c'était une ordure, et pourtant, ça faisait mal.

Amber haleta.

— Ashok, qu'est-ce qui ne va pas chez toi ? Elle est magnifique. Elle est jeune. Laisse-la être jeune.

La veine sur le front de l'oncle Ashok se mit à palpiter, et je faillis éclater de rire. Il savait qu'il devait tout contrôler. Il avait besoin d'Amber plus qu'elle n'avait besoin de lui.

— Amber, ne t'en mêle pas, dit mon oncle avant de pointer Nik du doigt. C'est de ton fait ?

— Plus que probablement, répondit Nik. Mais, d'un

autre côté, c'est vous qui avez mis la tigresse en cage. Il est normal qu'elle riposte lorsqu'elle est libre.

— Tu ne veux pas faire de moi ton ennemi, King.

— Nous n'avons jamais été autre chose, Shah. Maintenant, sortons d'ici et terminons cette soirée, pour que je puisse rentrer chez moi avec ma femme.

Nik me proposa son bras et j'y glissai le mien.

— Quelle partie de ma conversation avec Devani as-tu entendue ? demandai-je à Nik alors que nous nous dirigions vers la grande salle de bal.

— J'en ai entendu assez pour savoir que tu vas entrer par effraction dans le bureau de ton oncle.

— Je tiens mes promesses, Nik.

— Alors, cela veut-il dire que tu auras besoin de mon aide pour organiser un putsch lors de la prochaine réunion du conseil d'administration ?

— Non, je n'en aurai pas besoin.

— Je vois.

— Non, tu ne vois pas. Mais ça viendra. Suis-moi pour le reste de la soirée, et tu comprendras de quoi il s'agit.

DEUX HEURES après l'annonce en grande pompe de l'oncle Ashok, je quittai Nik sous prétexte d'aller me rafraîchir aux toilettes. Alors que j'entrais dans le salon réservé aux femmes, une femme vêtue de la même tenue que moi et arborant les mêmes tatouages passa devant moi, me fit un signe de tête et sortit par la porte ouverte. Selon notre plan, elle s'attarderait dans les jardins pendant les vingt à trente prochaines minutes, me laissant suffisamment de temps pour retourner auprès de Nik.

Mon téléphone émit un bip, me donnant le feu vert pour passer à l'action.

Je traversai le long couloir menant au bureau de mon oncle. À mi-chemin, je me suis arrêté près d'un placard à balais, j'ouvris la porte et j'y entrai. Le long de la paroi gauche se trouvait une petite encoche. Enfonçant mes doigts à l'intérieur, je tirai sur un levier et un mince panneau mural s'ouvrit.

Je haletai en voyant une arme pointée sur moi, puis je me détendis en reconnaissant Jacob, l'un des membres de l'équipe de Devani.

Il abaissa son arme.

— Madame King. Nous sommes prêts à vous escorter jusqu'au bureau.

— Van vous a dit de m'appeler ainsi, n'est-ce pas ?

Il sourit.

— C'est votre nom.

— Oui, effectivement. Je suis une King, maintenant. Très bien, je vous suis.

Jacob me conduisit à travers un ensemble de couloirs étroits dont j'avais ignoré l'existence pendant toutes les années où j'avais vécu dans le manoir, jusqu'à ce que Devani me remette un plan architectural original de l'endroit. La maison avait été construite à l'époque de la prohibition et ces couloirs servaient à cacher de l'alcool pour les fêtes des propriétaires de l'époque. Ils servaient également de coursives pour permettre aux domestiques de se rendre d'un bout à l'autre de la maison sans déranger les habitants.

— Le bureau de votre oncle se trouve juste derrière ce mur. J'ai déjà inspecté la pièce, et la vidéosurveillance est montée en boucle conformément aux spécifications que vous nous avez données. Voici votre kit de terrain. Je vous attendrai ici et vous préviendrai lorsque votre temps arrivera à sa fin ou si j'ai des nouvelles de l'équipe.

Je pris le sac de Jacob.

— Merci.

Il déplaça une poutre en bois et un panneau s'ouvrit dans un coin du bureau de l'oncle Ashok.

Être dans cette pièce me retourna l'estomac. Je n'avais que d'horribles souvenirs ici.

Je parcourus les étagères de livres que mon oncle n'avait jamais lus, puis je me concentrai sur le portrait de mon grand-père qu'il gardait au-dessus de la cheminée.

Qu'aurait-il pensé de tout ce qui se passait ?

— Je suis désolé, Jiten *Dada*, il mérite ce que je vais faire.

Je m'assis derrière le bureau de mon oncle et sortis de ma sacoche une paire de gants que j'enfilai. J'ouvris le tiroir contenant les trois ordinateurs portables dont mon oncle se servait pour ses différentes activités. Après les avoir allumés, je désactivai la sécurité de chacun et je me mis à coder.

Mon oncle avait menacé la seule personne qui avait toujours été là pour moi, même quand je n'en avais pas conscience. À chaque frappe, j'intégrais un code qui s'exécuterait en arrière-plan de son empire, me fournissant des informations sur chaque transaction commerciale, chaque appel téléphonique, chaque démarche qu'il effectuerait.

Ceci, conjugué aux plans que j'avais déjà mis en œuvre plus tôt dans la journée, garantirait que l'oncle Ashok n'oserait plus jamais menacer quelqu'un que j'aimais.

J'aurais pu le faire des années plus tôt. J'aurais dû le faire des années plus tôt. J'en avais les moyens depuis des années.

Pourquoi je l'avais-je pas fait ?

Je l'ignorais.

Peut-être qu'une petite partie de moi avait espéré qu'il y aurait chez cet homme quelque chose de récupérable. Après tout, il était le seul lien qui me restait avec ma mère.

J'espérais qu'un jour je pourrais me servir de ce piratage pour aider Samir à reprendre cette entreprise. Jayna et moi avions choisi notre propre voie, et aucune d'entre nous ne voulait travailler dans l'immobilier. En dépit de ses protestations quant à la reprise, Sam, quant à lui, ne vivait que pour les transactions foncières et la construction. D'ailleurs, notre Sara *Ma* avait rédigé son testament en connaissant son existence. Shah International lui revenait de droit. C'était son droit de naissance.

Jayna avait eu raison. Je ne voulais cette entreprise que pour la reprenne à l'oncle Ashok. La vengeance n'était plus importante.

Nik était important.

L'entreprise deviendrait un moyen de pression, pas une fin en soi.

— Il vous reste dix minutes, me prévint Jacob en posant un sac près de la petite porte d'accès pour balayer la pièce.

Inclinant le menton en signe de reconnaissance, je sortis un kit technique, ouvris le dessous de chaque ordinateur portable et intégrai une puce. Une fois tout en place, je les refermai et remis les ordinateurs à leur place dans le bureau.

— Trois minutes. Il est temps de fermer.

Jacob entra avec un groupe d'hommes et de femmes vêtus de treillis militaires noirs.

Je pris une grande inspiration et me levai du bureau.

— Trouvez tout ce que vous pourrez sur moi ou n'importe lequel des King, y compris Jay. Il faut qu'on ait l'impression que rien n'a été déplacé dans cette pièce. Il saura si le moindre papier est au mauvais endroit.

— Nous connaissons nos ordres.

— Je vous fais confiance, Jacob.

Alors que je passais devant lui, il me dit :

— Soyez prudente dehors, Dan. C'est compliqué de garder les idées claires lorsque le travail est personnel.

— Croyez-moi, je le sais.

Je parcourus lentement le dédale des couloirs et sursautai lorsque je découvris Nik qui m'attendait dans le placard à balais.

— Qu'est-ce que tu fais ici ? Tu as failli me faire faire une crise cardiaque.

— Tu n'es pas la seule à savoir te faufiler en douce, me dit-il.

Son regard sombre et intense me scruta un long moment. Puis il passa son pouce sur ma lèvre inférieure et me demanda :

— Es-tu prête à rentrer à la maison ? Je crois que nous devons avoir une longue conversation.

— Bientôt. Mais pas avant d'avoir réglé ce truc avec mon oncle.

Je me retournai et scellai le panneau mural pour qu'il reprenne son aspect d'origine.

— Danika.

Je touchai ses lèvres ; je détestais la résignation que j'entendais dans sa voix.

— Ce n'est pas ce que tu crois.

— Qu'est-ce que c'est, alors ?

— Laissons les choses se dérouler. Une fois cette fête terminée, l'oncle Ashok n'aura plus d'autre choix que de nous laisser tranquilles.

— Il y a donc un nous.

Je fermai les yeux.

— Je veux qu'il y en ait un.

— Quoi que tu sois en train de faire, tu n'as rien à prouver, ni à moi ni à personne.

— Si. J'ai besoin de le prouver, non seulement à toi, mais à lui.

— Qu'as-tu fait, Danika ?

Je sentis son inquiétude à sa manière de poser la question.

Mon téléphone bippa, m'indiquant que c'était l'heure de la confrontation.

— Tu es sur le point de le découvrir, Nik. Il est sur le point de le découvrir aussi.

Nik et moi nous rendîmes sur la terrasse du manoir des Shah. Il n'avait pas dit un mot lorsque nous étions sortis du placard à balais, et pour cela, je lui étais reconnaissante. Mes émotions étaient très disparates.

C'était le moment. J'avais fait ma part, et Devani, avec l'aide de son équipe, faisait la sienne.

Je pensais avoir été minutieuse lorsque j'avais cherché des détails sur l'accident de Kir, et je m'étais lourdement trompée. Cette fois, j'avais de l'aide, le genre d'aide qui gagnait sa vie grâce aux détails. Et comme mon oncle avait montré sa main, je savais quoi chercher. S'il y avait la moindre preuve reliant Nik à l'accident de Kir, l'équipe de Devani la trouverait et la détruirait.

L'oncle Ashok et Amber se trouvaient près d'une fontaine lorsqu'il reçut un message sur son téléphone. Il baissa les yeux, et la rage se répandit sur son visage.

Nik posa une main dans le creux de mon dos.

— Dois-je appeler des renforts ?

— Les renforts sont là. Il ne te reste plus qu'à profiter du spectacle.

— Danika, me prévint-il.

— Ce soir-là, au club de boxe, tu m'as demandé s'il y avait quelque chose ou quelqu'un de plus important que mon projet de détruire mon oncle.

Ses doigts fléchirent dans mon dos.

— Oui.

— J'ai une réponse, lui dis-je, me tournant face à lui. Toi.

— Pourquoi moi ?

En voyant l'émotion brute dans ses yeux, je sus que tout ce que j'avais exécuté ce soir-là en valait la peine.

— Parce que ç'a toujours été toi. Il a fallu que quelqu'un essaie de te faire du mal pour que je le voie.

L'oncle Ashok s'approcha de moi avant qu'il puisse répondre. Il m'agrippa le bras et me traîna en avant loin de Nik.

— Qu'est-ce que tu as fait ?

Nik saisit mon oncle par la gorge.

— Lâche-la, ou je te brise le cou. Et je me fiche du nombre de caméras ici.

L'oncle Ashok relâcha mon bras, et je luttai de toutes mes forces pour ne pas frotter l'endroit où je savais que des ecchymoses apparaîtraient. Je n'allais pas lui donner la satisfaction de savoir qu'il m'avait fait mal.

Au lieu de cela, je soufflai sur les cheveux qui me collaient au visage, et je lui dis :

— Tu m'as menacée, et tu as menacé tous ceux que

j'aime. Je me suis juste assurée que tu ne puisses plus nous faire de mal.

— Qu'as-tu fait, Danika ? murmura Nik en se rapprochant de moi.

Je regardai mon oncle.

— J'ai racheté toutes ses dettes, professionnelles et personnelles, par l'intermédiaire d'une filiale que j'ai créée sous le nom de King Holding. Mon oncle s'est surendetté et il était sur le point de mettre Shah International en faillite.

Sans un tuyau de Devani, je n'aurais pas su qu'il avait contracté des emprunts après les problèmes de zonage qu'il avait rencontrés quelques mois plus tôt. C'était pour moi l'occasion rêvée d'utiliser l'argent que j'avais accumulé au cours des dernières années. Le rachat de la dette par l'une des sociétés-écrans de King Holding avait été la partie la plus difficile de l'affaire, mais après quelques services et un peu d'aide de Jayna en tant que signataire de la société, tout s'était mis en place.

— Où as-tu trouvé un tel capital ? Il est impossible que King dispose d'une somme suffisante pour conclure un accord d'une telle ampleur en quelques heures.

Je continuai à soutenir le regard de l'oncle Ashok, même si je sentais le poids de celui de Nik sur moi.

— Disons que King Holding a un investisseur providentiel. Quelqu'un avec des poches profondes. Quelqu'un qui s'intéresse de près à la réussite de l'entreprise.

L'oncle Ashok haussa les épaules.

— Ne crois pas une seconde que cela change quoi que ce

soit dans mon monde. Tant que je paie à temps, tu ne peux rien contre moi. Et n'oublie pas, j'ai toujours les photos et les enregistrements.

— Quelles photos et quels enregistrements ? s'enquit Nik.

— Ta femme ne te l'a pas dit ? Je t'ai sur une vidéo de surveillance, en train de déplacer le corps de ton frère. Entre de bonnes mains, cette information pourrait t'impliquer dans la mort de Kiran King. L'air suffisant de l'oncle Ashok me donna envie de le gifler.

— Nous connaissons tous les deux la vérité. Je n'ai rien à voir avec l'accident. C'est toi qui l'as causé, affirma Nik, posant une main sur ma hanche. Comme tu as causé l'accident de bus qui a tué mes parents.

— Prouve-le.

L'oncle Ashok regarda Amber, puis Nik et moi.

La pauvre femme voyait enfin le véritable Ashok Shah.

— C'est ça, poursuivit mon oncle. Tu ne peux pas. Je suis le seul à posséder des preuves pour condamner quelqu'un pour meurtre. Si tu veux que ton mari soit en sécurité, tu ferais mieux de rentrer dans le rang, gamine.

— Mon oncle, tu crois avoir toutes les cartes en main, mais tu te trompes. Tu veux jouer au jeu du chantage ? Jouons, mais à mes conditions.

— Ce qui veut dire ?

— Ce qui veut dire exactement ceci : si jamais tu nous menaces à nouveau, ma famille ou moi, je détruirai ta réputation. N'est-ce pas ce qui compte pour toi ? Ton image. Ta carrière politique en dépend. Je n'ai pas besoin de te donner les détails. Sache simplement que j'ai de multiples moyens pour le faire.

— Tu te crois tellement intelligente.

— Elle est intelligente. Elle a tout orchestré sous ton nez.

Nik me prit la main, m'éloigna de mon oncle, et ajouta dans un murmure :

— Et sous le mien.

26

Nik

MES ÉMOTIONS se bousculaient dans ma poitrine tandis que j'entraînais Danika hors du manoir de Shah. Lorsque nous nous glissâmes dans la limousine, aucun de nous ne dit quoi que ce soit. Nous nous contentions de nous regarder.

J'essayais de comprendre ce qui venait de se passer.

Le secret qui avait entouré cette soirée, la conversation avec Devani, la disparition de l'événement prenaient enfin tout leur sens.

Elle s'était transformée en justicière.

Pour moi.

Pour me protéger.

Elle aurait pu se servir du testament, mais elle m'avait donné les moyens de m'assurer que Shah ne pourrait jamais révéler les photos ou l'enregistrement sans que cela ne lui porte préjudice. Mais d'un autre côté, il n'y aurait aucune preuve montrant que j'étais près de l'accident de Kir.

Qu'est-ce que cela lui avait coûté ?

Au bout d'un quart d'heure, je lui demandai :

— Pourquoi ?

Elle avait renoncé à la seule chose qu'elle désirait plus que tout. Je devais savoir pourquoi. Je ne pouvais pas espérer. L'espoir n'était pas une chose que les hommes comme moi pouvaient prendre à la légère. De plus, j'avais besoin d'une réponse franche et directe de sa part.

Elle leva les yeux à travers ses longs cils.

— Tu sais pourquoi.

— Dis-le.

Elle se déplaça, posant ses mains sur ses genoux alors que ses yeux se remplissaient de larmes.

— Tu es plus important que lui... que ma vengeance... que n'importe quoi. Je te protégerais à tout prix. Je le sais maintenant.

Mon cœur tambourinait dans ma poitrine et mes mains tremblaient lorsque je l'attrapai et la plaçai sur mes genoux.

— Dis-le, Danika.

— Dire quoi ? demanda-t-elle, posant les mains sur mon torse.

— Dis-moi pourquoi.

Je relevai son menton avec un doigt.

Elle posa ses mains sur mon visage et se pencha vers moi.

— Parce que je t'aime. Je t'ai toujours aimé.

Je posai mes lèvres sur son front, puis sur sa bouche.

— Je n'aurais jamais cru entendre ces mots un jour.

Nous nous embrassâmes et je la reposai sur le siège. Cela faisait deux semaines que je ne l'avais pas touchée, mais j'avais l'impression que cela faisait des années. J'avais besoin d'elle comme un homme affamé.

Comme si elle ressentait le même besoin désespéré, nous commençâmes toutes deux à arracher les vêtements de l'autre, impatients de faire disparaître tout ce qui nous empêchait de toucher une peau brûlante.

— Nik, dépêche-toi. J'ai besoin de toi en moi.

— Genoux au sol, fesses en l'air, les mains contre le siège.

Sans hésiter, elle prit position, puis regarda par-dessus son épaule et leva un sourcil.

— J'attends.

Je dis pour la première fois en deux semaines, et grimpai derrière elle, glissant mes doigts entre ses replis intimes et jusque dans son intimité.

Danika se recula.

— Oh, mon Dieu ! Oui !

Entamant un mouvement de va-et-vient, je lui demandai :

— Avec mes doigts, ou mon membre ?

— Ton membre, sans la moindre hésitation. Rien de tel pour moi. Donne-le-moi.

Me retirant, je portai mes doigts à ses lèvres.

Sans rien dire, elle les suça et les lécha, puis leva son visage pour un baiser. Je collai mes lèvres aux siennes, me noyant dans leur saveur enivrante.

Cette femme était à moi, enfin, vraiment à moi.

Le monde le savait enfin. Il n'était plus question de le cacher. Elle m'avait revendiqué autant que moi je l'avais fait.

Rompant notre baiser, je la poussai vers l'avant en plaçant une main dans le bas de son dos et me servis de mes genoux pour élargir sa position.

— Es-tu prête pour moi ?

— Oui, haleta-t-elle. Plus que prête.

Je saisis mon membre et le fais glisser de haut en bas de son sexe trempé, lui arrachant un gémissement tandis que ses ongles marquaient le cuir de la banquette.

Une seconde plus tard, je m'enfonçais en elle.

— Nik ! s'écria Danika.

— C'est ça, bébé. Je veux t'entendre dire à quel point c'est bon.

— C'est toujours bon avec toi. C'est vraiment incroyable.

Je plongeai en elle, et elle me rendait chaque coup de reins.

— Je t'aime, Danika.

— Je t'aime, Hill.

Il n'y eut plus de mots, rien que les bruits de nos corps.

Au moment de l'orgasme, ce fut un grand chœur de cris et de gémissements, avec le bruit de la route en dessous de nous.

— J'ai besoin que tu fasses quelque chose pour moi, me dit Danika quelques heures plus tard, alors que nous étions au lit.

— Quoi ?

— Dis à Kir qu'il est temps de dire la vérité à Jayna, sinon il risque de la perdre pour toujours.

Je savais qu'elle avait raison.

— Je ferai de mon mieux. Il est terriblement têtu.

— Elle est prête à passer à autre chose.

Je savais que ce jour viendrait. Jayna était une belle femme ; elle ne pouvait pas vivre indéfiniment comme une veuve.

— C'est compris, dis-je, passant une main sur ses articulations en souriant. Alors, tu pardonneras à Kir de t'avoir fait peur ?

— Ça, je lui ai pardonné presque immédiatement. Quant à ce qu'il fait subir à Jayna, c'est autre chose. Je fais maintenant partie du problème.

— Je suis désolé que tu te retrouves au milieu de tout ça.

Je l'attirai contre moi.

— Il faut qu'il fasse quelque chose rapidement, sinon elle partira, et je l'aiderai à démarrer une nouvelle vie.

Je me raidis.

— Danika.

— Non, Nik. On ne se cache plus. Il y a des secrets que je garde, mais pas celui-là, pas envers Jayna. Soit il se comporte en homme, soit il la perd pour toujours.

— Compris.

Après quelques instants de silence, Danika releva la tête de mon torse.

— J'ai un service à te demander.

— Vraiment ?

— Oui.

— Tu sais que mes faveurs ont un prix.

Elle se redressa, laissant glisser le drap pour révéler son corps nu à califourchon sur mes hanches.

— Je suis sûre que ce que j'ai à offrir est une compensation plus que suffisante.

— Madame King, je prendrai ce que vous aurez à offrir, et j'en attendrai davantage. Êtes-vous prête à prendre ce risque ?

Elle passa les bras autour de mon cou.

— Absolument. Je risquerais tout.

Précommandez dès maintenant le prochain livre de la série

Street Kings – Le Prince Immoral

Ou...

Commencez une nouvelle série en attendant – *Le Maître du Péché*

. . .

FIN

<<<<>>>>

LE PRINCE IMMORAL

Précommandez le prochain livre de la série *Rois De La Rue*:

Le Prince Immoral

Je ne suis pas un homme bien.

Je suis les ténèbres, le danger, l'exécuteur derrière l'empire.

Personne ne me voit à moins que je ne le veuille.

Puis, un jour, elle m'a trouvé, et m'a montré une vie au-delà de l'ombre des rues. Jusqu'à ce qu'un mauvais virage vienne briser notre conte de fées, me plongeant à nouveau dans les ténèbres. Dans un endroit où je ne peux l'atteindre qu'en détruisant son monde.

Alors, j'attends.

Mais elle n'est pas prête à attendre. Elle se crée une nouvelle vie sans moi, sur le chemin de nos ennemis.

À présent, le monstre en moi est contraint de sortir de l'ombre, prêt à se battre pour ce qui m'appartient.

Elle comprendra que ma mission est de la protéger, et qu'une vie sans moi n'est pas envisageable.

LE MAÎTRE DU PÉCHÉ

Lisez le premier livre de la série *Les Dieux de Vegas* :

Le Maître du Péché

Ça a toujours été lui...

Celui que je ne devrais pas vouloir, pas désirer, celui qui pourrait détruire cette vie que j'ai soigneusement construite.

Hagen Lykaios était l'essence même du péché, du plaisir, et du danger. Tout ce que savais devoir éviter.

Il a suffi d'un contact inattendu pour que je me consume et supplie, en manque, et avide de plus encore.

Il m'a prévenu que si j'entrais dans son monde, il me corromprait, me posséderait et changerait tout ce que j'avais toujours connu...

Et, vous savez quoi ? ***J'y suis allée quand même.***

LIVRES DE SIENNA SNOW

<u>Les Dieux de Vegas</u>

Le Maitre du Péché

Le Maitre des Jeux

Le Maitre de la Vengeance

Le Maitre des Secrets

Le Maitre du Controle

Le Maitre du Destin

<u>*Rois De La Rue*</u>

<u>*Le Roi Dangereux*</u>

<u>*Le Prince Immoral*</u>

<u>*Le Chevalier Déloyal*</u>

<u>*L'Héritier Impitoyable*</u>

À PROPOS DE SIENNA SNOW

Puisant l'inspiration dans ses années passées à travailler dans le monde de l'entreprise aux États-Unis, Sienna aime raconter des histoires de femmes accomplies et sûres d'elles, qui savent ce qu'elles veulent et comment l'obtenir... Que ce soit dans la chambre à coucher, ou en dehors.

Ses héroïnes pleines de vie et bien éduquées trouvent souvent l'amour et la romance dans des conditions atypiques. Sienna offre à ses lectrices et lecteurs des tranches alléchantes de romance torride, empreintes de liberté et de plaisirs gourmands.

La vie de Sienna est pleine de voyages et d'aventures. Elle prévoit de visiter même les coins les plus reculés du monde et se réjouit de découvrir la diversité des cultures en route. Quand elle n'écrit pas ou ne voyage pas, Sienna s'occupe de son conte de fées personnel aux côtés de son mari et de ses enfants.

Inscrivez-vous à sa newsletter pour être informé des sorties, promotions, des événements et de bien d'autres choses encore.

www.SiennaSnow.com